CB061280

Refresco

Outra obra do autor publicada pela Editora Record

O ataque

Rupert Thomson

Refresco

Tradução de
ROGÉRIO DURST

EDITORA RECORD
RIO DE JANEIRO • SÃO PAULO
2001

CIP-Brasil. Catalogação-na-fonte
Sindicato Nacional dos Editores de Livros, RJ.

T396r Thomson, Rupert
Refresco / Rupert-Thomson; tradução de Rogério Durst. — Rio de Janeiro: Record, 2001.
384p.

Tradução de: Soft
ISBN 85-01-05535-2

1. Ficção inglesa. I. Durst, Rogério. II. Título

CDD – 823
CDU – 820-3

01-0130

Título original inglês
SOFT

Copyright © 1998 by Rupert Thomson

Todos os direitos reservados. Proibida a reprodução, no todo ou em parte, através de quaisquer meios.

Direitos exclusivos de publicação em língua portuguesa para o Brasil adquiridos pela
DISTRIBUIDORA RECORD DE SERVIÇOS DE IMPRENSA S.A.
Rua Argentina 171 – Rio de Janeiro, RJ – 20921-380 – Tel.: 585-2000
que se reserva a propriedade literária desta tradução

Impresso no Brasil

ISBN 85-01-05535-2

PEDIDOS PELO REEMBOLSO POSTAL
Caixa Postal 23.052
Rio de Janeiro, RJ – 20922-970

EDITORA AFILIADA

PARA LIZ

UM

MU

VIDEO RAPIDE

Não havia ninguém para se despedir dele, claro, por que haveria, e agora a chuva começava a cair. Enquanto esperava do lado de fora da estação rodoviária, um pingo dos grandes caiu na sua testa. Rodeou a cicatriz no alto do nariz e escorregou para o canto do olho esquerdo onde estacionou um instante, como uma lágrima, antes de escorrer pela sua bochecha. Ferozmente, ele o enxugou com a mão. Nunca teria tomado um ônibus para Londres, mas Sandy Briggs, que trabalhava na loja de apostas local, tinha dito que era mais barato do que o trem, quase a metade do preço, e então lá estava ele de pé com suas malas no concreto inclinado. Tudo parecia errado de alguma forma. Só olhar para o nome escrito na lateral do ônibus dava a ele uma sensação de inquietude. De repente quis bater em alguém. Isso ou então ir dormir.

Dentro, as coisas pioraram. Havia um banheiro no fundo que cheirava a desinfetante. Havia TVs aparafusadas no teto. Uma garota se arrastava pelo corredor com uma bandeja de salgadinhos e bebidas geladas. Vestia uma espécie de uniforme de aeromoça e sapatos pretos simples com saltos que precisavam de conserto. Preso à sua cabeça, um chapeuzinho de papel. Podia-se virá-lo de cabeça para baixo e fazer um barquinho. "Video Rapide", dizia. Ele olhou pela janela. Turistas de rosa-bebê e verde-claro. Crianças gritando. A chuva continuava caindo, escorrendo para grandes bueiros quadrados. Estava quente, no entanto. Grudento. Ele se mexeu dentro de suas roupas, desejando estar vestindo menos.

Enquanto o ônibus saía da estação, uma voz crepitava nos alto-falantes. Ele não escutou. Podia ouvir os pneus na estrada molhada. O sibilar dos freios nos sinais de trânsito, como se alguém estivesse levantando pesos. Olhou para as lojas de peixe com fritas, para as igrejas de tijolo vermelho passando lá fora. As garotas nas esquinas, suas pernas de fora exibindo carne branca e rosa. Uma delas, de cabelo preto, desajeitada, o fez pensar em Jill. Quando você está deitado na cama à noite e alguém quebra uma garrafa no beco, lá fora o som pode ser delicado, quase musical, como sinos de trenó. Às vezes, um barulho dentro do seu corpo pode soar do mesmo jeito. Era o que ele ouvia toda vez que pensava em Jill.

O ônibus pegou velocidade e a garota de cabelos pretos sumiu numa curva. Para o norte, o céu parecia estar clareando, uma fina luz lavada pela chuva se espalhando pelos campos. Logo, os prédios de tijolo vermelho tinham sumido, os telhados cinza tinham sumido e estavam na estrada, onde não havia nada para se olhar, nada para ver, nada para fazer lembrar de nada. Estradas são tão vazias, a paisagem de cada lado longe e sem feições. Se você passasse a vida numa estrada, não se lembraria de coisa alguma, pensou.

A família Scully o tinha expulsado de Plymouth, a verdade era essa. Os Scully, todo um bando deles, viviam na mesma vizinhança que ele. Tinham grandes espaços separando os olhos e a pele da mesma cor que os dentes, uma mistura doentia de cinza e amarelo. Os Scully acreditavam que ele havia matado o seu Steve. Não tinham provas, claro, embora ele tivesse sido a última pessoa a ver Steve Scully vivo e, com base nisso, a polícia o tivesse levado para interrogatório. Passou nove horas na delegacia, nove horas seguidas, contando a mesma história vezes sem conta.

— Ele estava bêbado. Fora de si.

Três policiais o observavam de diferentes pontos da sala de interrogatório. Não era a primeira vez que ele era interrogado naquela sala, mas era a primeira vez que era inocente.

— Eu não encostei um dedo nele. Foi o fato de ele ter encostado em mim que causou tudo.

— Como assim — disse um policial —, legítima defesa?

Barker negou balançando a cabeça. Ao voltar para casa à uma da manhã, tinha encontrado Steve Scully no corredor do quarto andar que dava para o seu apartamento.

— Você tinha bebido — disse um dos policiais.

— É, eu tinha bebido — disse Barker —, mas não como ele tinha bebido. Ele ficava balançando como uma daquelas cobras quando você toca flauta.

— Como uma daquelas cobras — repetiu um policial.

— Eu estava cansado — disse Barker —, e Scully estava no caminho...

— Então você o empurrou — disse o policial.

— E ele caiu da sacada — disse outro.

— E morreu — disse um terceiro.

— Assassino — disse o primeiro policial. Baixo. Como se estivesse falando durante o sono.

Barker começou de novo. Era preciso muita paciência. Era preciso ter a paciência de Buda — se é que ele era famoso por isso: é preciso ficar sentado ali como se você fosse gordo, estrangeiro e feito de ouro.

Scully estava parado perto do alto das escadas, logo depois da lixeira. Ocorreu a Barker que Scully estava esperando por ele, especificamente por ele, porque a primeira coisa que Scully disse foi:

— Você não me mete medo, Dodds.

Ele tentou evitá-lo, mas Scully bloqueou o caminho. Parou com as pernas afastadas, gingando da cintura para cima.

— Você não me mete medo porra nenhuma.

Seu dedo espetando o ar entre eles enquanto cada palavra pastosa, encharcada de cerveja, ia saindo da boca.

— É mesmo? — Barker se inclinou para a frente até chegar tão perto que ficava difícil manter o foco. Ele podia sentir o cheiro da comida no hálito de Scully. Bife com cebola, pensou. Ou poderia ter sido lingüiça. Podia ver a tentativa de bigode de Scully, o pêlo irregular emoldurando o lábio superior, cheio em alguns lugares, ralo em outros, como o código de barras numa caixa de leite.

— Sabe de uma coisa? — disse. — Acabo de olhar em seu cérebro e não tinha nada lá dentro.

Scully tentou um soco. E errou. Seria um soco e tanto, Barker estava só alguns centímetros distante; devia ter sido um péssimo soco. Ele viu o punho fazer uma órbita no céu sobre o pátio do prédio. Então Scully oscilou, perdeu o equilíbrio e caiu para trás, por cima do muro da sacada. Primeiro os ombros, depois os pés. Como alguém fazendo um salto em altura. Aquela nova técnica que surgiu nos anos setenta. Como se chamava? O Fosbury Flop. Mas eles estavam no quarto andar de um prédio na Ker Street e não havia nada macio em que aterrissar.

— O muro só vem até aqui — Barker mostrou a altura aos policiais, pondo uma mão contra a coxa. — Impressionante que não tenha acontecido com mais freqüência.

VIDEO RAPIDE

Os policiais trocaram um longo olhar vagoroso. Barker já tinha visto esse olhar e sabia o que significava. Pensavam que ele estava mentindo. No entanto, era uma boa mentira — de fato tão boa que eles quase engoliram. Isso os deixou impressionados.

Impressionados. Mas não enganados.

— Você é parente de Ken, o comediante? — perguntou um dos policiais.

— Não — disse outro policial. — Ele não tem aqueles dentões.

O terceiro policial sorriu.

— Podia ter, se não tomássemos cuidado.

Barker olhou para baixo, tornou a balançar a cabeça. Eles estavam fazendo um número, como alguma coisa que passa na TV. A única diferença era que você não podia rir.

— É Dodd — disse ele afinal.

— Como? — perguntou um dos policiais.

— O comediante — disse Barker. — O nome dele é Dodd.

Os policiais se olharam de novo.

— Desculpe, cara — disse um deles. — Não estamos entendendo.

— Meu nome é Dodds — Barker disse. — Com s.

— Com s — repetiu um policial.

— Safado! — disse outro, agarrando Barker pelo cabelo e torcendo. — Também é com s.

Pela janela do ônibus ele olhava a paisagem, campos que não eram realmente verdes, céu que não era realmente azul. Tudo desbotado e desgastado.

Inglaterra.

Houve um momento em que ele percebeu que estava só e tudo que lembrava de ter sentido era alívio. Talvez, finalmente, pudesse dormir. E então um som de algum lugar lá embaixo. Não muito alto. Longe demais para ser alto. Poderia ser alguém pisando numa caixa de papelão. Andou até o parapeito e espiou. Viu meia dúzia de carros estacionados em diagonal, a tinta parecendo laranja sob a luz dos postes da rua. Eles pareciam imóveis demais sob aquela luz laranja. Pareciam tensos, como se tivessem músculos sob aquela pele suave, brilhante. Como se fossem disparar repentinamente, como fazem as baratas. O corpo de Scully estava caído no espaço entre duas vans. Ele não se mexia. Barker se debruçou na sacada, observando. Não tinha pressa. Ninguém poderia cair daquela altura e ainda estar vivo. "Você não me assusta." As famosas últimas palavras.

A estrada foi passando. Estavam em Wiltshire agora. O vídeo foi ligado mas Barker nem sequer olhou. Em vez disso, viu Steve Scully caindo, ainda que não fosse uma imagem que ele tivesse realmente visto. O espaço entre os olhos se alarga. As mãos se estendendo, como em busca de equilíbrio. Scully entendeu o que estava acontecendo? Provavelmente não. Estava bêbado demais. O idiota nunca soube que estava para morrer. "Seu idiota." Foi o que Barker pensou olhando o pátio do estacionamento naquela noite. Então entrou em casa e chamou uma ambulância.

— Sanduíche, senhor?

Barker piscou. Uma garota se debruçava sobre ele com um barquinho de papel na cabeça. Ela apareceu de lugar nenhum, como num truque de mágica. Ele percebeu que devia ter cochilado.

— O quê? — murmurou.

— Gostaria de um sanduíche?

Ela estava segurando uma bandeja de papelão listrada de

branco e vermelho e tudo nela tinha sido cuidadosamente embalado em celofane. Não se tinha vontade de tocar em nada de medo de passar alguma doença. Ele se levantou lentamente da cadeira, esfregando os olhos.

— Cerveja — disse. — Você tem uma cerveja?

No fim das contas, a polícia teve de liberá-lo. Eles perceberam que não conseguiriam nada, a não ser que o espancassem até arrancar uma falsa confissão. Enquanto estava sendo interrogado, notou que eles viviam esquecendo o nome do defunto. Chamavam-no de Kelly. Não ligavam mais do que Barker para Steve Scully, mas havia formulários a serem preenchidos, procedimentos a serem respeitados. Assim que decidiram por morte acidental, no entanto, não precisavam mais dele.

Aí os Scully começaram.

Primeiro foi a janela do banheiro. Aparentemente um acidente. Algum garoto com uma bola. Barker mandou consertar a janela. Mas, quando chegou em casa do trabalho três noites depois, a janela estava quebrada de novo.

— Duas vezes em uma semana — disse o vizinho, um homem agitado na casa dos 50 que vivia sozinho. — Isso é que é azar. Azar mesmo.

Ambos sabiam que azar não tinha nada a ver com aquilo. O velho estava assustado, porém. Dois dos irmãos Scully estavam ligados ao que os jornais chamaram de "incidentes envolvendo violência e intimidação", não só em âmbito local, mas também no sudeste, em lugares distantes como Londres, Brighton e Oxford.

Ao longo do mês seguinte, cigarros acesos foram jogados pela fresta do correio na porta de Barker enquanto ele estava dormindo. Se ele tivesse tapetes no chão, como queria Jill, o apartamento provavelmente teria pegado fogo — e não havia saída de incêndio. Ele teria virado carvão, como aconteceu com Les Minty (ainda que Les só pudesse culpar a si mesmo, fumando na cama daquele jeito; os bombeiros arrombaram sua porta da frente no meio da noite e o trouxeram enrolado no tapete da sala, já morto). Em vez disso, Barker acordou e encontrou meia dúzia de buracos no assoalho. E, ao lado dos buracos, as guimbas de filtro escuro. Embassy, Regal, Number 6. As marcas dos Scully.

    Toda vez que Barker saía do prédio, eles estavam esperando na calçada ou sob as árvores magricelas que cresciam nas sombras dos prédios altos. Estavam sempre lá, em bando, com a pele da cor de marzipã sob a pálida luz do sol, os olhos espetados nele como distintivos. Faziam questão de que ele os visse, não havia luto naquelas cabeças ocas, só culpa, culpa, "foi você, você matou nosso Steve". Naquele verão, Barker tinha um emprego como leão-de-chácara numa casa noturna na Union Street. Na maior parte do tempo, fazia dupla com Raymond Peacock. Ray usava óculos escuros fechados nas laterais à noite e nunca ia a lugar nenhum sem seu celular. Uma vez, Barker o viu andando pela Western Approach. Uma rua movimentada, a Western Approach: engarrafamentos, britadeiras. "Não estou te ouvindo, cara", gritava Ray ao telefone. "Não estou te ouvindo." Mas até que eles trabalhavam bem juntos. Ray não era grande, mas tinha estudado artes marciais. Podia se encolher como uma mola e, de repente, o cara que o havia chamado de babaca estava caído de costas a três metros de distância, os membros se movendo devagar, como uma mosca que acaba de ser esmagada. Ray então ajeitava o colarinho, sacava o celular e fazia outra ligação. Só três números desta vez. Ambulância. Quando Barker lhe contou sobre os Scully, Ray quis saber onde eles moravam. Disse que iria incendiar o lugar. Um favor pessoal. Como seguranças eles poderiam ter chegado a um acordo, mas Barker nunca confiara em Ray. Ray não era alguém que tomasse partido, Ray subia no muro e esperava a oferta mais interessante. Que no caso era uma boa desculpa para atear fogo num prédio. Ele não faria isso por Barker, mesmo que dissesse o contrário. Faria por ele mesmo. Porque queria fazer. Barker disse a Ray que não seria necessário. Teve de convencê-lo de que podia lidar sozinho com gente como os Scully.

— Certo, Barker — cedeu Ray, levantando as mãos como quem se rende. — Você é quem sabe.

Numa tarde, pouco depois, Barker entrou pela porta da frente e viu Jill sentada no chão da sala, com as roupas rasgadas, arranhões no pescoço.

— Os Scully — disse ele, meio que para si mesmo.

Ela estava sentada com a cabeça baixa e as pernas cruzadas sob o corpo, e seus ombros tremiam dentro do que sobrara de sua blusa de seda favorita. Uma alça do sutiã estava aparecendo, verde-claro, fazendo-a parecer frágil, quebrável.

— Foram os Scully — disse ele —, não foram?

Ela não respondia.

Ele foi até a janela e olhou. Áreas de concreto, áreas de grama. Não se conseguia imaginar que algo tivesse existido ali antes dos prédios. Não se podia imaginar as árvores. Ele andava lendo sobre isso num livro da biblioteca. Como a Inglaterra costumava ser. Só árvores por quilômetros. Voltou à sala e olhou para Jill. Seus ombros ainda tremendo, seu cabelo preto caído sobre o rosto.

No dia seguinte, ele encontrou alguém que tinha visto a

coisa toda. Tinham sido as mulheres da família Scully. Elas caíram sobre Jill como bruxas, quatro ou cinco delas, no pátio atrás do prédio. Gritando "vaca", "puta" e "vadia". E ninguém ajudou, claro. Ninguém nunca ajuda.

— Eu vou dar um jeito nisso — ele murmurou.

Mas sabia pelo som de sua voz que não faria nada. A raiva o tinha abandonado.

De noite, sentiu a cama tremer de leve, como se um trem estivesse passando quatro andares abaixo. Percebeu que Jill estava chorando. Ele se virou de costas, fingindo dormir. Ficou olhando para a fresta entre as cortinas, maior embaixo do que no alto. Encarou a fresta até que ela virou uma estrada longa e reta cruzando um campo escuro, desaparecendo numa distância que parecia tranqüila, convidativa. Durante o dia, ele ficava em casa. Assistia à TV por horas, o volume alto, mas tudo que conseguia ouvir era o zumbido da corrente elétrica saindo da parede. Uma tarde, enquanto se barbeava, notou uma nova linha no rosto. Era funda mas fina, como o fio de uma lâmina ou uma folha de grama. Ia da têmpora esquerda na direção do alto do nariz, aí desaparecia um pouco acima da sobrancelha, sumindo abruptamente, como um rio some num mapa. O tempo escorria entre seus dedos. Como ele poderia impedir? De noite, Jill ficava se movendo ao seu redor, uma presença fantasmagórica que ele percebia com o canto do olho. Tentando não fazer barulho, ela acabava derrubando tudo. Eles não se falavam mais; eram como duas pessoas que haviam ficado invisíveis uma para a outra. Do lado de fora, o tempo estava fechado, mesmo sendo junho. Nuvens cobriam o céu. Ar frio soprava pela janela quebrada do banheiro, trazendo cheiro de *bacon* e caldo de carne.

VIDEO RAPIDE

Finalmente Jill partiu.

Quando chegou em casa uma tarde, encontrou sua blusa de seda no chão da cozinha, as mangas delicadas esticadas, retorcidas, como um detalhe de uma cena de crime. Na sala, sob a janela, viu os folhetos de viagem que ela colecionava. Fora isso, nenhum sinal dela — nem sapatos sob a cama, nem perfume no armário do banheiro, nem bilhete. Não era do seu feitio não deixar um bilhete. "Fui fazer compras, volto logo." Um círculo sobre o *i* no lugar do pingo. Ganchos nas letras p, z e g. Ele parou no meio da sala e disse o nome dela em voz alta. "Jill." Mais tarde, sentou numa poltrona com alguns dos folhetos, as páginas escorregadias como um peixe. Todas as empresas das quais já se ouviu falar, todos os lugares que se possa imaginar. Ela não queria realmente ir a lugar nenhum, sempre dizia para ele. Só gostava de olhar as fotos. Ele estudou os céus azuis e os hotéis cinco estrelas, pensando que poderiam explicar o que tinha acontecido, onde ele tinha errado. Quanto mais olhava, mais estranhas ficavam as imagens. Por mais que se esforçasse, não podia se imaginar com água até a cintura numa piscina azul-turquesa, ou comendo lagosta, à luz de velas, num restaurante. Aquelas peles bronzeadas, aqueles dentes tratados... Teve uma súbita lembrança de Jill no banco da frente do carro de alguém, seu corpo desajeitado, voluptuoso. Ela estava usando um vestido preto com pontinhos brancos e um par de meias-calças baratas. Podia-se ver as pernas através do náilon, as batatas da perna redondas e brancas, os joelhos meio ásperos e vermelhos. Ficaram juntos por quase cinco anos, cinco anos da sua vida, e ainda assim ele não sentia nada. Perguntava-se a razão. Sabia que ela deveria estar na casa da mãe, mas não conseguia se convencer a telefonar. De noite, ele dormia com um pedaço de cano de metal perto da cama, para o caso de os Scully de repente ficarem valentes.

Numa tarde de quarta-feira, em agosto, alguém bateu à porta de Barker. Ele levou o pedaço de cano com ele até a entrada. Quando abriu a porta, seu irmão Jim estava lá fora.
    Jim viu o cano.
    — Esperando alguém?
    Barker não respondeu.
    Jim passou por ele, entrando no apartamento.
    Barker deixou o cano em cima do cabide de casacos e fechou a porta. Jim vestia um terno azul-escuro, com riscas de giz bem separadas. Usava cabelo de jogador de futebol, curto dos lados, longo e cheio atrás, como um tapete que embola sob o pé de uma cadeira. Uma corrente de ouro pendia relaxadamente do seu pulso esquerdo. Jim vendia carros usados em Exeter.
    Barker trouxe a cerveja da geladeira.
    — Saúde — disse Jim.
    Sentou-se no sofá. Tinha aquele jeito de se instalar numa peça de mobília, pernas abertas, um braço para trás estendido no encosto, como se fosse o dono.
    — Como vão os negócios? — perguntou Barker.
    Jim fez que sim com a cabeça.
    — Bastante bons. E você? Ainda fazendo segurança?
    — É. — Barker falou o nome da casa noturna.
    — Conheço o lugar. — Jim segurava a lata de cerveja longe do corpo, como se fosse Tom Jones e a lata de cerveja fosse um microfone, e ele estivesse prestes a soltar uma nota alta. Não queria a lata pingando no terno, era por isso. — Você devia vir trabalhar comigo — disse. — A grana é boa.

Barker sacudiu a cabeça que não.

— Olha... — Jim olhou para o chão por um tempo. Aí disse:

— Soube que você está com um problema.

— Nada sério. Acham que eu matei Steve Scully.

— Aquele merda imprestável. Sempre foi. — Jim tossiu puxando algo gosmento para dentro da boca que manteve ali enquanto levantava e atravessava a sala. Na janela, cuspiu pela fresta da cortina. — Bela tarde, pensei em dar um passeio e o que acontece? Um passarinho filho da puta caga na minha cabeça. — Virou para Barker mostrando os dentes num sorriso. Era uma de suas piadas.

Barker sorriu sem vontade.

Jim continuou na janela.

— Steve Scully — disse. — Ele invadiu o apartamento daquela senhora idosa em plena luz do dia. Arrebentou a cabeça da velha enquanto ela estava na cama. Ela estava se recuperando de uma operação, câncer ou coisa assim. Lembra disso?

— É, lembro. — Haviam estampado uma foto da mulher no *Western Morning Herald*. Olhos roxos, quinze ou vinte pontos no rosto. Usaram as palavras de sempre: "doentio", "horrendo".

— Se precisar de ajuda — disse Jim —, me avise.

Barker balançou a cabeça que sim.

— Você vai ao *pub* na sexta?

— Não sei — respondeu Barker. — Talvez esteja trabalhando.

Jim colocou a cerveja sobre a lareira e sacudiu as gotas de água de sua mão.

Barker caminhou até a janela. A cidade estava enterrada

numa neblina azul-clara. Ela grudava nos blocos de apartamentos, suavizando suas formas pontudas. O calor tinha chegado, afinal. Ele se debruçou no parapeito da janela, olhando para fora.
— Dizem que toda esta área era coberta de árvores.
— É? — respondeu Jim. — Dizem isso pra quê?

Ele sabia que aquele grande prédio marrom com chaminés cor de pudim era famoso, mas não conseguia lembrar seu nome. Endireitou-se na poltrona, limpando as migalhas do colo. Atravessaram o rio Tâmisa, as águas preguiçosas na luz do sol. Muros altos e sujos de limo desciam abruptamente até as margens de lama brilhante. A garota do chapeuzinho de papel recolhia o lixo numa lata preta. Não iria demorar agora.

As semanas que se passavam em nada diminuíam a disposição vingativa da família Scully. Para pessoas como eles, o tempo era como sal: piorava cada ferida. Barker percebeu que a vingança poderia se estender indefinidamente; eles pareciam estar gostando cada vez mais da coisa. Estranhamente, ele andava percebendo algo parecido no trabalho. Acontece com velhos leões-de-chácara. Ganha-se uma reputação ao longo dos anos e de repente aparece um garoto de dezenove ou vinte anos que ouviu falar a seu respeito. Um sujeito durão, mas ele é mais ainda. Isso nunca acaba.

Sua camisa tinha grudado nas costas. Ele se inclinou para a frente e a afastou da pele para que o suor pudesse secar. Nos últimos meses, andava sentindo que as chances estavam cada vez mais contra ele. Até então, tinha tido sorte. Mas a prisão era uma coisa de família, como cabelo duro e doença de coração. Mais cedo ou mais tarde, ele estaria atrás das grades, mesmo que fosse inocente. Isso, ou então acabaria com algum ferimento grave. Houve um tempo em que ele nem sonharia em recuar. Mas todo aquele orgulho estava sumindo como a tatuagem em seu peito. Seria a idade?

Alguns diriam que ele estava fugindo. Bem, que dissessem.

O ônibus estacionou sob um teto de vidro muito alto. Filas de gente esperavam lá fora, os olhos indo de um lado para o outro como girinos dentro de um vidro. Ele podia sentir o ar da cidade, sua velocidade, muito mais rápido do que o ar da costa.

Do lado de fora, o motorista abriu o bagageiro na lateral do ônibus. Olhou para Barker por cima do ombro.

— Está vendo sua mala?

Barker apontou para duas sacolas de lona preta. O motorista agarrou as alças e, grunhindo, puxou-as para fora, no asfalto. Então se levantou com as mãos na cintura.

— Meu Deus, cara, o que é que tem aí?

Barker não respondeu.

— Já sei — disse o motorista. — Você matou o sujeito, mas o corpo era grande demais, e você teve que cortá-lo ao meio.

Barker só olhou para ele.

— Se você contar para alguém — disse —, vou ter que matar você também.

ESPANTA MACACO

A porta do *pub* abriu rangendo e bateu logo atrás dele. Pediu uma cerveja amarga e bebeu um terço do copo, depois deixou-o de lado e olhou ao redor. Meia dúzia de ternos, duas garotas vestindo saia e blusa de escritório. Um punhado de velhos de chapéu. Mas até que não era um mau lugar. Os reservados pareciam originais, o nome da cervejaria cuidadosamente gravado nos painéis de vidro fosco. Estátuas de mulheres de toga erguiam globos de luz opalinos para o teto marrom-escuro. Uma barra de latão polido abraçava a base do balcão do bar. Seu irmão Gary, que já tinha vendido antigüidades, teria aprovado.

Ele perguntou ao *barman* se Charlton Williams estava por ali.

O *barman* virou os olhos e as sobrancelhas na direção da janela.

— Ali.

De onde estava, Barker só podia ver as costas de Charlton Williams. Jaqueta de couro marrom, calças cinza. Cabelo preto cortado rente. Cerveja na mão, Barker atravessou o *pub* na direção dele.

— Charlton Williams?

O homem que se virou ainda estava prestes a entrar na

casa dos quarenta, mas por pouco tempo. Estava ficando careca na frente, o cabelo recuando em ambas as têmporas, deixando um pedaço redondo que parecia poder se encaixar num quebra-cabeça. Lembrou a Barker um lutador que aparecia na TV todo sábado no final dos anos sessenta.

— Eu sou Barker Dodds. Amigo do Ray, Ray Peacock. Ele me disse para encontrar você aqui.

Os olhos redondos de Charlton se estreitaram.

— Você é o cara que precisa de lugar pra ficar, certo?

Barker acenou que sim.

— E aí, cadê a bagagem?

— Na rodoviária. Victoria. — Barker secou sua cerveja. Charlton apontou para o copo.

— Quer que encha?

— Saúde.

Charlton Williams. Segundo Ray, Charlton tinha esse nome por causa do time de futebol. As pessoas o chamavam de Atlético, o que era meio engraçado, dizia Ray, já que Charlton nunca praticou qualquer esporte na vida, nem mesmo dardos. Ele estava bebendo com Ronnie e Malcolm, dois colegas do mercado de carne em Smithfield. Quando os copos esvaziaram, Barker pagou outra rodada. Ocorreu-lhe de repente que não tinha idéia do que aconteceria daí para a frente. Aquele *pub* era tudo que conhecia. Como alguém prestes a desaparecer. Uma sensação de liberdade, ilimitada e arrebatadora, invadiu-o subitamente. Sorriu e balançou a cabeça para os rostos ao redor, como se eles fizessem parte da coisa, como se compartilhassem o seu segredo.

Respirou lentamente, sentindo os pulmões se expandirem. O mesmo cheiro de sempre: cerveja derramada, fumaça de cigarro, batata frita. Leslie, sua ex-mulher, trabalhava num *pub*, o Fênix. Ele estava bêbado da primeira vez que entrou lá. Ela contou depois que reparou nele de cara, mas ele não se lembrava dela de jeito nenhum. Tinha outras coisas na cabeça, disse ela com um sorriso experiente. Estava acostumada. Com boa parte dos homens, as mulheres vinham em terceiro lugar, depois de bebida e cavalos — ou às vezes nem isso, se o cara tomava drogas.

Aí ele reparou nela.

Uma noite chuvosa em Stonehouse, a água caindo de lado nos postes de luz. No entanto, ainda era verão. Com a jaqueta de brim encharcada, ele entrou pelas portas de vaivém do *pub*. Parou no balcão e ajeitou os cabelos com as duas mãos, dedos esticados ao longo da cabeça, polegares roçando o alto das orelhas. Uma dupla de músicos se preparava bem ao lado da saída de emergência — uma dessas bandas de segunda que atravessa o país tocando músicas de outras pessoas. Um magricela de *jeans* e botas de caubói afinava uma surrada guitarra branca. Aí deu um passo à frente e pôs o rosto junto do microfone. Um-dois. Um-dois. Sshh. Sshh. Um-dois... Nada deixava Barker mais irritado. Sentou no banco alto e vermelho junto ao balcão e fechou a cara. Uma voz perguntou se ele estava sendo atendido. Ele se virou. Sardas se espalhavam pelos braços da moça e um lado da sua boca parecia mais alto que o outro quando ela sorria.

— Você é nova aqui? — perguntou ele.

— Não — disse ela. — Por quê? Você é?

Ele gostou disso, do descaramento. Da ousadia. Comprou uma bebida para ela. *Ginger ale*. E era esse o gosto que ela tinha quando ele a beijou, mais ou menos uma hora depois, atrás de um antigo prédio na Millbay Road. *Ginger ale*. Aí ela se afastou dele e disse:

— Você é um cara feio, hein.
É uma daquelas coisas que as mulheres dizem quando gostam de alguém, mas não sabem a razão.

Ela não ia deixar que ele a comesse ali na rua, que era o que ele queria, mas não o impediu de levantar sua camiseta e tirar seu sutiã para que pudesse ver seus peitos brilhando na luz crua e branca que vinha do estacionamento ao lado. Mas, quando ele enfiou a mão sob sua saia, ela começou a resistir.

— Agora não.
— Quando, então?
— Amanhã. É minha noite de folga.

Vapor se espalhava no céu acima dela; deviam estar trabalhando até tarde na lavanderia aquele fim de semana. Só tinha uma palavra em sua cabeça quando ele a levou de volta. Amanhã. Uma fileira de casas de tijolos, calhas tremendo com o fim da chuva. Trepadeiras crescendo para os lados nas paredes. E as portas de vaivém do *pub* meio abertas, tapete vermelho sujo, luz dourada suja, e de onde ele estava, na calçada, podia ver o cara de botas de caubói e guitarra branca anunciando uma canção: "Esta seria para Dolly Parton, mas ela não está aqui..."

No fim do mês, Barker entrou na loja do Lou e mandou tatuar o nome da garçonete, atravessando o peito, em grandes letras maiúsculas. LESLIE. Lou até que tentou avisar. Falou que era sempre um erro tatuar um nome de mulher no peito. Quando quiser se livrar dele, nunca vai conseguir. Mas Barker não escutou.

—. Você vem ou não?

Ele olhou em volta. Charlton Williams esperava na porta e, além dele, na arenosa luz do sol de Londres, Ronnie e

Malcolm estavam de frente um para o outro. Apontando para um jornal dobrado e concordando.

Da janela do seu quarto na casa de Charlton, Barker tinha uma visão de todo o conjunto residencial. Construído no início dos anos setenta, as casas eram uns caixotes certinhos de tijolo e tábuas, com jardins na frente que quase não existiam, entradas de garagem pequenas e íngremes que eram mais do que um desafio para o freio de mão da maioria dos carros. Nenhuma das ruas era em linha reta. A idéia era que, se uma rua se inclinava ou dobrava um pouco, então tinha personalidade. A natureza estava logo ali na esquina. Quase podia-se acreditar que se vivia no campo.

Uma ilha. Isle of Dogs.

Toda manhã, Barker acordava com uma sensação de vazio no estômago que não tinha nada a ver com fome e por um momento se perguntava que lugar era aquele. As paredes estavam manchadas com as impressões digitais de desconhecidos. Um tapete amarelado subindo pelo rodapé. Então, via suas malas. Ficavam largadas no chão embaixo da janela, os zíperes abertos. Vislumbres de suas poucas posses: o brilho embaçado dos pesos, a camisa de boliche vermelho vivo, o canto de um livro de História. "Você tem sorte", pensou, "de ter um lugar para ficar." E era ao Ray que ele tinha de agradecer. Quando Barker mencionou que estava indo embora, Ray disse que telefonaria para um amigo. Tinham servido juntos no Exército. Os Jaquetas Verdes. Cinco minutos no celular e estava tudo combinado. Embora grato, Barker se sentia desconfortável. Tinha percebido o olhar no rosto de Ray. Em algum lugar lá no fundo, embaixo da pele, ele dizia: "Você está no meu bolso agora. Você está me devendo."

Claro, ele devia a Charlton também — alguém a quem conhecia bem menos. Charlton trabalhava à noite no mercado de carne, mas nunca dizia exatamente o que fazia, e Barker resolveu não perguntar. Mas ele devia estar ganhando um bom dinheiro já que dormia em lençóis de cetim e tinha um Ford Sierra novo em folha. Uma pena que ele não gastasse algum com uma arrumadeira. Quando Charlton levava uma mulher para casa, sempre tentava convencê-la a dar um jeito no lugar. Mas em geral as caixas de *pizza* se empilhavam em torres brancas e vermelhas, e a geladeira cheirava mal. Charlton tinha dado a Barker o quarto de hóspedes dizendo que poderia ficar o quanto quisesse. Qualquer amigo de Ray etc. etc. O caso era que Ray tinha salvado a vida de Charlton na Irlanda do Norte — ou pelo menos foi o que Charlton disse três ou quatro dias depois da chegada de Barker. Charlton tinha acabado de trabalhar e estava instalado na mesa da cozinha com uma garrafa de Bell's enquanto Barker fritava *bacon*.

— Eu não estaria aqui agora — disse, balançando o uísque devagar pela borda interna do copo. — Você já viu Ray em ação, não viu?

Barker quebrou dois ovos na gordura e viu a clara ficar branca.

— Certa vez, a gente estava trabalhando numa casa noturna — contou — e três caras queriam entrar. Eram da Marinha. Mal-encarados. Ray disse que não, e eles não gostaram.

Barker se virou para Charlton com a espátula na mão.

— Eu não vi exatamente como ele fez, foi rápido demais. De repente, dois dos caras estavam caídos no chão e o terceiro saiu correndo.

Charlton concordou com a cabeça.

— Pegando Pardal Pelo Rabo.

— O quê? — perguntou Barker.

— Espanta Macaco.

— Do que diabos você está falando?

— Tai Chi — disse Charlton com um sorrisinho. — Ray está nessa há anos. A gente vivia na pele dele.

Charlton começou a agitar os braços no ar, em câmara lenta, dedos estendidos, como um mágico ou hipnotizador.

— Que coisa é essa dos pardais? — perguntou Barker.

— Uma das posições. A idéia é estar sempre pronto. Nunca perder o equilíbrio — Charlton terminou sua bebida. — O que Ray anda fazendo?

— Nada de especial — Barker virou os ovos para que fritassem por igual dos dois lados. — Ele agora tem filhos.

— É?

— Dois meninos.

Charlton balançou a cabeça.

— Cacete — disse, bocejando.

Embora Barker estivesse a quatrocentos quilômetros de Plymouth, ainda não tinha se livrado de sua influência. Durante sua segunda semana como hóspede de Charlton, ele acordou de um pesadelo — ou pensou que tinha acordado — e viu os Scully pela janela do quarto. Eles pareciam com frio, especialmente a garota, como se tivessem ficado parados na estrada a noite inteira, lábios arroxeados como os de quem tem problemas de coração, rostos inexpressivos, inescrutáveis. Dois dos homens estavam parados no pequeno morro verde, braços cruzados, pernas afastadas, enquanto o terceiro se encostava desleixadamente num carro estacionado. A garota tremia na calçada, embaixo de um poste, as mãos enfiadas nos sovacos. Todos os quatro o encaravam, os olhos estranhos e muito separados grudados em sua janela. Até que o homem encostado no carro levantou a mão para o ar, e Barker viu que balançava algo fino, quase transparente, pendurado em seu dedo indicador. No sonho, Barker viu bem perto. O homem segurava uma calcinha da ex-mulher de Barker, Leslie. O homem balançava a calcinha com o dedo, como se estivesse provocando um cachorro. Todos os Scully tinham um sorriso de escárnio agora, e o sorriso dizia tudo a Barker.

Deitado de costas na cama estreita, ele estudava o padrão das manchas na parede. Talvez devesse ter dado mais atenção a Leslie, ou talvez não houvesse nada que pudesse ter feito. Ele se lembrou dos cheiros das comidas dos vizinhos enquanto ia subindo os cinco lances de escada até o pequeno apartamento dela num sótão em Devonport. Nas noites de verão, durante seus primeiros e inebriantes dias juntos, ela colocava discos de James Last na vitrola e dançava para ele só de roupa de baixo. Os seios apertados e ameaçando escapulir do sutiã, as coxas roliças se curvando até a suculência acima — ele nunca tinha visto uma mulher tão bonita. Casou-se com ela em setembro — tinha acabado de completar 24 anos (ela tinha 27) —, e dois meses depois soube que ela tinha sido vista com Gavin Stringer no Garter Club, na Union Street. Quebrou um taco de sinuca num lado da cabeça de Stringer. Isso o acalmou um pouco. Na época do Natal, já havia um outro cara — um bombeiro de Whitsand Bay. Barker o perseguiu numa noite de ventania em janeiro. O cabelo do bombeiro estava achatado como fica a grama quando pousa um helicóptero. Barker o acertou no estômago, sentindo os órgãos se amontoarem, romperem, vazarem contra seu punho. Aí ele acertou o rosto. Deixou o cara desabado na calçada como um bêbado ou um mendigo, um dos globos oculares caindo sobre a bochecha.

— Essa violência toda — Leslie balançou a cabeça. — Eu simplesmente não consigo lidar com isso.
— Mas é por sua causa — gritou ele. — Por sua causa.
Aquilo não era toda a verdade, e ambos sabiam. O casamento durou menos de um ano.
Um sentimento de vazio, deitado ali. Não conseguia imaginar o futuro, o que estaria reservado para ele. Sentia que estava vindo rápido em sua direção mas, por mais que tentasse, não conseguia ver o que estava chegando. Uma vez, quando ele tinha uns 15 anos, ele e seu irmão Jim roubaram um Ford Capri e saíram de noite pela estrada principal com os faróis apagados. Nada aconteceu. Eles sequer foram pegos. Ele tinha a mesma sensação agora, só que a excitação tinha se acabado, a aventura também, e o pânico tinha ocupado seu lugar. Imaginou um relâmpago caindo dentro do seu cérebro. Podia sentir o cheiro de ar chamuscado. Pensou em Ray e seu Tai Chi. Quando Barker trabalhava na porta de uma casa noturna, praticamente nada lhe causava surpresa. Estava quase sempre dois ou três segundos na frente de qualquer movimento que alguém fizesse. Mas, no resto do tempo, não parecia ter acesso a essa habilidade. Cada vez mais, sentia-se pressionado, despreparado. Sabia que não podia ficar com Charlton para sempre, e ainda assim tinha dias em que nem conseguia sair da cama. Tinha umas oitocentas libras, em dinheiro. O que não iria durar muito — não em Londres. Precisava encontrar algum trabalho, qualquer trabalho. Lembrou-se de algo que o pai costumava dizer. "Empregos não vem atrás da gente. É a polícia que faz isso."

Uma tarde, enquanto Charlton dormia, Barker andou até Petticoat Lane. Frutas podres entupiam os bueiros e o cheiro enjoativo de incenso chinês flutuava no ar. Estava com a sensação de que ao seu redor as pessoas tentavam o impossível: um homem magro com o rosto repuxado e a barba por fazer segurando uma porta de correr de metal com um pedaço de madeira, uma mulher grávida vendendo TVs de segunda mão. Enquanto ele ficava sem saber o que fazer entre as barracas, o céu escureceu e a chuva começou a cair. Dobrou uma esquina esperando encontrar abrigo, um bar talvez. Em vez disso, viu uma antiquada barbearia. O cartaz na janela dizia CORTES PARA CAVALHEIROS e embaixo, em letras menores e menos formais, "Entre por favor — Estamos abertos". Barker abriu a porta, que rangeu discretamente, e entrou. Uma fileira de espelhos brilhava na parede, refletindo a chuva que descia como cachoeira pela vitrine; o vidro parecia estar vivo, líquido. No fundo, um velho num jaleco de algodão branco varria cabelo no chão, formando um monte. Barker perguntou se era ele quem tomava conta do estabelecimento. O velho disse que sim.

— Estou procurando emprego — disse Barker em voz baixa.

O velho tirou os olhos do monte de cabelos.

— V-você tem experiência?

Ele tinha um defeito de fala, não exatamente gagueira, mas uma certa hesitação quando tentava certos sons. Dizia a primeira letra duas vezes e, enquanto tentava fazer com que esta se juntasse ao resto da palavra seus olhos se moviam nervosamente. Só então continuava, como se nada tivesse acontecido. Barker não conseguiu mentir.

— Passei um tempo na Marinha Mercante — disse. — Isso foi no final dos anos 60, começo dos 70. Depois disso, fui jardineiro da prefeitura. Também já trabalhei como mecânico. Nos últimos anos, tenho sido assessor de entretenimento.

Pelo menos é como chamam. Na verdade, leão-de-chácara. Em Plymouth, no litoral sul.

O velho o avaliou, ainda agarrando o cabo da vassoura com as duas mãos, lábios torcidos ceticamente num dos cantos do rosto.

— Não me parece que você tenha cortado m-muito cabelo.

— Não muito — respondeu Barker. — Mas já cortei.

Seu pai, Frank Dodds, tinha sido barbeiro. A visão do poste com espirais vermelho, branco e azul que marca a entrada das barbearias movendo-se lentamente tinha sido um dos mistérios da infância de Barker. De onde vinham aquelas cores? Para onde iam? Como nunca gastavam? Tinha aprendido a cortar cabelo aos 13 ou 14 anos, basicamente cortes militares e outros simples assim. Seus clientes tinham narizes achatados e os nós dos dedos lustrosos, suas tatuagens desbotadas até o cinza-azulado das veias. Algumas vezes estavam bêbados. Outras vezes seu pai tinha que apartar brigas. Parecia mais com trabalhar num bar do que qualquer outra coisa.

— Vamos fazer o seguinte — disse o velho. — A gente faz um teste de duas semanas. Se eu ainda gostar de você depois disso, pode ficar.

— Parece justo.

— O dinheiro não é g-grande coisa.

— Você realmente sabe como convencer alguém — disse Barker.

O velho deu uma risadinha que agitou todo o corpo, então segurou o ombro fazendo uma careta.

— Artrite — explicou. Informou a Barker qual o horário de trabalho e quanto poderia pagar. — Continua interessado?

Naquela tarde, quando Barker voltou para a casa na Isle

of Dogs, Charlton estava na cozinha, com o rosto ainda inchado de sono. Uma nuvem de fumaça sobrevoava o fogão. Charlton tinha acabado de queimar uma torrada. Agora estava tentando outra vez. Barker se encostou na geladeira e assistiu.

— Você viu o Nutella? — perguntou Charlton.
— Não — respondeu Barker. — Não vi.
— E a geléia?
— Você comeu tudo. — Barker pegou uma garrafa de uísque, serviu uma dose dupla e bebeu de um gole. — Arrumei um emprego.
— Porra, já era hora. — Charlton enfiou os dentes numa torrada com manteiga. As migalhas se espalharam pela parte da frente de seu robe de seda preta.
— Você é um porcalhão — disse Barker. — Sabia?

Charlton mastigava ruidosamente, de boca aberta, a torrada se revirando em sua língua. Pegou o jornal; ele sempre lia a parte financeira e depois fazia citações usando palavras como "debêntures" e "superávit".

Barker balançou a cabeça.

— Quem é que vai limpar sua bagunça quando eu for embora?

Lá pelo fim de setembro, a vida de Barker tinha tomado um rumo novo. Seis dias por semana, trabalhava na barbearia de Petticoat Lane. O nome do velho era Harold Higgs, e ele cuidava de seu negócio de forma tradicional — cheiro de brilhantina e tônico capilar, exemplares do *Radio Times* para ler durante a espera; um barbeiro das antigas, o que servia perfeitamente para Barker. Ele tinha arrumado acomodações temporárias — um quartinho na Commercial Road. Tinha um fogareiro a gás em miniatura e uma pia sem água quente (se quisesse se barbear, tinha de esquentar água numa panela). Tinha um armário equipado com cabides multicoloridos. Todos os confortos modernos, segundo a senhoria. Uma viúva na casa dos cinqüenta, ela usava chinelos enfeitados com uma imitação de pêlo rosa que parecia algodão doce. Toda vez que o via, ela falava sobre seu microondas — morria de medo que o aparelho lhe causasse câncer —, mas não o incomodava, a não ser que ele estivesse com o aluguel atrasado.

Quase dois meses se passaram sem violência ou prisões. Barker estava vivendo modestamente, senhor de si, numa rotina simples e invariável. Nas noites durante a semana, levantava peso por meia hora ao chegar do trabalho. Depois, tomava uma chuveirada no banheiro coletivo que ficava um andar acima do seu. Depois, preparava uma refeição, algo embalado em plástico ou feijão saído de uma lata. Constantemente, ia olhar apartamentos que tinha marcado no jornal durante o dia; sempre ficava impressionado em ver como eram maltratados, e como eram caros. À meia-noite estava em seu quarto de novo, puxando o anel de uma lata de cerveja. Da janela, podia ver um posto de gasolina. O néon tornava amarelas suas cortinas de rede branca, e, algumas vezes, se estava silencioso, ele podia ouvir o agudo e breve assobio de alguém pondo ar nos pneus. Antes de apagar a luz, lia um pouco de história medieval — um livro-texto ou, o que era mais comum ultimamente, uma fonte original como São Beda ou Fredegar ou Paulus Diaconus. Os sonhos tinham parado, o que ele interpretou como um sinal de saúde.

Então, numa noite de novembro, Charlton o levou a uma casa noturna em Mile End, e ele se lembrou de todas aquelas coisas em sua vida que tinha escolhido deixar para trás. Quinze para as onze de uma sexta-feira, Charlton apareceu em seu Ford Sierra, com aerofólio, sem calotas, e rumaram para o leste com Billy Joel no som. Charlton usava uma jaqueta que faiscava cada vez que uma luz caía sobre ela.

— Sinto que estou com sorte esta noite — disse ele enquanto batia no bolso junto ao peito, no qual guardava suas camisinhas com sabor de frutas.

Deixaram o carro num terreno baldio perto de um cruzamento e fizeram o caminho de volta, driblando arbustos, rolos de arame, tijolos. De longe, Barker viu a boate: um prédio baixo e quadrado com o nome escrito em azul elétrico sobre a entrada. Na frente, uma BMW, um jipe com rodas como as de um trator. Um Daimler com chofer esperava junto à escada, motor ligado. No último degrau, dois porteiros montavam guarda em meio a um dilúvio ultravioleta, os rostos parecendo bronzeados, os dentes recentemente lustrados. Ao entrar, Charlton trocou algumas palavras com eles. Barker acenou com a cabeça mas não deu seu nome.

Só estavam lá dentro há meia hora quando Charlton puxou conversa com uma garota num vestido prateado sem alças. "Sinto que estou com sorte." Barker achou que ela era encrenca — tinha trabalhado na noite tempo suficiente para reconhecer o tipo —, mas era o território de Charlton e não queria interferir. Acabou tentando, meio sem vontade, levar Charlton na direção do bar, mas ele resistiu e, sorrindo, apresentou a garota. Annabel. Ou talvez fosse Charlotte. Tudo o que Barker conseguiu lembrar mais tarde foram suas pupilas, diminutas como pontos, e seu cabelo quase branco de tão louro, que até parecia ter sido polido.

Uma briga com socos e garrafadas. Barker acertou um gancho no plexo solar de alguém. Tinha aprendido o golpe com seu pai aos seis anos: um arco brutal percorrendo uns vinte centímetros da partida até a chegada. O homem caiu de joelhos e vomitou no chão o que parecia um recém-comido quarteirão com queijo do McDonald's. Com o canto do olho, Barker viu Charlton esfregar a cara de alguém numa parede. Pele e osso ralando a pedra áspera. No final tiveram que sair correndo. Rua abaixo, de volta ao terreno baldio. Charlton enfiou uma primeira e saiu com o carro por cima de mato e buracos. A suspensão reclamou e rangeu. O som mais lembrava uma cama com pessoas trepando em cima do que um carro.

— Aquele sujeito vai ter de mastigar sem abrir a boca — disse Charlton.

Ele sorriu pelo espelho retrovisor, o rosto pálido e gorduroso, a mandíbula esquerda machucada, já inchando.

— E tem um outro que nem isso vai poder fazer por um tempo.

Barker escorou o joelho direito no painel. Ainda podia ouvir o barulho dos dentes quebrando na boca de alguém. O impacto tinha rasgado o joelho da sua calça e arrancado alguma pele junto.

— É melhor você tomar uma vacina anti-rábica — disse Charlton.

Pararam na Mile End Road e compraram peixe com fritas, que comeram no carro. Embora estivesse zangado com Charlton por metê-lo numa situação tão estúpida, Barker podia se consolar com o fato de seu ex-anfitrião ter precisado de sua ajuda. Suas ações tinham subido, como diria Charlton.

Com o saco de batatas fritas quente e úmido no colo, Barker olhou pelo pára-brisa. O vento varria as ruas fazendo o lixo correr.

ESPANTA MACACO

— A gente teria bom uso para o Ray esta noite — disse ele.

Virou-se e olhou para Charlton, que virou a cabeça de lado e cravou os dentes num pedaço crocante de bacalhau.

— Dane-se — disse Charlton. — Nós fizemos direitinho. — As palavras saíam junto com pedacinhos de peixe.

— Pegando Pardal Pelo Rabo — disse Barker.

Charlton sorriu.

— Espanta Macaco.

A ÚLTIMA COISA DE
QUE ME LEMBRO

Numa manhã no começo da primavera, a porta da barbearia se abriu, o sininho tilintando, e Charlton entrou. Com um suspiro alto, largou-se no sofá de plástico vermelho e pegou uma revista. Barker estava com um freguês habitual em sua cadeira, um motorista de caminhão que passava a cada três semanas para uma aparada. Enquanto a tesoura estalava no lado esquerdo da cabeça do motorista, Barker deu uma espiada em Charlton pelo espelho. Ele estava usando um casaco de pele de camelo sobre um terno cinza-escuro e um par de botinas que com certeza alguém tinha limpado para ele.

— Arrumou uma mulher nova? — perguntou Barker.

Charlton passou suavemente a mão pelo cabelo preto e depois se virou para Higgs perguntando:

— Você é o patrão?

Higgs fez que sim com a cabeça.

— Quanto é que ele está ganhando?

— Uns duzentos e cinqüenta mais...

— Ótimo — disse Charlton. — É só o que ele vale mesmo.

Barker sorriu enquanto pegava a máquina para raspar o

cabelo na nuca do motorista. Mas Higgs ficou espantado. Piscando muito, ele dobrou uma toalha e a botou sobre o encosto de uma cadeira.

— Ele tem hora de almoço? — perguntou Charlton.

— Uma e meia — respondeu Higgs, sem olhar para ele.

Barker espiou o relógio em cima do espelho. Uma e quinze. Charlton falou com Barker pela primeira vez desde que tinha entrado.

— Tem um bar descendo a rua, o qualquer coisa Grill. Te encontro lá.

Barker fez que sim com a cabeça. Curvou-se observando de perto a tesoura enquanto ela contornava o alto da orelha do motorista de caminhão. Cabelos brancos curtos, finos como filamentos de lâmpada, se espalhavam pelo ar. Ele não via Charlton há pelo menos um mês. Em fevereiro, haviam se encontrado num *pub* em Stepney e bebido cerveja. Naquela mesma noite, encontraram um amigo de Charlton, um comediante de casas noturnas, que lhes ofereceu cocaína. Charlton cheirou umas duas carreiras. Barker recusou. Ele escutou os dois falando por meia hora, olhos vidrados, brilhando, os pensamentos de cada um parecendo fascinantes e geniais. Depois voltou para seu quartinho em Whitechapel.

— Amigo seu? — perguntou Higgs depois que Charlton saiu.

Barker pôs talco no pescoço do motorista e tirou os fios soltos de cabelo com uma escova macia.

— Ele me fez um favor quando eu cheguei aqui. É um cara legal.

Higgs virou as costas balançando a cabeça.

No tal bar, Charlton comia torradas, os lábios pálidos brilhando de manteiga. Ainda estava de casaco. Barker sentou-se na cadeira em frente. Quando a garçonete apareceu, pediu um sanduíche de salada de frango e uma Coca.

— Você continua naquele quartinho de merda? — perguntou Charlton.

Barker não respondeu.

— Tenho uma proposta de trabalho para você.

Charlton abaixou a cabeça e colou os lábios na xícara de chá, bebendo um gole. Um som estranho, como um disco tocado ao contrário.

Ele disse a Barker que estava sabendo de um bom apartamento. Ficava a cinco minutos a pé de Tower Bridge. Um bom local, disse ele. Central.

Barker esperou.

— Só tem um problema — disse Charlton, enquanto acendia um cigarro. — Tem gente nele.

— Quer dizer...

— Isso mesmo. Você pode cuidar do caso?

Barker olhou para a mesa.

— Você era leão-de-chácara, não é verdade? — disse Charlton.

— Quantas pessoas? — perguntou Barker.

— Três.

Barker levantou os olhos novamente.

— E se eu cuidar do caso, o apartamento é meu?

— Por algum tempo.

— Dá para ser mais exato?

— Seis meses. Talvez até mais. — Charlton levantou os dois dedos que sustentavam o cigarro e colou-os na boca, as costas da mão para fora, polegar e mindinho esticados. Suas bochechas ficaram côncavas enquanto puxava fumaça para os pulmões.

— Você vai ter contas para pagar, mas nenhum aluguel. Talvez tenha até um telefone. Como qualquer porra de ser humano normal.

Em sua folga seguinte, num domingo, Barker andou para o sul, passando por Shadwell e cruzando o rio pela Tower Bridge. As poucas pessoas na rua olharam para ele de forma estranha. Deve ter sido pela marreta que estava carregando. Às dez e meia, estava em frente ao prédio sobre o qual Charlton tinha falado, na calçada do outro lado da rua. Atrás dele ficava um armazém que havia pertencido a uma firma de couro; as entradas de carga haviam sido pintadas num enjoativo tom de marrom-alaranjado, e os guinchos ainda continuavam escorados nas paredes altas de tijolo pintado. Era uma rua tranqüila. À sua direita, ele podia ver portões metálicos verdes, rosas desabrochando antes do tempo. Árvores farfalhavam ao vento.

"Você pode cuidar do caso?"

Deixou escapar um som bizarro, meio grunhido, meio risada. Não sabia o que Charlton tinha feito na vida, mas sabia bem o que ele próprio havia feito, às vezes por dinheiro, às vezes por prazer, pela emoção. Houve um tempo em que ele costumava ter um temperamento violento. Pavio curto. Bastava alguém olhar para ele de maneira errada, ou por muito tempo, e ele já ia em cima com a testa, as botas, a garrafa que estava bebendo. A pior coisa que tinha feito? Uma noite, em Stonehouse, levantou os olhos e viu o rosto de George Catt flutuando em sua direção em meio a uma nuvem de fumaça de cigarro. Os olhos caídos e as pálpebras de cão sabujo de Catt. Como se tivesse tido um derrame. George Catt. Dono da casa noturna onde trabalhava, seu patrão. "O que você acha de ganhar quinhentas pratas?" Quando Barker perguntou o que precisava fazer, Catt bateu um cilindro de cinza num copo vazio.

— Knowles — disse ele.

Era o contador de Catt. Um cara jovem que estava ficando careca. Mas cheio de pose. Havia boatos de que andava roubando. Catt apertou o nariz bexiguento e flácido entre os dedos.

— Vai nos joelhos — falou Catt quase para si mesmo. — Você quer um cara saudável cuidando do seu dinheiro, certo? Alguém com sorte. Não um aleijado.

Dois dias depois, Barker e um outro cara chamado Gosling levaram Knowles para o porão de um hospital abandonado. Eles o penduraram, de cabeça para baixo, nos canos que saíam do teto, e bateram nele usando pernas de cadeiras, não das redondas, mas daquelas com cantos pontudos. Dentre os sons habituais o que ele se lembrava mais vividamente era o de líquido pingando no concreto: sangue, urina e saliva escorrendo, passando pelas orelhas do contador, que ficaram vermelho vivo, e pingando de seus últimos tufos restantes de cabelo. Como um coquetel derramado no chão. Num determinado momento, Barker se abaixou e virou a cabeça para olhar do mesmo ângulo que Knowles. Lembrou-se de um filme que tinha visto, um documentário sobre homens no espaço, e de como o chá que eles bebiam saía das xícaras em direção ao teto...

Árvores farfalhavam ao vento. Árvores farfalhando.

Ele passou a marreta da mão direita para a esquerda. Knowles. De alguma forma, ficou surpreso que essa fosse uma lembrança sua, e não de outra pessoa qualquer. Claro que já havia se passado um bom tempo, dez anos pelo menos — mas ainda assim. Ele atravessou a rua e tocou a campainha. Ninguém atendeu. Tocou de novo. Afinal, uma janela rangeu no terceiro andar e uma garota mostrou a cara. Perguntou o que ele queria. Ele deu a má notícia, mostrando o papel que Charlton tinha lhe passado. Ela disse o que ele podia fazer com aquele pedaço de papel, então bateu a janela com tanta força que pedacinhos de tinta branca se soltaram, voando pelo ar como neve. Barker recuou respirando fundo. Daí golpeou a porta com a marreta. A madeira cedeu de imediato, estilhaçando-se em volta da fechadura. Enfiou o ombro na porta, e estava dentro. Subiu lentamente até o terceiro andar, sem pensar em nada. Reparou no silêncio das escadas, o silêncio de uma manhã de domingo.

A porta do apartamento era ainda mais frágil — uma simples tábua de compensado com uma fechadura Yale. Ele bateu. Pessoas sussurraram lá dentro, mas ninguém apareceu. Bateu de novo, esperou um pouco e então mirou a marreta na fechadura e golpeou com força. Com duas pancadas, a porta já tinha saltado das dobradiças. Esse era o problema dos invasores. Não podiam pagar uma segurança decente. Ele ouviu um movimento atrás de si e olhou sobre o ombro. Uma mulher num casaquinho rosa, desses que se usam em casa, tinha vindo do andar de baixo, os olhos arregalados de susto, a boca apertada, como elásticos esticados. Provavelmente uma vizinha.

— Está tudo certo, minha senhora — disse. — Ordem de despejo.

Quando ele escancarou a porta, duas garotas esperavam no fim do corredor, os ombros encostados. A garota que tinha lhe dito desaforos usava uma camiseta amarela comprida com uma foto de Bob Marley. Pernas de fora, pés descalços. A outra moça tinha os cabelos pintados num estranho tom de verde. Ele achou que as duas tinham pouco mais de vinte anos. Um cara mais ou menos da mesma idade estava atrás delas. Ficaram ali parados, quase congelados, como uma cena de um seriado da TV que via quando garoto, como se chamava mesmo? Ah, sim, O *bumerangue mágico*.

— Juntem sua coisas — disse Barker. — Vocês estão de mudança.

A garota de cabelo verde começou a gritar, mas ele tinha aprendido em seus anos de leão-de-chácara a diminuir o volume do barulho que os outros fazem. Apenas percebia uma moça com a boca aberta, o pescoço e a testa ficando vermelhos, as veias saltando sob a pele fina do rosto. Ela apertava as mãos com força na altura dos quadris, o lado de dentro dos pulsos voltado na direção dele. Não estava carregando uma arma. Passou por ela e entrou na cozinha. Abriu a geladeira. Iogurte, suco de laranja, meia lata de feijão. Pegou uma caixa de leite e cheirou o conteúdo. Parecia fresco.

— De que lado você está? — perguntou a garota da camiseta.

Barker olhou para ela.

— Eu costumava ouvir Bob Marley.

Lá pelo começo dos anos 70, pelo que ele se lembrava.

— "Crazy Baldheads" — disse ele, e riu.

Esvaziou a caixa de leite, que amassou e jogou no chão. Então olhou para o relógio. Dez e quarenta e nove.

— Vou ser generoso — disse. — Vocês tem vinte minutos para sair.

Dois rostos inexpressivos o encararam da porta da cozinha. A garota do cabelo verde provavelmente ainda estava gritando no corredor. Ele limpou a garganta. Estava com a boca amarga. O leite dos invasores.

— Vocês ouviram? Vinte minutos.

Abriu a porta que dava para um pequeno terraço e saiu. Um dia nublado, a névoa amaciando as formas das árvores. Mas não era uma vista feia. Era a sua vista agora. Talvez comprasse uma daquelas churrasqueiras com pernas finas, daquelas que parecem naves espaciais. Podia convidar Charlton e fazer uns hambúrgueres. Nas noites de inverno, podia se sentar ali com uma cerveja gelada, escorar os pés na mureta e ficar olhando os telhados das casas e os quintais. Em pé, com as mãos nos bolsos da jaqueta e as pernas afastadas, Barker começou a cantar baixinho "Hotel California". Não tinha idéia de por que justamente aquela música tinha lhe ocorrido — a não ser que ela estivesse tocando no rádio de manhã enquanto fervia a panela de água.

> *On a dark desert highway*
> *Cool wind in your hair...*

Teve de cantarolar a melodia já que não se lembrava do resto da letra. Quando voltou para dentro, os invasores se amontoavam na porta da frente com seus pertences socados em dois latões pretos. Quem diria que ia ser tão fácil? De manhã, Charlton tinha lhe oferecido um Rottweiler, mas ele tinha recusado, e passado o caminho todo arrependido. Afinal, não sabia o que o esperava.

Ele seguiu os invasores escada abaixo e a letra da canção foi aparecendo em sua cabeça. *Last thing I remember...* A última coisa de que me lembro...

Na porta da rua, observou enquanto eles se afastavam desconsolados, três figuras se dissolvendo na névoa no fim da rua. Não parecia provável que voltassem.

De volta ao terceiro andar, examinou o apartamento. Os cômodos principais, o quarto e a sala de estar, estavam cheios de entulho deixado para trás: quentinhas, roupa suja, pontas de cigarros, garrafas vazias. O teto da cozinha parecia ter uma infiltração e o vaso não dava descarga de jeito nenhum. De resto, o apartamento estava em condições bem razoáveis. Tirou do bolso o celular que Charlton tinha lhe emprestado e discou o seu número. Parado no meio da sala com o telefone grudado ao ouvido, teve uma idéia de como era ser Ray Peacock.

— Sou eu — disse ele quando Charlton atendeu.
— Como é que foi?
— Tudo certo. — Barker andou até a janela, as tábuas do assoalho gemendo sob seu peso. Deu uma olhada para o céu. Cinza. Completamente cinza.
— Algum problema? — perguntou Charlton.
— Precisamos de duas portas novas.

Charlton riu por mais tempo do que o necessário. Alívio costumava causar isso nas pessoas. E medo também. Barker afastou o telefone do ouvido e achou que podia ver a risada de Charlton saindo pelos buraquinhos. Então, de repente, um avião passou e parecia que todos os sons tinham sido cobertos por uma avalanche.

A coisa que Barker mais apreciava em Harold Higgs era o fato de ele nunca falar mais do que o necessário. Poderia ser resultado daquele seu problema de fala — um tipo de timidez, uma tentativa deliberada de limitar ao máximo o embaraço que causava —, mas Barker duvidada disso; a economia de palavras do barbeiro combinava com sua personalidade, sua organização, sua pontualidade. Mas numa certa manhã, enquanto as nuvens pairavam sobre os telhados e a chuva batia na vitrine da barbearia, Higgs começou a contar a Barker sobre seus tempos de Força Aérea. Contou que tinha servido como navegador em bombardeiros Lancaster. Participou de mais de vinte missões sobrevoando a Alemanha. Foi quando começou sua gagueira.

Apesar de interessado, Barker não conseguia entender a razão de Higgs ter decidido de repente falar com ele, e uma meia hora se passou até que o motivo da conversa ficasse claro. Naquela manhã, andando para o trabalho, Higgs tinha sido atacado por três garotos brancos e estava se sentindo furioso, amargurado, desapontado. Afinal de contas — e Barker percebeu o quanto o incomodava lançar mão de um clichê — ele tinha feito mais pelo país do que aqueles garotos e mesmo assim lá estavam eles dizendo que o velho era um inútil.

— Você está machucado? — perguntou Barker.

Higgs sacudiu a cabeça.

— Não.

— Meu pai lutou na Marinha — disse Barker. — Destróieres.

Ele contou a Higgs uma história que o pai tinha contado muitas vezes quando ele era pequeno. Numa noite de 1942, na época dos comboios marítimos, Frank Dodds foi jogado da amurada por uma onda inesperada. Só um homem percebeu, e esse homem conseguiu dar o alarme. Frank Dodds sobreviveu.

— Era dezembro no Atlântico Norte — disse Barker. — Um homem não dura muito tempo naquelas águas.

Higgs o observava de uma cadeira junto à vitrine. Embora já estivesse escuro na loja, nenhum dos dois se preocupou em acender a luz. Visto de fora, o lugar provavelmente parecia fechado.

— Vou lhe contar uma coisa — disse Barker, um pouco surpreso com seu próprio anúncio —, uma coisa que eu não costumo espalhar por aí. Diz respeito ao meu nome.

— É, eu achei m-meio estranho.

— Mas nunca disse nada. Algumas pessoas se acham espertas. Gostam de fazer piadinhas.

Higgs deu de ombros, como se piadas não o interessassem em nada.

— Tive sorte — disse Barker. — Poderia me chamar Jocelyn — ele sacudiu a cabeça. — Era o que meu pai sempre dizia quando eu reclamava do meu nome. Meus dois irmãos ganharam nomes comuns, mas eu era o mais velho e fui batizado em homenagem ao cara que salvou meu pai, o tal que viu ele cair na água. Jocelyn Barker.

Higgs coçou o cabelo branco com um dedo comprido.

— Acho que seu pai fez a escolha certa.

Barker riu, e Higgs riu com ele, e a chuva continuou caindo firme lá fora, um murmúrio constante acompanhando a conversa.

— Ele era barbeiro — acrescentou Barker.

— Seu pai era barbeiro?

— Foi assim que aprendi.

Higgs sorriu para si, mesmo como se Barker só estivesse confirmando algo que ele já soubesse, ou imaginasse, então. Aí o sino sobre a porta tilintou, e um homem de capa de chuva cinza entrou maldizendo o tempo e sacudindo a água das roupas.

Os dias passavam normalmente, sem excitação, sem desastres. Barker saía do apartamento às oito e meia toda manhã, voltando às seis da tarde. Embora estivesse morando mais longe da barbearia, continuou indo a pé para o trabalho. Uma caminhada de meia hora, mas ele achava que lhe fazia bem. Além do mais, tinha aprendido a apreciar as ruas; gostava de como seus nomes davam pistas sobre sua história, do fato de que se podia dobrar uma esquina e descobrir o cheiro de corda, ou canela, ou chá. Habitualmente, ele cruzava o rio na Tower Bridge. Reparava no jeito que os edifícios pareciam se agachar e amontoar ao leste da ponte e como o céu parecia crescer, expandir-se. Havia a súbita sensação de estar próximo da foz de um rio, quase um gostinho de mar. A visão do navio real *Belfast*, ancorado na margem sul, sempre lhe trazia lembranças do pai. Imaginava que Frank Dodds pararia, se debruçaria na mureta da ponte e olharia o navio de guerra com um ar de aprovação no rosto; ele diria para Barker qual era o calibre das balas dos canhões, quantos homens integravam a tripulação.

Só Charlton sabia onde encontrar Barker. Nas noites de primavera, um pouco depois do pôr-do-sol, Barker costumava ouvir o Ford Sierra estacionando na rua lá embaixo. Charlton o levava até Brick Lane onde comiam *curry* de carne e bebiam cerveja em grandes canecas de aço inoxidável. Ou então iam a um *pub* em Bethnal Green. No resto do tempo, Barker vivia de batatas cozidas, torradas e cerveja Hofmeister, que andava barata naquele ano. Embora tivesse comprado tinta por preço de atacado numa loja de ferragens no fim da rua e não tivesse quase nenhuma mobília — guardava as roupas num arquivo de escritório achado numa caçamba de lixo e dormia numa cama emprestada por Charlton —, ainda assim havia custado dinheiro transformar o apartamento num lugar decente para se morar, e às vezes ficava sem saber como ia se manter. Só tinham sobrado trinta e cinco libras das oitocentas que tinha quando chegou, e sabia que Higgs não tinha como lhe pagar mais do que já estava pagando. Mas, de um modo geral, Barker podia olhar sua vida com certa satisfação. Podia não parecer grande coisa, não pelos padrões de outras pessoas, mas pelo menos ninguém estava jogando cigarros acesos em seu assoalho no meio da noite.

Ainda assim, ele se sentia estranho às vezes, deitado num colchão emprestado num prédio vazio aos trinta e oito anos de idade. Tinha desmantelado uma vida, e ainda faltava construir outra no lugar. Fazia o que podia com seus recursos limitados. Sabia no entanto que era uma situação temporária, um tipo de quarentena, e tinha a sensação de que estava esperando um atestado de saúde para sua nova existência, mas não imaginava como exatamente isso iria acontecer ou quando.

Pouco depois de Barker se mudar, um homem apareceu na porta da rua. Beirava os sessenta anos e usava um anoraque verde-escuro e um cachecol. Parecia ansioso e desconfortável, olhando constantemente por cima do ombro esquerdo, como se esperasse uma emboscada.

— Estou procurando Will Campbell — disse ele.

Barker lembrou-se das duas garotas e do rapaz em pé atrás delas sem dizer nada, um garoto magro e branquelo de cabelo rastafári usando um suéter esfarrapado.

— Só eu moro aqui — disse ele.

O homem passou a mão pela testa e depois pelos cabelos que rareavam.

— Alguém me deu esse endereço. — E olhou o pedaço de papel que segurava para em seguida estudar o lugar. — É, esse é o endereço.

— Ele deve ter se mudado.

— Ah. — O homem ficou parado na calçada sem saber o que fazer e ao mesmo tempo sem disposição para ir embora. Tinha chegado a um beco sem saída e, se partisse, teria de admitir isso para si mesmo. Enquanto ficasse ali, na porta do edifício que casava com o endereço que tinha conseguido, poderia sentir que estava em terreno sólido, que havia esperança.

— Você não sabe para onde ele foi?
— Não faço idéia.
— Eu telefonei há um mês, mas disseram que o número tinha sido desligado. Então decidi passar aqui...
— Eu moro aqui agora.
— Certo.
— Sinto muito, não posso fazer nada.
— Ele é meu filho.

Espaços pareceram surgir no rosto do homem, entre as feições.

Com os braços cruzados, Barker se encostou no portal. Aquela conversa já tinha se esgotado, no entanto ele não queria ser mais brutal do que o necessário.

— Ele tinha invadido este apartamento — disse o homem de repente. — Claro que eu não aprovava. — Olhava para a calçada com a testa franzida. — Ele tinha uma namorada chamada Vicky... — E olhou para Barker esperançoso. Barker negou com a cabeça.

Depois que o homem foi embora, Barker ficou um tempo em pé no quarto olhando pela janela. A chuva caía preguiçosamente na luz dos postes da rua. Ainda podia ver Will Campbell caminhando desamparado rua acima, um latão de lixo preto numa mão, a outra agarrada num som portátil que balançava em seu ombro como um macaco de estimação. Lembrava-se de Will Campbell fazendo o V da vitória para ele, mas só quando já havia uma boa distância entre os dois, quando já era tarde demais para fazer alguma diferença. Balançando a cabeça novamente, Barker foi para a sala de estar e sentou-se numa cadeira giratória que havia pego na velha gráfica no porão. Mentalmente, voltou para Plymouth. Mil novecentos e oitenta, oitenta e um. Anos depois de seu casamento desmoronar. Certa tarde, estava passando por acaso em Morice Town, onde Leslie tinha crescido, e de repente se lembrou de alguém ter dito que ela tinha voltado para o bairro. Perguntou nos conjuntos residenciais. Acabou encontrando alguém que a conhecia, que sabia onde ela estava morando. O apartamento térreo de um prédio feioso de quatro andares. Sua garganta secou e ele mal podia engolir. O que estava fazendo ali? O que queria com ela? Talvez fosse só porque nenhuma mulher tinha ocupado o lugar dela em sua vida, e, às vezes, quando rolava na cama sem conseguir dormir, se lembrava dela, de *lingerie* vermelha, dançando para ele no apartamento de dois quartos em Devonport.

A mãe dela, Diane, abriu a porta. Diane tinha pintado o cabelo da cor de cereja escura e usava uma grande camiseta rosa com uma calça de malha preta. Atrás dela, em algum lugar dentro do apartamento, Barker ouviu um bebê chorando.

— Como você está, querido? Me dá um beijo.

Ele se inclinou e a beijou na bochecha. Sentiu cheiro de desodorante e cigarros. Diane sempre tinha gostado dele. Dizia que ele a lembrava do irmão caçula, que havia morrido numa batida de carro aos dezessete anos. Ficou do lado de fora da porta, no sol, respondendo às perguntas dela. Era um belo dia: céu azul e uma brisa fresca soprando do oeste, as roupas nos varais coletivos abaixo deles voando na horizontal com o vento.

A ÚLTIMA COISA DE QUE ME LEMBRO

Enquanto falavam, reparou num pombo movendo-se de um jeito esquisito num muro baixo de tijolo. Era um pombo enorme, quase do tamanho de um faisão, e só tinha uma perna. Quando mostrou o bicho para Diane, ela apertou os olhos por causa do sol e acendeu outro cigarro.

— Meu Deus — disse ela —, agora já vi de tudo na vida.

Observaram o pombo em silêncio até que ele abriu as asas e se ergueu no ar. Barker se lembrava de ter ficado surpreso de o bicho poder voar.

— Imagino que você esteja procurando a Leslie — disse Diane, depois de um tempo.

Ele concordou.

— Ela está lá no *pub*. Com Chris.

— Chris?

— Bem — disse ela, e depois suspirou. — Você conhece Leslie.

Ele andou até o *pub*, que ficava no topo de uma pequena colina perto de Dockyard Station. Mas, já com a mão na porta, hesitou, pensando que provavelmente seria um erro entrar. Enquanto recuava, olhou pela janela e viu Leslie através do vidro, meio de costas para ele, os pés sobre um quadrado de sol. Usava um cabelo curto, que estava na moda na época, e uma saia que era jovem demais para ela. Um homem de cabelos até os ombros estava a seu lado. De *jeans* e camisa xadrez escocesa num tom de azul desbotado, ele parecia um mestre-de-obras. Chris. Estavam no meio de uma discussão. Barker não conseguia entender o que Leslie estava dizendo, ainda que sua voz soasse bem mais alta do que a do cara. Pensou ter ouvido as palavras "duzentas pratas" e "filho da puta". Virando as costas, desceu a colina até Saltash Road e pegou um ônibus para o centro da cidade. Não conseguia lembrar-se de mais nada do que tinha acontecido naquele dia.

Quando Barker saiu de casa no começo da noite, contava encontrar o pai de Will Campbell esperando em frente ao velho depósito ou na esquina junto da cerca de ferro ondulado, mas não havia sinal dele. A chuva tinha parado. No oeste, sobre os jardins públicos, uma muralha de nuvens flutuava alto no céu, brilhando com uma luz de sobrenatural tom alaranjado. Imaginou que nos tempos medievais isso seria sinal de algum terrível acontecimento: a morte de um rei, por exemplo, ou o surgimento de uma praga. Morte de um jeito ou de outro. Parou no fim da rua, perguntando-se se o homem de anoraque verde-escuro acreditava em profecias. Daí virou à esquerda rumo ao telefone público mais próximo, que ficava na Tooley Street.

O céu escurecia enquanto ele andava e, quando chegou ao telefone, já era quase noite. Pôs as moedas que tinha na prateleira à sua frente, tirou o fone do gancho e discou o número de sua mãe. Bella Dodds vivia num espigão em Mount Wise. Da entrada do apartamento onde ele morava antigamente, podia ver a janela do banheiro dela. Ela havia se mudado para lá quinze anos atrás, depois de Frank morrer, e desde então nada tinha mudado: as duas poltronas de imitação de couro na sala de estar, sua coleção de porcelanas, e o vento uivando pelo apartamento no oitavo andar. Naquela hora do dia, ela estaria tomando chá, com um pouco de rum dentro, ou bebendo um licor. Um prato de biscoitos digestivos estaria na mesa. Ela sempre tinha gostado de biscoitos.

Ela atendeu o telefone no sétimo toque.

— Alô.

— Oi, mãe, como vai?

— Ah. É você — Sua voz soou rouca como se saída do túmulo, como se tivesse acabado de acordar. Ou talvez apenas não tivesse falado com ninguém ainda naquele dia.

— Como vai você? — perguntou ele de novo.

— Não muito bem, filho. Não muito bem.

Era a angina. Ela tinha dores no peito e estava sempre sem fôlego. De vez em quando, o elevador quebrava e ela nem podia sair para fazer as compras. Nenhum dos vizinhos ajudava, claro. Não eram desse tipo. Mães solteiras e ladrões pé-de-chinelo. Garotos que tomavam bolas e cheiravam cola. Tinha de viver com o que estocava na despensa: ensopado irlandês, biscoitos *cream crackers*, chocolates.

— Como estão Jim e Gary?

— Tudo certo com Jim, falei com ele na quarta-feira. Gary não está muito bem. Aquela garota que ele estava namorando, Janice, o abandonou. — Ela fez uma pausa e ele pôde ouvir seus pulmões estalando e assobiando enquanto ela respirava. — Eu não a culpo. Ele não a tratava muito bem.

Barker pensou em Jill sentada no chão de seu velho apartamento, as pernas cruzadas sob o corpo, a alça do sutiã aparecendo pelo rasgo na blusa.

— Arrumei um emprego — disse ele. — Estou cortando cabelo.

— Como seu pai — disse ela, mas só como uma constatação, sem qualquer tom de nostalgia.

— Também consegui um apartamento.

— Você está comendo direito?

Barker não respondeu.

— Estive em Londres uma vez — disse ela. — Nós vimos os soldados marchando de um lado para o outro, aqueles com os chapéus pretos de pele. Como é que se chama essa marcha?

— Não sei dizer.

— De qualquer forma... — ela suspirou e disse algo que ele não entendeu.

— O que foi, mãe?

— Você vem para casa na Páscoa?

Ele deu uma gargalhada repentina ao perceber que a frase tinha sido dita na TV. Olhou o relógio. Sete e trinta e cinco. Deveria saber que ela estava vendo televisão. As novelas, os programas. Des O'Connor era o seu comediante e apresentador favorito. Um homem adorável. Bob Monkhouse, outro comediante, ela gostava dele também.

Pouco depois, suas moedas acabaram. Ele disse que ligaria de novo em breve, mas a ligação foi interrompida antes que ele pudesse se despedir. Pôs o fone no gancho, saiu da cabine telefônica e ficou parado na calçada olhando os carros passarem em meio ao brilho laranja em direção a Jamaica Road.

OBRIGADO, RAY

Do outro lado da ponte, descendo para a Tooley Street, enevoada e brilhando com a chuva. Barker andava depressa, ansioso para chegar em casa. Quase na entrada para o Calabouço de Londres, virou à direita e entrou num túnel que passava sob a linha do trem. Balançando nas paredes, havia correntes e algemas sujas de musgo, óleo e poeira. Uma porta de correr de aço estava levantada, revelando um mecânico usando macacão azul e folgado, e um carro com dois pneus arriados. Barker passou por um filtro de ar cujo uivo estridente fez seus dentes trincarem. Então, emergiu para a luz do dia de novo. Era verão e suas pálpebras protestaram. O tempo estava úmido, o céu amarelo e cinza-claro, muito claro, de alguma forma, o verde das árvores pálido demais. Quando subiu as escadas para a porta de entrada de seu prédio, estava respirando com dificuldade.

 Já fazia quase cinco meses que estava morando ali e agora não restava qualquer sinal dos invasores. Graças à tia de Charlton, que havia morrido recentemente, ele já tinha mobília apropriada. "Ela não tinha doenças nem nada", dissera Charlton quando Barker inspecionou atentamente as coisas dela. "Ela morreu de, como é que chamam? Causas naturais." Ele tinha instalado um telefone no saguão. Nos dois cômodos principais, ajeitou grandes pedaços de carpete vermelho vindos de um prédio de escritórios que estava sendo redecorado. Pendurou vários quadros nas paredes da sala de estar — cores brilhantes em fundo de veludo preto. Gostava dos temas: chalés nos Alpes Suíços, mulheres ciganas, coisas velhas. Também achou um feito com asas de borboletas. Uma paisagem marinha com ilhas. Um dia iria viajar. Não como na época da Marinha Mercante, quando diziam para onde você estava indo. Viajar de verdade.

Depois de fechar a porta da frente atrás de si, entrou na sala de estar. Seus pesos cor de prata fosca pareciam suados. "Meu Deus, cara, o que é que tem aí?" Enquanto levantava um, e o levava automaticamente até o queixo, o telefone tocou. Era Ray Peacock.

— Barker — disse Ray. — É uma ligação interurbana.

Por trás da voz de Ray, Barker podia ouvir as risadas agudas e o tilintar de copos. Ray adorava sentar em algum bar cheio de gente e gritar no celular. Provavelmente havia uma garota a seu lado. Saia curta, sapatos brancos de salto alto. Alguém que ele estava tentando impressionar.

— Como você conseguiu este número?

Mas, enquanto perguntava, já sabia a resposta.

— Muito bonito — respondeu Ray. — Depois de tudo que eu fiz por você.

Barker tinha a esperança de deixar Ray para trás, junto com todos os outros de Plymouth, mas Ray mantinha suas conexões funcionando, Ray não deixava passar. Pegando Pardal Pelo Rabo.

Barker esperou alguns segundos, e aí perguntou:

— O quê você quer?

— Só pensei em dar um telefonema, ver como você vai...

OBRIGADO, RAY

— O cacete.

Tinha falado com Ray uma vez, na casa de Charlton na Isle of Dogs, e mesmo então havia desconfiado que Ray tinha telefonado só porque gostava de apertar botões.

— Quanto tempo já faz, afinal? Seis meses?

De repente, Barker não gostou da sensação do fone em sua mão. Sentiu-se como se tivesse comido frutos do mar estragados, e em três horas seu estômago iria revirar, e aí, uma hora depois, estaria vomitando.

— Escuta, Barker — e a voz de Ray ficou mais firme. — Eu soube de um trabalho...

O som ao fundo tinha sumido. Ele devia ter saído de onde estava sentado. Andado para um corredor. Um estacionamento. Devia estar andando de um lado para o outro como um animal enjaulado. Como um bicho no zoológico. Cinco passos, e volta. Cinco passos, e volta de novo. É o que as pessoas fazem quando falam num celular. Não conseguem ficar quietas.

Barker fechou os olhos e beliscou o alto do nariz, podia sentir o volume de sua cicatriz entre o polegar e o indicador. Pela janela aberta, podia ouvir a chuva caindo de leve nas árvores. Além da chuva, uma sirene.

— É coisa grande — continuou Ray na mesma voz firme. — Você pode até se ajeitar de vez.

Barker continuou sem dizer nada.

— Eu bati um papo com Charlton outro dia — prosseguiu Ray. — Ele me disse que você estava duro.

— O que é? — perguntou Barker afinal. — Qual é o trabalho?

— Não querem me contar. Você tem de encontrar um cara. — Ray deu um trago no cigarro. — Mas só pode ser grande. Estão pagando seis mil.

"Seis mil?"

— Por que então você mesmo não pega, Ray?

— É o que eu mesmo me pergunto. Por que eu mesmo não pego?

Barker riu sem querer. Sabia que Ray não estava tentando ser engraçado. Ele era assim mesmo. Ray tinha uma namorada chamada Josie. Uma garota grande — braços que pareciam as pernas de um carneiro. Um dia, na hora do almoço, Ray estava sentado com sua cerveja, coçando a cabeça, quando algo caiu de seu cabelo. Aterrissou na mesa, depois de quase quicar. Era vermelho vivo, brilhante, levemente curvo: uma unha de mulher. Ray olhou para ela um momento, aí levantou a cabeça. "Eu e Josie tivemos uma briga hoje de manhã."

— Sério, cara — disse Ray. — Você acha que eu não pegaria se pudesse? Afinal, são seis mil, pelo amor de Deus.

— E qual é o problema?

— Estou sob fiança. Não posso arriscar.

— Você é uma verdadeira ameaça, não é?

— É — Ray parecia resignado. — Escuta, você tem que me ajudar nessa. Estou contando com você.

Barker encarou a parede vazia acima do telefone. Você nunca deveria deixar alguém te fazer um favor. Não deveria contrair esse tipo de dívida.

— Barker? Você ainda está aí?

— Estou.

— Eles vão te ligar. Provavelmente hoje à noite.

Barker não podia acreditar.

— Você deu meu telefone para eles?

— Bem, dei. Achei que você precisasse do dinheiro.

— Isso é ótimo, Ray. Bom pra caralho.

— Como é que eles iam achar você, pelo amor de Deus?

OBRIGADO, RAY

Barker ficou ali no saguão estreito, com o fone apertado contra a orelha. Pequenos pontos brancos começaram a queimar diante de seus olhos. Não que Ray fosse estúpido. Não, é que ele via as coisas de um modo diferente. Barker podia ouvir a voz de Ray se defendendo. "Eu só estava tentando ajudar, Barker. Achei que você ia entender. Não é minha culpa." Ray estava sempre tentando ajudar, e nada nunca era culpa dele.

Quando o telefone tocou de novo, duas horas depois, Barker poderia ter ignorado. Também poderia ter atendido e dito que não estava disponível; havia todo tipo de desculpa para não se envolver. E, no entanto, ele tinha a sensação de que alguma coisa estava começando, algo de que fazia parte quer quisesse ou não. Mais tarde, ele se lembraria de sua mão direita pegando o fone como o momento decisivo, o ponto sem volta.

Escutou atentamente enquanto a voz do outro lado dava as indicações do lugar do encontro, um restaurante libanês perto de Marble Arch. Nenhum sotaque, nenhuma inflexão; poderia ser uma voz gerada no computador para não fornecer nenhuma pista. E quando viu o rosto do homem, à uma da tarde do dia seguinte, ele tinha a mesma falta de individualidade. Estava sentado numa mesa no canto, com as costas para uma parede coberta de plantas; iluminada por pequenas luminárias verdes, a folhagem parecia rica e carnuda, quase sobrenatural. O homem se apresentou como Lambert. Parecia um nome improvável. Barker se sentou. No espaço entre sua faca e seu garfo, havia um guardanapo rosa-claro dobrado em formato de leque. Ele o pegou, desdobrou e estendeu no colo.

— Obrigado por ter vindo — disse Lambert.

Eles eram as únicas pessoas no restaurante. Caixas de som

ocultas tocavam música relaxante, versões instrumentais de canções conhecidas: "Tie a Yellow Ribbon Round the Old Oak Tree", "Brown Girl in the Ring", "The Green Green Grass of Home". Barker notou que todos os títulos citavam cores e se perguntou se seria intencional, se havia algum significado. Aí reconheceu o velho sucesso de Rod Stewart, "Sailing", e sua teoria desmoronou. Um garçom surgiu ao lado do seu cotovelo.

— Por favor — disse Lambert —, peça o que quiser.

Barker escolheu ao acaso dois pratos e fechou o cardápio. Lambert disse ao garçom que queria o mesmo, então abriu a maleta que estava na cadeira ao seu lado. Tirou um envelope pardo e, depois de mover um pequeno vaso de prata para o lado, pôs o envelope sobre a toalha entre os dois.

— Aí dentro está tudo que você precisa saber — disse Lambert. — Também contém metade do pagamento adiantado. Três mil libras.

Barker pegou o envelope, achando que deveria checar o conteúdo, mas Lambert botou uma das mãos em sua manga.

— Agora não. Quando chegar em casa — e Lambert fez uma pausa. — Em Bermondsey.

— Você não vai me dizer do que se trata?

— Não é nada que você não possa resolver.

— E se eu decidir não aceitar?

— Você já decidiu, se não não estaria aqui.

— Mas, e se eu mudar de idéia? — insistiu Barker.

— Então você voltará aqui amanhã nesta mesma hora. Trazendo o envelope, claro.

Lambert abaixou os olhos para a toalha de mesa rosa-claro e sorriu quase melancolicamente.

— Mas não acredito que você volte aqui amanhã.

Barker encarou o envelope, o papel pardo pareceu se expandir para puxá-lo para dentro. Quando levantou os olhos, a refeição tinha chegado e Lambert já estava comendo.

— Isso é bom — disse ele apontando para o prato.
— Não é sua primeira vez, é? — perguntou Barker.

Lambert olhou para ele.

— Você costuma vir aqui — disse Barker. — Neste restaurante.

Lambert estava comendo de novo.

— Isso é realmente muito bom.

Pouco depois, deu uma olhada no relógio e então passou o guardanapo na boca.

— Tenho que ir.

Ele empurrou a cadeira para trás. Barker começou a se levantar.

— Por favor — disse Lambert. — Termine seu almoço.

Mais tarde, Barker não conseguia lembrar-se do rosto dele de jeito algum. Seus olhos, nariz, cabelos tinham sumido sem deixar rastros. Lambert era o tipo de homem que não tinha hábitos. Que sequer tinha cheiro. Quando você almoçava com ele, o tempo passava mais rápido do que se fosse com outra pessoa. Não porque você estivesse se divertindo. Não por qualquer razão que você pudesse imaginar. Só acontecia. Talvez fosse alguma técnica que Lambert dominasse; parte de seu trabalho, de suas ordens. Depois parecia que você apenas tinha imaginado o encontro com ele. Nunca acontecera realmente. Você havia almoçado sozinho, num restaurante em algum lugar perto de Edgware Road. Você se lembrava das plantas na parede. Das folhas. Muito grandes e brilhantes. Muito verdes.

Em casa, de noite, Barker tomou um banho. Como sempre, notou o contraste entre as pernas, que pareciam finas demais, e o tórax, largo e forte, com o nome da ex-mulher tatuado em maiúsculas azuis-cinzentas no peito. Ele preferia ver a forma de seu corpo como um sinal de eficiência. No trabalho que costumava fazer, as pernas não faziam diferença. Os outros é que precisavam das pernas. Para fugir. Secou o corpo todo e pôs uma camiseta preta e um par desbotado de *jeans* da mesma cor, passando um cinto de couro pelas presilhas e prendendo a fivela Harley Davidson. Ajeitou o cabelo com as mãos até que ficasse rente ao crânio. Na cozinha, abriu uma lata de cerveja, que carregou para a sala de estar. Sentou-se no sofá com a TV ligada. Os números vermelhos na tela diziam 7:35.

Depois do encontro com Lambert, Barker voltara ao trabalho. Pedira a Higgs três horas para o almoço naquele dia. Não havia se preocupado em inventar uma razão, uma desculpa, e o velho foi discreto demais para pedir uma. Mas, num certo momento em que a barbearia ficou vazia, Higgs olhou direto para ele e perguntou se estava tudo bem. Barker fez sinal que sim, sem nada dizer. Lá fora, o sol brilhava, o que fazia o interior da loja parecer mais sombrio do que de costume. "Más notícias?" Higgs tinha perguntado baixinho. Barker não respondeu. Mais tarde, caminhou para casa sob um céu azul brilhante e levantou peso até sua pele reluzir.

O envelope pardo ficou na mesa junto à parede, sua superfície intacta, seu conteúdo ainda desconhecido. Se ele achava que ainda tinha escolha, estava se enganando. "Você já decidiu. Se não estaria aqui." Ele tinha atendido o telefone e ido ao restaurante. Havia comido uma refeição. De qualquer jeito que você olhasse a coisa, ele estava dentro. Enquanto pegava o envelope, ouviu a voz do homem, desapaixonada e neutra. "Quando você estiver em casa", e fez uma pausa, "em Bermondsey." Filhos da puta. Sabiam até onde ele morava.

Abriu o envelope de um lado a outro, quase sem cuidado, e o esvaziou na almofada ao seu lado.

Notou primeiro a fotografia. Uma cópia colorida padrão, amassada em um dos cantos. Com todo aquele dinheiro, com todo aquele segredo, ele esperava uma fotografia, mas não tinha imaginado um rosto, como seria. Em geral não faz diferença. Você considera mais uma indicação. Eles dão a você um nome e algum tipo de referência visual. Partes do corpo também são mencionadas. "Cuide da mão direita, cuide dos joelhos." Mas, de alguma forma, desta vez parecia diferente. Como se ele soubesse que seria. Estava segurando a foto de uma garota no começo dos vinte anos. Tinha olhos de avelã, com um olhar direto mas ao mesmo tempo vago. Seu cabelo louro brilhante caía abaixo dos ombros, fora da foto. Uma de suas orelhas ressaltava discretamente. Não se parecia com ninguém que já tivesse conhecido. Podia imaginar encontrá-la numa esquina. Ela estaria perdida. Perguntaria o caminho a ele. Depois que a ajudasse, ela agradeceria e iria embora. E seria a última vez que poria os olhos nela. Não conseguia imaginar um encontro com uma garota bonita assim em nenhuma outra circunstância. Certamente nunca teria imaginado circunstâncias como essas. Largou a foto e pegou o dinheiro, um maço de notas de vinte e cinqüenta apertadas por um elástico. Passou o polegar pelo bolo de notas, mas não as contou. Três mil libras. Concentrou-se nas duas folhas de papel, grampeadas juntas para sua conveniência. Passou os olhos pelas bem arrumadas fileiras de palavras procurando por um nome. Encontrou-o ao chegar na metade da primeira página. GLADE SPENCER.

Nas duas horas seguintes, Barker assistiu à TV, só levantando para pegar mais cerveja. De vez em quando, pensava na barbearia — nas cadeiras de couro vermelho, nos espelhos com cantos trabalhados. Expostas na vitrine estavam fotos de cortes de cabelo dos anos 70, no mínimo quinze anos fora de moda. Acima delas, o desbotado aviso dizendo "Entre por favor, estamos abertos". Ele via Harold Higgs varrendo o chão na hora de fechar, as mangas da camisa enroladas, a pele na altura dos cotovelos fina como papel. Sempre trincando um pouco os dentes por conta da artrite nos ombros e quadris. Quarenta anos no negócio. Quarenta anos. E ainda batalhando para se dar bem. Mas ele não era igual a Higgs, no fim das contas? Naquela tarde, ele tinha se visto pelos olhos de Lambert. O cara o tinha reconhecido — não pessoalmente, mas como um tipo. Alguém que faria o que fosse necessário. Que não iria se apavorar. Era tudo de que ele se lembrava sobre Lambert agora, daquele momento de reconhecimento. Quando ele preferiria ter visto dúvida. Por que tinha aceitado o encontro, quando seus instintos o aconselhavam a fazer o contrário? Será que, secretamente, esperava parecer inadequado, não ser confiável para aquele trabalho? Nessa versão dos acontecimentos, Lambert jamais teria se separado do envelope. Em vez disso, teria apenas se levantado e ido embora, deixando Barker num restaurante vazio, só e humilhado — mas de alguma forma redefinido, confirmado em sua nova identidade. Isso não tinha acontecido, entretanto. Lambert não tinha sequer hesitado. Barker se lembrava do sorriso estranhamente melancólico que Lambert havia dirigido à toalha de mesa. Lambert esperava que ele percebesse a verdade sobre si mesmo. As mãos de Barker se crisparam em seu colo. Claro que ainda poderia dizer não. Poderia devolver o envelope. Mas, então, em algum momento do futuro, alguém surgiria na sua frente com uma garrafa quebrada de cerveja ou um

OBRIGADO, RAY

canivete de mola ou o que quer que se esteja usando agora, e depois, quando ele fosse encontrado no chão de um banheiro público, ou na calçada em frente a um bar, ou num beco, os transeuntes espiariam e veriam seu rosto todo cortado, sangue escorrendo em seus olhos, seus dentes em lascas, e não ficariam surpresos de jeito nenhum, pois é o que acontece com gente como ele, é assim que acabam — o que significa, claro, que é o que merecem. Ele se lembrou da noite em que havia sido atingido no nariz por uma garrafa de limonada. Estava na lanchonete com Leslie. Estavam no balcão, assistindo a George temperar com vinagre e sal. Leslie provavelmente estava falando. Como costumava fazer o tempo todo. Foi falando que abriu caminho até seu peito, em letras de cinco centímetros de altura, não foi? Falou até entrar em sua pele. Em algum momento, a porta se abriu e uma corrente de ar frio veio em suas costas. Mas ele não olhou em volta. Talvez tenha pensado que era só o vento. A porta daquela lanchonete estava sempre abrindo sozinha, o trinco não funcionava mais e George nunca resolvia consertá-lo, o preguiçoso. De qualquer forma, ele não olhou. E, no minuto seguinte, estava no chão, a cabeça explodindo em áreas de brilho e faíscas, e alguém acima dele gritando e gritando. Eles nem tinham se apresentado, apenas vieram por trás, balançando a garrafa. Até agora, ele não sabia exatamente qual havia sido o motivo, se tinha algo a ver com Leslie e outro cara, ou se era sobra de alguma encrenca de Jim, seu irmão — Jim estava sempre deixando alguém puto. Não que os motivos realmente importassem. A violência parecia vir atrás dele de uma forma ou de outra; ele podia senti-la mordendo seus calcanhares como um cachorro. A cicatriz no alto do nariz e a aparência perplexa que ela lhe dava eram uma lembrança. Era uma prova.

Às dez da noite, ele ligou para o celular de Ray. Só conseguia ouvir Ray muito baixo em meio à nuvem de estática. Mesmo assim, ele não perdeu tempo e foi direto ao assunto.

— Você sabe o que eles querem que eu faça, Ray?

Ele não respondeu.

— Ray, o trabalho que você me arrumou, sabe o que eles querem que eu faça?

— Eles não me contaram.

— Eles querem que eu mate uma pessoa. Você sabia disso?

— Eu já disse. Eles não me contaram.

— Bom — disse Barker —, agora você sabe.

Uma imagem lhe apareceu de repente, mais um fragmento do passado. Ele estava parado do lado de fora de uma boate um ano atrás, com Ray na calçada ao seu lado usando uma jaqueta preta brilhante com uma cabeça de tigre rosnando nas costas. "Eu soube que você apagou um dos Scully", Ray tinha dito. E Barker perguntou onde ele tinha ouvido aquilo. Ray deu de ombros. "É o que se diz por aí." Barker imprensou Ray contra a parede, sabendo que ele poderia jogá-lo a três metros de distância assim que quisesse. "Vou te explicar o que isso é, Ray, isso é um monte de merda. Entendeu?" Ray fez que sim — OK, OK —, mas obviamente não tinha acreditado no que Barker estava dizendo. O que significava que poderia estar mentindo agora.

Mas por quê? Por que ele iria mentir?

A estática diminuiu e ele pôde ouvir Ray respirando do outro lado da linha. Pôde ouvir também uma TV ao fundo. Estavam assistindo ao mesmo canal. O que deu a Barker uma sensação peculiar. Só por um instante, teve a sensação de estar em todos os lugares ao mesmo tempo. Como Deus.

— Veja você, essa merda pode parecer estranha — disse

—, mas eu nunca matei ninguém antes. Nem mesmo por acidente.

Ray começou a falar.

— Meu Deus, Barker, se eu soubesse que o trabalho era esse, acha que eu teria... — e seguiu por aí.

Depois de um tempo, Barker simplesmente interrompeu.

— Você tem alguma idéia, Ray, de como matar uma garota?

Barker ouviu Ray respirar, a TV ao fundo, e, mais além, o sinistro espaço vazio da linha de telefone.

— Não — disse ele. — Acho que não.

Acendeu um cigarro e soprou a fumaça contra a parede em cima do telefone.

— Amanhã, Ray — disse ele —, amanhã você vai na agência de empregos e pede para que te contratem. Eles deviam colar você atrás daquelas merdas de guichês. Porque você realmente tem talento para arranjar emprego para alguém, sabia? Um talento fodido. E uma coisa que todo mundo sabe, Ray, é que não aproveitar talento é um desperdício fodido. Certo?

Barker bateu o telefone. Pelo tipo de silêncio que o envolveu logo em seguida, imaginou que deveria ter gritado. Pelo menos no final da ligação.

Voltou para a sala de estar. Na mesa, viu a fotografia de Glade Spencer. Pegou-a e rasgou-a em pedaços. Jogou os pedaços na lixeira.

DOIS

MONTANHAS EM PADDINGTON

Como sempre, Glade dormiu no metrô. Tinha trabalhado seis turnos naquela semana, incluindo um turno dobrado na véspera, então não era surpresa que estivesse cansada. Assim que saiu da escola de arte, ela havia trabalhado como garçonete num café em Portobello Road; seis meses depois, conseguiu emprego num restaurante pequeno e chique no Soho, onde trabalhava desde então. Ela gostou do lugar assim que entrou; ainda que parecesse formal — as toalhas de mesa brancas e engomadas, a meia-luz, o brilho levemente malicioso do jogo de talheres —, não era um lugar tenso. O horário era mais longo, claro, e ela tinha de ir mais longe, mas ganhava bem, nunca menos de duzentas libras por semana incluindo as gorjetas — e de qualquer jeito o que mais ela faria da vida?

Acordou quando o metrô diminuiu a velocidade. Sentia a cabeça nublada e confusa. Olhando em volta, espiou pela janela. O trem tinha saído do túnel para a luz do dia, embora as paredes altas e as plataformas elevadas da estação disfarçassem isso. Um submundo de pedregulhos, canos e sombras. Paddington. Faltavam quatro estações. Quando o trem continuou túnel adentro, ela viu um pedaço de terreno vazio ao norte, abaixo das secas e pálidas colunas de sustentação de

Westway. Era um lugar no qual ela sempre pensava — uma espécie de solo sagrado.

Quatro anos antes, em seu décimo nono aniversário, ela havia convidado uns amigos para seu quarto em Shirland Road, onde morava na época. Beberam Lambrusco em copos de plástico e à meia-noite ela abriu a porta do guarda-roupa e pegou alguma coisa. O foguete que tirou da escuridão atrás de suas roupas penduradas era quase do tamanho dela, o pavio louro aparecendo por cima do cilindro azul pesado, com uma extremidade vermelha e pontuda no alto. Havia custado oito libras e estava escondido no armário desde novembro.

Naquela noite, eles desceram a Shirland Road falando, rindo e fumando cigarros, três ou quatro garotas da escola de arte e Charlie Moore, o melhor amigo de Glade. Ela se lembrava de que as garotas não gostavam muito de Charlie, uma delas sussurrando sobre o cabelo dele, como parecia estofamento de sofá, outra perguntando por que ele falava tão pouco. Shirland Road desembocava na Warwick Avenue, Glade mostrando o caminho. Warwick Avenue — de repente tão grande e espaçosa, com aquela igreja numa ponta, como se fosse um barco; ela sempre imaginava que na frente ficava o mar e não uma estrada. Algumas vezes, ela se sentava do lado de fora do *pub* e bebia metade de uma cidra ou uma Guinness, e via a igreja navegar na sua frente, espuma branca batendo na grande entrada, ensopando as inexpressivas paredes de tijolos. Naquela noite, no entanto, a lua estava quase cheia e sob a luz de alumínio a igreja parecia estar encalhada, parecia ancorada, e eles passaram por ela, passaram pelas grandes casas, as sombras cobrindo as fachadas creme como xales de renda negra. Alguma coisa pareceu se agarrar a ela quando olhou para dentro daquelas janelas, as cortinas amarradas com cordas de seda e as luzes acesas, as extremidades dos abajures âmbar elaboradas com franjas, e, mais para dentro dos cômodos, espelhos dourados sobre lareiras, sofás, vasos chineses.

— A montanha — disse ela.

Correu pela estrada principal e, subindo numa cerca de ferro ondulado e arame farpado, desceu escorregando um barranco de grama e pedregulhos até o terreno plano atrás da estação de Paddington. O barulho ali a surpreendeu. O volume de trânsito descendo de Westway, a estranha mistura de sibilar e lamento dos trens que deixavam a estação ganhando velocidade. Ela ficou no pé da montanha e olhou para cima. Lama, como ela sempre tinha pensado. Àquela altura, os outros já tinham se juntado a ela. Charlie estava perto de seu ombro, franzindo o canto da boca, levemente torta, talvez porque já imaginasse o que ela tinha na cabeça. Uma das garotas rasgou a saia. Ela ria com a boca escancarada, seu pálido batom dos anos 60 quase fosforescente à meia-luz. Glade explicou seu plano para ela. Todos teriam que escalar a montanha. Era de lá que ela iria soltar o foguete.

No topo e ofegante, sem fôlego, ela se sentiu muito mais perto do céu, como se pudesse esticar a mão e tocá-lo, a massa de ondas escuras que cobria Londres, espalhafatosa e enrugada como um veludo de liquidação. Ela podia ver um trem cambaleando como um bêbado no labirinto de trilhos que saíam da estação, só as janelas visíveis, uma triste fila de quadrados amarelos. Cada quadrado tinha rostos, olhando para fora, indo para casa, e ela pensou em seu pai, que vivia num *trailer* em Lancashire, o rosto do pai naquela solitária e melancólica janela, um quadrado amarelo na escuridão do campo. Ela se abaixou. Jogando o cabelo para trás do ombro, enterrou a base do foguete na lama até que ele permaneceu em pé por conta própria. Perguntou se alguém tinha fósforos. Charlie lhe passou um surrado isqueiro Zippo. Ela clicou a tampa para trás, acionou a faísca com o polegar e segurou a trêmula chama sob o pavio. Por um momento, nada aconteceu. Então o fogo pegou. No começo queimou modestamente, inocentemente, como se fosse um pedaço de papel qualquer que iria logo se consumir, acabar, desfazer-se em cinzas inofensivas. Entretanto, a chama tinha um estranho halo esverdeado. Alguém gritou para ela. "Abaixe-se."

Ela se agachou, braços em volta dos joelhos. E, de repente, ele partiu. O barulho a lembrou do momento em que se tira um Band-Aid de um machucado — um som estridente de coisa rasgando, como se fosse um suspiro arrancado do ar. Ele traçou uma brilhante linha alaranjada na escuridão, fazendo uma curva alta no céu macio e marrom de Londres, subindo e subindo, e explodiu em algum lugar sobre Westbourne Grove, a explosão ultrapassando as casas atrás da estação, além da área estreita e comprida como uma flauta de Westway, e então um jato de vermelho e verde e dourado parecendo cobrir metade do tamanho da cidade, vindo depressa na direção dela, tragando-a.

Seu melhor aniversário.

O trem tremeu, depois parou. Westbourne Park.

Se estivesse indo para o oeste, era possível ver a montanha de Harrow Road, logo depois do depósito de madeira e pouco antes de mergulhar na passagem subterrânea. Podia-se vê-la do metrô também, se se estivesse viajando na linha Hammersmith & City, como ela estava agora. Tinha mais ou menos a altura de um prédio de quatro andares, com o chão nivelado

MONTANHAS EM PADDINGTON

ao redor. Uns poucos tijolos, umas poucas garrafas quebradas em volta. Arbustos cresciam ao pé da montanha no verão, aqueles arbustos da cidade, rudes flores amarelo vivo, talos de um verde cinzento. Quando chovia no inverno, os flancos íngremes da montanha brilhavam, e poças d'água escondiam os tijolos e garrafas. Ela nunca esqueceria como a montanha tinha ficado bela e incomum num certo mês de fevereiro, quando durante dias parecia imitar o monte Fuji, seu cume perfeito coberto com uma leve camada de neve.

Quatro conjuntos residenciais bege, um *pub* chamado The Pig and Whistle. Latimer Road afinal. Ela se levantou do banco, quase perdendo o equilíbrio quando o metrô deu uma parada repentina. Na plataforma, um guarda entediado bocejou, seus dentes aparecendo acintosamente ao sol pálido do outono. Ela passou por ele, as portas do metrô rangendo ao se fechar logo atrás dela. Desceu um lance de escadas cobertas de cuspe para sair na rua. Parou um instante, botando para dentro o ar frio e cinzento, o pacífico murmúrio do trânsito, na calçada do lado de fora do escritório da frota de táxis um negro relaxando numa poltrona de um castanho estranhamente confortável.

Andando para o norte, lembrou-se da noite em que a montanha tinha desaparecido — ou melhor, da noite em que havia notado que ela não estava lá. Hector, um de seus colegas garçons, tinha lhe dado uma carona para casa em sua moto. Quando eles viraram à esquerda saindo de Edgware Road e rumaram para o cruzamento, ela percebeu que teriam de passar pela montanha e se preparou, como sempre, segurando um sorriso dentro da boca. Mas, quando eles entraram na curva, ela olhou para baixo e não tinha nada lá. Ela deve ter reagido, ou talvez até tenha gritado, porque Hector começou a frear achando que algo estava errado. Gritando no vento, ela perguntou se ele não poderia pegar à esquerda no sinal luminoso e fazer a volta. Na segunda vez em que passaram no local, ela ficou chocada com o quanto tudo parecia normal — de fato, mais normal do que jamais havia parecido. O terreno onde jogavam lixo, os trilhos do trem. Parte de um canal.

Em seu quarto, mais tarde naquela noite, ela consultou o guia da cidade e estudou o trecho de espaço branco entre a Bishop's Bridge Road e a faixa azul e branca de Westway. Não conseguiu encontrar o pequeno triângulo que indicaria a presença da montanha, nenhum número informando o quanto ela era alta. Ela recuou na cadeira, pensando naquele espaço e em como a brancura era uma espécie de mentira. Pensou nos espiões e em como eles aprendem a esvaziar seus rostos. A montanha era um segredo que o mundo se recusava a partilhar com ela. Logo ia ficar difícil acreditar que um dia ela tinha existido. Mas eram justamente essas as coisas a que você tinha que se agarrar para encarar o que viesse, aquelas que desapareciam sem aviso, sem deixar vestígio, como se nunca tivessem estado lá.

Ela passou a escola e então virou à direita, em direção a uma rua de casas de tijolos vermelhos. Quando as pessoas perguntavam onde ela morava, sempre respondia Wormwood Scrubs (embora sua colega de apartamento, Sally James, afirmasse que moravam em Ladbroke Grove). Gostava do nome. Também sentia afinidade com aquele frio lugar de grama, ruas curvas e homens passeando com cachorros, de alguma forma o céu era grande demais, com trechos de branco surgindo através dos insípidos cinzas e azuis-claros, parecendo uma aquarela por terminar. Tinha a sensação que entendia aquilo melhor do que Ladbroke Grove com suas locadoras de vídeo com néon rosa na fachada e seus carrões balançando com a música.

Quando chegou em casa, parou no portão e olhou para seu quarto lá em cima, uma janela pequena e estreita no primeiro andar. Um rosto espiava no vão entre as cortinas. Era seu gato, Giacometti. Um nome supostamente irônico: um gato persa branco e peludo que nada tinha em comum com as figuras longilíneas pelas quais Giacometti ficou famoso — mas, curiosamente, por baixo daquele exterior fofo ficava à espreita uma disposição que era ao mesmo tempo irritadiça e perversa.

Abriu a porta da frente, que se fechou quando ela passou, e subiu as escadas. Encontrou Sally sentada na cozinha fumando um cigarro. Uma panela de água estava esquentando calmamente no fogão. A chaleira estava ao lado, o vapor ainda saindo pelo bico.

— Tive um dia de merda — disse Sally.

Glade pôs água quente numa xícara, colocou um saquinho de chá de ervas e levou para a mesa.

— Merda — disse Sally — do começo ao fim. — Ela bateu a ponta do cigarro na borda do cinzeiro. — Emprego temporário — disse. — Eu odeio essa porra. — E encarou Glade até que ela começou a se sentir como uma vitrine de loja. — Você realmente tem sorte, sabia?

Glade pegou um tufo de seu longo cabelo e o ajeitou atrás da orelha. Então ela simplesmente, riu — um tanto nervosa.

— Não sei como você faz — disse Sally. — Não sei mesmo.

— Faz o quê? — perguntou Glade.

— Não sei bem. O jeito como tudo funciona para você. O emprego no restaurante, por exemplo...

Glade esperou.

— E um namorado — Sally continuou rápido —, em Miami. — Ela sorriu amargamente e balançou a cabeça.

Glade abaixou a cabeça olhando a xícara. Ela vinha saindo com Tom há dois anos — se era possível falar em "sair com" a respeito de um cara que você mal via. Não era culpa dele se morava nos Estados Unidos. Ele era americano, afinal. Mas ainda assim. Se se somasse o tempo que realmente passaram juntos, daria o quê? Um mês? Um mês e meio? Ela enrolou o papelzinho pendurado no saco de chá fazendo um cilindro, que enrolou tão apertado até não sobrar ar no meio, ficando impossível de se olhar pelo canudo.

— Ele é advogado, não é? — perguntou Sally.

Glade fez que sim com a cabeça.

— Não sei exatamente de que tipo.

— É isso que eu quero dizer, entende? Você é tão vaga, tão fechada em si mesma. Você nem tenta, e mesmo assim arranja um cara — Sally fez uma pausa. — Um cara como esse...

A água ferveu. Sally suspirou e se levantou da mesa parecendo arremessar-se através da cozinha. Glade se lembrou de velhos filmes de guerra: aviões que tinham bancos ao longo das paredes no lugar de poltronas, homens tensos com páraquedas — e aí, o momento em que eles tinham de se atirar através de uma porta aberta e não havia nada lá fora, só um céu escuro e o ar rugindo. Viu Sally jogar quatro pedaços de brócolis na panela. Durante a última semana, Sally tinha começado a comer brócolis. Por conta própria.

— Mas deve ser maravilhoso — disse Sally por cima do ombro. — Ser levada de avião para Miami no fim de semana. — Sua voz estava mais suave agora, amanteigada. — Quero dizer, ser levada de avião.

MONTANHAS EM PADDINGTON

Para Glade não parecia especialmente maravilhoso, era só o jeito como as coisas aconteciam. Algumas vezes, Tom voava para Londres e eles ficavam num hotel cinco estrelas no West End; e havia também aquele lugar com nome curto em Knightsbridge do qual ele gostava (num fim de semana em que Sally estava fora, ele ficou no apartamento, "visitando os pobres", como ele dizia). Mas na maior parte das vezes era assim mesmo, ela era levada de avião para Miami por Tom. Ele fazia sua secretária lhe mandar uma passagem pelo correio, ou, se fosse uma decisão de última hora, o que era o mais comum, ela pegava a passagem no aeroporto. O que a amiga achava maravilhoso era: andar até o balcão de vendas, TWA ou Virgin ou Pan-Am e dizer: "Sou Glade Spencer. Tem uma passagem para mim." No fim da viagem, na Flórida, um homem estaria segurando um cartaz com seu nome. Ele pegaria sua mala e a conduziria até a limusine estacionada lá fora (uma vez, a primeira, Tom tinha enchido a parte de trás do carro com flores) e então a levaria até o apartamento de Tom, em South Beach. Eles iriam a restaurantes e festas, a casas com piscinas. Ela sentava na sombra com seus óculos escuros de bazar de caridade e seu chapéu de aba amarrotada, enquanto garotas americanas passavam com roupas que sempre pareciam novas demais, como aquelas roupas dos dramas de época. Uma incomum, mas não desagradável, sensação de estar deslocada a invadia; a sensação de que aquele não era de fato o tempo presente, e sim realmente a recriação de um período da história. De repente, sentia-se artificial, consciente, como se estivesse interpretando. E lá estava Tom de pé ao sol com um coquetel. "Ela é tão londrina, não é?", disse, com um curioso olhar meio orgulhoso e meio zombeteiro pairando no rosto. Mas não era com freqüência que tudo isso acontecia.

Glade tomou um gole de chá, que já estava quase frio.

— Nós não nos vemos muito — disse. — Na verdade, quase nunca.

Foi por isso que tinha comprado Giacometti, para ter companhia. Se ela estava fora, ele esperava na janela com seu rosto redondo e sem expressão, que lembrava o de uma coruja. À noite, ele dormia na cama dela. Algumas vezes ela acordava no escuro e ele estava sentado encarando-a sem piscar os olhos amarelos, com uma das patas descansando na palma da mão dela.

— Deve ter uns três meses que não o vejo.

Glade levantou a cabeça e percebeu que finalmente tinha dito algo que fez Sally sentir-se melhor.

Ela estava saindo com um cara havia apenas umas duas semanas. Ele tinha uma compleição física que lembrava a Glade um pau-de-balsa. Se se pressionasse sua testa, iria deixar uma marca. Ou se podia dobrar suas orelhas até que quebrassem num estalo. "Estalo, estalo. Como era o nome dele? Ah, sim. Hugh." Uma palavra que parecia estranha de escrever. "Parecia um barulho. Hugh."

Ela observou Sally tirar a panela do fogão e levá-la para a pia. Quando o brócolis caiu desastradamente no escorredor, o telefone tocou.

— Você pode atender? — perguntou Sally. — Deve ser para você mesmo.

Glade saiu para o corredor e pegou o telefone. Por um instante, a linha pareceu vazia, morta. Então ela ouviu um clique.

— Alô — disse ela.

— Glade? É seu pai.

— O senhor quer que eu ligue de volta?

— Não, tudo bem. — disse ele. — Ainda tenho algumas moedas.

Ele não ligava com freqüência. Era-lhe complicado, porque ele não tinha telefone. Se quisesse falar com ela, ia até a cabine telefônica mais próxima, que ficava uns três quilômetros descendo a estrada. Quase seis quilômetros de ida e volta — e às vezes o telefone estava quebrado. Glade sempre se sentia culpada quando ouvia a voz dele.

— Você ainda vem me ver? — perguntou ele.
— Vou tentar, no fim de semana que vem.
— Na sexta-feira?
— É — disse ela. — Mas só vou chegar aí tarde.
— Mas não muito tarde?
— Não.
— Eu vou fazer comida.

O súbito entusiasmo do pai a tocou e a entristeceu. Era preciso tão pouco para animá-lo. Ela o viu de pé na luz fraca da cabine telefônica, cabeça baixa, ombros encurvados, a escuridão ao seu redor, escuridão por quilômetros.

Sally olhou para ela por cima do prato vazio quando Glade voltou para a cozinha.

— Vou numa festa hoje. Você não quer ir comigo, quer?

Glade hesitou.

— Acho que vou ficar em casa.
— Tem quem goste — disse Sally.

Naquela noite, Glade chorou até conseguir dormir. Ela fez um fogo na lareira, que teimosamente se recusou a acender. As poucas e pequenas chamas não convenciam, pulando na direção da chaminé — e então caindo, encolhendo, morrendo. Algumas vezes, enquanto chorava, ela pensava em Tom, embora não necessariamente ligasse uma coisa à outra.

FLAMENCO EM LANCASHIRE

A janela do *trailer* de seu pai estava visível através da escuridão — um bloco de luz borrada na extremidade do terreno. Embora Glade tivesse prometido que não chegaria tarde, já havia passado das nove da noite. Choveu boa parte do dia, o ônibus tinha se arrastado pela estrada como se atravessasse grama alta. Depois de Birmingham, as nuvens haviam se dispersado um pouco e ela viu surgir um buraco de azul pálido — aquela pura cor desbotada que às vezes se vê no céu depois de uma chuvarada. Mais para norte, no entanto, a chuva caía de novo, chicoteando a superfície do chão, até que pareceu encolher-se. A viagem levou mais de sete horas.

Andando no escuro sem uma tocha, ela teve a sensação de estar caindo no vazio, uma espécie de vertigem. Sentiu que poderia espatifar-se contra a janela amarela e aterrissar no pedaço puído de tapete — uma chuva de estilhaços de vidro. Parou por um momento olhando em volta. Uma noite crua, sem lua. Achou que podia sentir o cheiro dos cabos de madeira lisa das ferramentas da fazenda. Provavelmente, era só imaginação, e ela continuou. O chão encharcado tremia e afundava sob seus pés. Quando chegou ao *trailer*, seus sapatos estavam ensopados.

A porta se abriu, rangendo. A luz se espalhou pelo campo.
— Glade, é você?
Seu pai estava na entrada, encurvado, uma figura indistinta, o cabelo branco jogado para o lado de forma estranha. Achou que ele tivesse dormido de mau jeito, mas visto de cima para baixo ele parecia um rei cuja coroa estivesse sendo usada de lado e pudesse escorregar da cabeça a qualquer momento. Um filete de vapor subia da colher de pau que ele trazia na mão.
— Oi — disse ela.
Abraçaram-se desajeitadamente, Glade se esticando do degrau de baixo, seu pai se inclinando, os corpos formando um arco precário.
— Vai entrando — disse ele —, eu fiz um ensopado. — Recuou parecendo alegre, e também tímido. Bem poderia estar confessando um crime — uma coisa pequena como rasgar um tíquete de estacionamento.

Philip Spencer tinha se tornado esquisito. Era o que todo mundo dizia. Começou quando a mãe de Glade fugiu com um corretor de imóveis, um homem onze anos mais jovem. A mudança do pai foi repentina e profunda. Uma semana **antes** do divórcio comprou um *trailer*, engatou-o na traseira de sua caminhonete e partiu nele de Norfolk, onde sua família sempre tinha vivido, deixando uma casa vazia e contas para pagar. Nunca voltou. Cerca de três meses depois, passou por Londres no caminho para o sudoeste. Glade estava hospedada com a irmã naquele inverno, numa vizinhança sossegada perto de Parliament Hill. Apesar de jantar no apartamento com as filhas, ele insistia em dormir no *trailer*, que estava estacionado lá fora na rua. Certa noite, ele caiu da cama. Quando se levantou meio dormindo, sem saber onde estava, teve a impressão de que o chão havia se inclinado. Achou que devia estar sonhando. Mas, de manhã, o chão continuava inclinado. Acontece que alguém tinha furado um de seus pneus. Esta foi a primeira de muitas aventuras. Nos anos seguintes, ele viajou pelas Ilhas Britânicas, de cima a baixo e de um lado ao outro, sempre dormindo no *trailer*, que batizou de *Titanic*, em homenagem àquela noite em Londres. Mandou para Glade cartões-postais de Ben Nevis, Lake Coniston, Penzance. Um belo dia, na metade do último ano dela na escola de arte, ele ligou de uma cabine telefônica em algum lugar de Lancashire. "Está na hora de eu me fixar", disse. Estacionou o *trailer* num campo e trocou as rodas por pilhas de tijolos. Tinha vendido o carro. O homem que era dono do terreno, um fazendeiro chamado Babb, só cobrava dele umas poucas libras por semana. Seus gastos eram pequenos — de fato, tão pequenos que vivia bem só com sua aposentadoria. Daí em diante, levaria uma vida simples. Seu pai lhe disse que Babb não precisava de ninguém e que faria o mesmo.

Glade tirou os sapatos e os deixou perto da porta. Ela sentou na estreita mesa de fórmica da cozinha enquanto o pai espiava o ensopado, mexendo com a colher de pau.

— Quanto tempo você vai ficar? — perguntou ele.

— Só até domingo. Estou em dois turnos na segunda.

Ele fez que sim com a cabeça.

— Você está gostando desse trabalho de garçonete?

— Acho que sim.

— É bom que você ainda não tenha se comprometido com alguém. — disse ele. — Você tem muito tempo para isso. — Parou de mexer a colher e ficou olhando a parede em cima do fogão. — Eu aprendi do jeito mais difícil.

FLAMENCO EM LANCASHIRE

Ela olhou intrigada por um instante, mas ele preferiu não esticar o assunto. Ela olhou em volta. Cada objeto estava coberto por uma camada fina de poeira; como se tudo que ele possuísse tivesse uma pele com pêlos, como pêssegos. Percebeu que não o visitava desde junho — e já era outubro.

— Quer beber? — Seu pai estava de pé em frente ao guarda-louça, sem olhar diretamente para ela. — Eu tenho um vinho. — Ele segurou a garrafa. Valpolicella. — Não muito bom, eu desconfio. — Pôs o vinho na mesa e pegou outra coisa no armário. Um olhar estudado e velhaco apareceu em seu rosto. — Uma dose de uísque? — E mostrou uma garrafa de Teacher's.

— Acho que vou tomar vinho — disse ela.

Ele assentiu.

— Eu vou de uísque.

Achou só um copo, que deu para ela. Tinha a palavra BLACKPOOL escrita em grandes maiúsculas vermelhas e, em cima, a estampa de uma torre, impressa em preto.

— Passei uma semana lá certa vez — disse ele. — Boa gente.

Serviu uns dois ou três dedos de uísque numa caneca azul e branca, bateu de leve com a caneca no copo dela e bebeu. Quando abaixou a caneca, deu um suspiro teatral, como alguém que estivesse num anúncio ou num filme.

— Como foi a viagem?

— Tudo certo. — Glade tomou um gole de vinho. Estava frio e amargo, com um gosto de groselha.

— Nenhuma dificuldade para chegar aqui?

— Peguei um ônibus na estação de trem e depois vim de carona.

Ele pensou um pouco e em seguida fez que sim com a cabeça. Levantou de novo a tampa do ensopado, do mesmo jeito que algumas pessoas acendem um cigarro só para ter o que fazer. O vapor subiu numa coluna grossa, formando um cogumelo que esbarrou no teto.

— Tem carneiro aí dentro — disse ele, sorrindo para ela.

Foi um sorriso tão rápido que por pouco ela não o perdeu. Ele não parecia saber se deveria estar sorrindo ou não. Se tinha o direito. Se deveria ter a ousadia.

Glade curtia uma ressaca, pela primeira vez em meses, quando voltou para Londres, na noite de domingo. A dor de cabeça parecia estar sendo aplicada de fora; era como se alguém tivesse enrolado arame em volta do seu olho esquerdo e estivesse apertando aos pouquinhos. Ela tinha bebido uísque com o pai na noite anterior, uísque misturado com vinho. E agora suportava o movimento estranhamente acolchoado do ônibus. Também estava quente demais, um ar velho tinha se instalado em sua garganta e não queria sair. Ela dormiu por meia hora, mas não se sentiu melhor quando acordou.

"Sua mãe me escreveu."

Seu pai havia lhe dito. Sua mãe, Janet, tinha escrito uma carta para ele, da Espanha, o mais improvável dos lugares. Ele mostrou a Glade o envelope para provar. "España", ele disse, e balançando a cabeça para demonstrar deslumbramento. Então passou a mão nos selos e disse: "Pesetas." Aparentemente, o tal corretor de imóveis tinha um apartamento na Costa do Sol, e eles estavam pensando em viver lá de vez.

— Não dá para culpá-los, dá? O sol, as maracas...

FLAMENCO EM LANCASHIRE

A boca do pai se abriu por completo e ela pôde ver os dentes alojados no alto, como morcegos numa caverna. Sua risada tinha um som forçado, selvagem. Era o riso de alguém que perdeu o costume de ter companhia, um homem que não conseguia mais ver suas reações refletidas no rosto de uma outra pessoa.

— Na verdade, são castanholas, não são? — ela perguntou.

Seu pai estava pensando, com os olhos levantados para o teto.

— Acho que você está certa.

Ele segurava o envelope do jeito que um mágico segura um baralho, só que, neste caso, ela sabia que não tinha motivo para esperar um truque. Ele só virou a carta e virou e virou, tentando vê-la sob um novo ângulo, esperando conseguir mais informações. Com o riso artificial de quem ouviu uma piada e não entendeu.

— Algumas vezes eu acho que foi melhor assim. Ela ir embora, quero dizer. — Pôs o envelope na mesa, deliberadamente, como se alguém tivesse mandado que ele o fizesse. No entanto, não conseguia parar de olhá-lo.

— Pra começar, fico até surpreso que a gente tenha ficado junto.

Seus olhos mostravam esperança. Ele queria que ela dissesse: "Sei o que você quer dizer. Sempre me surpreendi com isso também." Em vez disso, olhou além dele, pela janela. A luz do *trailer* bateu em parte da cerca alta que separava o lote do quintal do fazendeiro. As folhas eram pequenas e lustrosas, no formato de unhas. Podia sentir no rosto a brisa fria que atravessava um vão na parede.

— *España* — repetiu o pai com os olhos brilhando de forma incomum, quase faiscantes, como se tivessem levado uma mão de verniz.

Ela não entendia por que ele estava tão excitado.

O ônibus oscilou dentro da noite escura, uma ventania uivante. Noite de domingo. Ela encostou a testa na janela e notou que o vidro estava trepidante e levemente oleoso. Luzes de janelas desconhecidas, de casas desconhecidas. Pensou no pai espichado na cama estreita, as cortinas abaixadas, o campo quieto e calmo. Pelo menos, o *trailer* estaria limpo aquela noite. Ela tinha passado boa parte do domingo com uma flanela na mão, limpando a cobertura de poeira de tudo o que via. Tinha lavado todas as superfícies da cozinha: as prateleiras, o fogão, a parte de dentro da geladeira. Também varreu o chão, empurrando porta afora as bolas de poeira, que ao caírem no gramado pareciam estranhas, perplexas, como se fosse neve numa biblioteca ou num avião. Enquanto ela trabalhava, seu pai resolveu consertar a mesa que tinha quebrado na véspera, movendo as mãos suavemente pela fórmica e pela madeira, como se elas estivessem machucadas. Ele estava ajoelhado no tapete com a caixa de ferramentas ao lado, o cabelo revolvido ao redor da coroa no alto da cabeça, como um ninho. Tinha um curativo preso na testa. O momento em que ela mais gostava de estar com ele era quando ambos tinham algo para fazer. Não precisavam se esforçar tanto. Ela podia falar se estivesse com vontade. Ou então deixar sua mente vagar. Não sentia aquela costumeira pressão de pensar em coisas para dizer.

Ela achava que nesse momento ele devia estar comendo feijão com torradas no jantar. E bebendo um pouco de uísque na caneca azul e branca. Esperava que ele achasse um programa para ouvir no rádio: uma ópera ou uma peça. Esperava que ele não se sentisse tão solitário.

Mudou de ônibus em Edgware Road, do Circle Line para o Hammersmith & City. Homens pálidos, vestindo capas de chuva, esperavam na plataforma. Um deles a encarou, olhando de lado, olhos insistentes, com um brilho estranho. Ela sentia o cheiro de cinzas e borracha queimada. O relógio na parede marcava dez para as nove. Achava que nunca tinha se sentido tão cansada assim.

 Afinal, o trem chegou. Ela entrou no vagão mais próximo e se sentou. Uma garota negra, vestindo surradas calças de couro, tocava um violão. Todos a ignoravam, fingindo estar fascinados por algo no teto ou no chão. O receio que Glade via em seus rostos parecia desproporcional à ameaça. Deu para a garota uma moeda de uma libra, mais do que podia gastar, e a moça sorriu para ela no intervalo entre dois versos de uma canção. Quando a cantora deixou o metrô em Ladbroke Grove, Glade a seguiu. Desceu os degraus ásperos e saiu na rua. A garota pendurou o violão no ombro, e então caminhou para a faixa de pedestres. Glade reparou em como ela levantou a mão até a altura do quadril para agradecer ao motorista do carro que a deixou atravessar. Do outro lado da rua, a garota olhou em volta. Viu que Glade a observava. Deu um outro sorriso, desta vez maior e mais ligeiro, e seguiu adiante, virando à direita em Cambridge Gardens.

 Glade virou à esquerda, afastando-se de Ladbroke Grove — e levando o sorriso da garota com ela enquanto seguia apressada para casa. Mas, quando abriu a porta da frente, um arrepio se espalhou por sua pele. Ela chamou por Sally.

A palavra se agarrou no ar pesado e meio grudento, e por um momento ela sentiu como se todos no mundo tivessem desaparecido, menos ela. Subiu as escadas, largando o casaco e a mochila no chão. No banheiro, abriu as torneiras da banheira. Enquanto a banheira enchia, procurou por Giacometti. Ele estava esticado na cama branca dela, e seus grandes olhos amarelos meio abertos eram a única falha em sua camuflagem.

Ela se despiu, se enrolou numa toalha e voltou pelo corredor até o banheiro. Ficou de molho na água quente por meia hora, sem pensar em nada. Às dez da noite, estava sentada na mesa da cozinha com uma xícara de chá de framboesa. Fazia tanto silêncio que podia ouvir o motor da geladeira. Se Sally estivesse ali, teria ligado o rádio. Sally sempre dizia que o silêncio deprime.

Na noite de sábado, quando tinham esvaziado metade da garrafa de uísque, seu pai tinha colocado uma música. Era a primeira vez que ele tinha feito uma coisa assim, e Glade se sentiu levemente desconfortável. Ele deve ter notado a cara que ela fez, pois disse: "É sábado à noite", e depois deu um sorrisinho e esticou os braços para os lados fazendo um sinal de que não podia evitar, que não havia nada que ele pudesse fazer.

Ele se inclinou sobre um velho aparelho de som portátil e pôs uma fita.

— É uma coisa nova que eu descobri — disse ele. — Algo para nos animar.

Ela perguntou o que era.

— Flamenco.

Olhou-a como se ela devesse entender, como se fosse algo que um pai e uma filha necessariamente deveriam ter em comum. Claro que ela já tinha ouvido o nome antes, mas não fazia idéia de como a música seria.

Então começou. Um violão tocando muito rápido, um tipo de batida rítmica e frenética que era difícil de acompanhar. Sentiu-se como se a parte de dentro de sua cabeça fosse feita de tricô e alguém com dedos ágeis estivesse tentando desfazer o trançado. Ela ficou imaginando o que significaria flamenco em espanhol.

— Você gostou?

Ela virou o rosto para o lado.

— Mais ou menos.

— Dá até para dançar. Olhe só.

E ele começou a dançar. Seu pai. Os braços para o alto, perto da cabeça. Como um candelabro, pensou ela. Ou uma galhada de animal. Seus dedos estalavam no ar junto das orelhas. Não conseguia tirar os olhos dos pés dele que batiam forte no chão ao ritmo do violão.

— Se você fosse uma platéia qualificada — disse ele ofegante —, se você fosse uma platéia de flamenco, estaria batendo palmas.

Batendo palmas? Ela o encarou ansiosa e confusa.

Então ele deve ter escorregado ou tropeçado em algo, pois despencou para o lado de repente e seu cotovelo acertou a borda da mesa de fórmica, que cedeu ruidosa, quase alegremente, e se soltou da parede do *trailer* levando junto a louça do jantar, um vidro de *ketchup*, três pequenos cactos em vasos de plástico, o rádio e um pote de geléia usado para guardar canetas. Ele sentou no chão, com o sangue escorrendo feio de um corte logo acima da sobrancelha.

— Pai?

— Tudo bem. Tudo bem. — Com os olhos quase fechados, ele balançou a cabeça. — Esses espanhóis — disse. — Eles devem realmente saber como se desviar da mobília.

Aquela risada de novo, alta e selvagem.

Ela pôs o braço ao redor dele e o ajudou a se levantar. Pensou em espreguiçadeiras, em como se deve arrumar as hastes de madeira e o tecido da maneira correta, caso contrário elas não ficam em pé. Debaixo do cheiro de uísque, dava para sentir em seu pai um forte odor de vegetal. Como quando se abre latas de sopa. Antes de serem cozidas.

Ele se escorou na parede por um momento, recuperando-se, e enfiou desajeitadamente a mão no bolso, tirando um lenço encardido. A cada vez que ele estancava o sangue, segurava o lenço com o braço esticado e o estudava. Finalmente, quando o sangramento diminuiu, virou-se para ela e disse que achava que um pouco de ar puro lhe faria bem.

Lá fora, eles pararam sobre grossas moitas de capim e olharam para o céu. Uma noite escura: a lua ficava se escondendo, estrelas mascaradas por nuvens passavam em grandes fatias pálidas como campos de gelo. O vento levantou o cabelo da nuca de Glade, e depois o fez voltar ao lugar. Então levantou o cabelo de novo. Passado um tempo, ela olhou para o pai ao seu lado. Ele ainda estava observando o céu, atentamente, como se acreditasse que havia algo ali para ser descoberto ou decifrado. E, o tempo todo, aquela música espanhola continuava tocando...

— Lancashire não é famoso por seu flamenco — disse ele afinal.

Então, tremendo um pouco, os dois voltaram para dentro.

Da mesa junto à janela da cozinha, Glade assistiu aos aviões deslizando em diagonal pelo céu de Londres. À noite, ficava fácil acreditar que não passavam de arranjos de luz, efeitos óticos. Era estranho pensar que havia centenas de pessoas lá em cima.

O chá de framboesa permanecia ao lado de seu cotovelo, esfriando.

Depois de um tempo, ela percebeu que sua atenção devia ter se desviado, já que não acompanhava mais os aviões. Em vez disso, estava olhando para si mesma, um reflexo que aparecia num espelho difuso no vidro da janela. Seu longo cabelo louro, sua pele fantasmagórica. Ela notou sua orelha direita. Destacava-se mais do que a esquerda, como se estivesse escutando com mais empenho daquele lado da cabeça. Segundo seu pai, ela dormia sobre a orelha quando era criança.

Seu pai.

Ela imaginou como seria ter apenas um rádio como companhia e ninguém por perto num raio de dois quilômetros, a não ser o fazendeiro. A escuridão, o frio. As corujas marrons fazendo ruídos no campo. Ela não se importava em dormir no *trailer*, ainda que às vezes as paredes parecessem finas demais. Não ofereciam proteção. Num *trailer*, os sonhos podem assustar você.

No fim de semana, ela teve um pesadelo. Devia ter chorado, pois quando abriu os olhos seu pai estava ao seu lado, de pijamas. Segurava uma vela. E pelas costas, sua sombra se empinava e saltitava, zombando dele. Pensou que se ele se voltasse ela teria que parar.

— Você está bem? — perguntou ele.

Ela fez que sim com a cabeça.

— Foi só um sonho.

Ele se debruçou e tocou no cabelo dela. Podia sentir a mão

dele tremendo de leve, tremores sob a pele, um terremoto acontecendo dentro de seu corpo.

— Desculpe ter acordado o senhor.

— Não, eu já estava acordado. — Ele tirou a mão. — Eu sinto falta dela, Glade.

À luz da vela, o rosto dele era feito de buracos pretos e estranhas áreas polidas. Ele parecia estar com o olhar perdido no canto mais distante do *trailer*. Sem ver, no entanto. Sem ver nada. Ela não sabia o que lhe dizer. Nunca tinha sido muito boa em confortar pessoas; quando choravam à sua frente em geral ficava ali olhando para elas.

— É adorável que você esteja aqui, no entanto. Acho que é por isso que eu estou agindo desse jeito.

— Eu não me importo — disse ela.

Ele segurou a cabeça dela contra seu peito por um instante e, só então, tinha o cheiro de seu pai de novo, não do estranho que ela tinha farejado uma ou duas horas antes.

— Ah, Glade, o que aconteceu?

A cabeça contra o peito dele. Junto ao coração batendo forte.

— O que aconteceu?

No dia seguinte, quando se despediu, ele a segurou forte e falou com a boca em seu cabelo, fazendo com que ela prometesse visitá-lo de novo em breve. Com seus braços finos envolvendo a cintura dele e sua cabeça virada para o lado, quem olhasse de longe poderia achar que ela estava segurando para que ele não desmontasse. Podia ver árvores de faia na extremidade do terreno, seus galhos enredados com neblina. Um passarinho chamou de algum ponto atrás dela — uma canção leve e melancólica no ar da manhã. Ela sentiu que ele relutava em deixá-la ir.

FLAMENCO EM LANCASHIRE

Acenava enquanto ela caminhava através do capinzal e continuava acenando quando chegou na porteira no fim do terreno — só que então seu rosto tinha se encolhido até quase nada, ficando pálido e sem feições, da cor de uma fruta ou vegetal descascado, depois de perder a pele.

VAGAS

Naquele inverno, o clima manteve-se frio, um céu opaco e cinzento sobre Londres; as árvores pareciam um desenho tosco, uma série de rabiscos de lápis ao acaso como os desenhos que crianças levam da escola para casa. Mesmo com a chegada de março, nada mudou. Se alguém perguntasse a Glade o que andava fazendo, ela provavelmente encolheria os ombros e diria: "Nada demais." Continuava trabalhando no restaurante; na verdade, trabalhava mais do que nunca; Hector tinha quebrado a perna num acidente de moto, e ela aceitou substituí-lo até que ele ficasse bom. Ao longo desses meses, de vez em quando ela sonhava com a montanha em Paddington, sonhos ambientados no passado, com pessoas que não conhecia mais. Aí, em seu aniversário, Charlie Moore lhe deu de presente uma antiga foto em preto-e-branco do monte Fuji. As coisas pareciam estar se acumulando, se encaixando. Como provas. Pela primeira vez em um ano e meio, resolveu voltar a desenhar. O tema era sempre o mesmo: a montanha, o terreno baldio. Alguns de seus esforços eram claramente nostálgicos, simples recriação de uma realidade que um dia a fizera feliz. Outros eram menos emocionais, mais abstratos: composições que se baseavam no equilíbrio exato de triângulos e linhas retas. De tarde, no intervalo entre os turnos, ela podia ser encontrada com freqüência sentada num café em Old Compton Street com a cabeça debruçada sobre um caderno de desenho. Quando chegava em casa, às duas ou três da manhã, continuava, às vezes até amanhecer, as cortinas vermelhas fechadas para impedir a entrada da luz do dia. Mas não estava satisfeita com os desenhos. Achava que faltava alguma coisa. Só não sabia bem o que era.

    Certa noite no começo de abril, ela acordou com o barulho do telefone tocando no corredor que dava para seu quarto. O fogo que havia acendido na lareira, mais cedo, estava baixo agora. Pela janela, podia ver nuvens pálidas flutuando sobre os telhados das casas no outro lado da rua. Olhou o relógio: 2:05. Só conhecia uma pessoa que ligaria uma hora dessas. Em Miami, a cinco mil quilômetros de distância, Tom estaria chegando do trabalho. Seu coração pareceu despencar dentro do corpo, e depois quicar. Ela se lembrou da primeira vez que o viu, nas escadarias de Santa Maria della Salute, em Veneza. Tinha sentido a mesma coisa na ocasião. Ele pediu que ela tirasse uma foto dele. Lembrou de suas mãos enquanto explicava o funcionamento da câmera. Da voz. Uma hora depois, num *vaporetto*, ele botou a mão em sua cintura e a beijou. Pediu que ela fosse com ele num vôo para Istambul, mas estava com uma excursão da faculdade, estudando arte da Renascença, e não podia ir embora assim. Ela tinha uma pele tão bonita, ele lhe tinha dito. Como a brancura que se encontra ao cortar um morango ao meio. Como aquela brancura toda especial que fica no centro...

    No corredor, o telefone continuava tocando. Ela empurrou as cobertas para o lado e pôs os pés descalços no chão. Sentiu um aperto na garganta. Era sempre assim quando se tratava de Tom. Quando atendeu o telefone, não fazia idéia do que dizer; ela o amava e mesmo assim ele era um estranho. "Meu Deus, Glade", diria ele. "Sua voz está tão *fraca*."

Ele sempre tinha o que dizer, gostava de conversar. Aos poucos, foi se lembrando: o formato da cabeça dele, o cheiro da pele. Ele devia estar largado no sofá, os dois botões de cima da camisa abertos, a gravata frouxa. Estaria bebendo *bourbon* (às vezes, ela ouvia os cubos de gelo tilintando no copo). Podia ver o apartamento, as janelas abertas, a fina linha de luz do sol decorando a parede, como se uma visita elegante tivesse deixado ali sua bengala. Do lado de fora, o mar fazia um som metálico, não soava como água e sim como uma pintura de carro. As palmeiras pareceriam escuras contra o suave brilho malva do céu. Ela descobriu vários bolsos cheios de lembranças dentro de si e começou a esvaziá-los, então sua voz foi ficando mais forte e já podia conversar sobre sua vida, e fazer com que ele risse. Eles conversariam por uma hora ou mais, mesmo que fosse madrugada onde ela estava, e ela estivesse sentada no chão com as luzes apagadas e as costas encostadas na parede fria do corredor. Ela nunca conseguia terminar a conversa. Quando alguma coisa acontece raramente, se quer que dure para sempre. Mas começar sempre era difícil para ela.

Desta vez, ele disse que não poderia demorar. Contou que havia sido convidado para um casamento em Nova Orleans, e queria que ela fosse junto. No fim do mês. Ela poderia ir?

— Posso — disse ela. — Acho que posso.

Sorriu, pensando em como a vida dos dois era diferente. A dele parecia um estacionamento cheio, no qual as pessoas

VAGAS

entravam e circulavam procurando uma vaga. Na dela, se poderia estacionar em qualquer lugar. Sentada no escuro, via as vastas áreas vazias de asfalto se espalhando em todas as direções. As linhas brancas que habitualmente separavam um carro do outro pareciam desesperadamente otimistas, cômicas, cruéis até; e sobre a entrada, em néon verde, sempre estava escrito a mesma coisa: VAGAS.

Mas Tom estava falando algo sobre quinhentas pessoas, e ela percebeu que não estava ouvindo, estava muito ocupada imaginando a vida dele, e como deveria estar sempre escrito LOTADO, em vermelho, no lado de fora.

— Você tem o que vestir?
— Acho que sim.
— Um daqueles vestidos malucos — riu ele. — Tem certeza? Não quer que eu mande algum dinheiro?
— Não. Está tudo bem.

Depois de desligar, ela continuou sentada no chão e balançou a cabeça. "Merda", sussurrou. Agora que pensou sobre o assunto, sabia quase com certeza que nenhum dos seus vestidos ficaria bem num casamento, e também não tinha dinheiro para comprar um novo. Todas as contas daquele mês já tinham chegado, e Sally, que estava quebrada, pediu a Glade para pagar a parte dela. Um casamento. Em Nova Orleans. Ela voltou para o quarto e acendeu a luz. Seus olhos doeram no súbito clarão amarelo. Abrindo o guarda-roupa, começou a procurar entre os vestidos. Depois de cinco minutos, recuou.

"Idiota, idiota."

Mas ele era sempre tão rápido ao telefone. Uma vida que acontecia numa velocidade diferente da dela. Lembrou-se das fotos que havia tirado dele, em pé nas escadas daquela igreja branca em Veneza. Quando lhe mostrou a fotografia umas semanas depois, ficou desconcertada com o quanto ele parecia confiante, tão relaxado. Ficava difícil acreditar que a pessoa do outro lado da câmera não era um amigo muito íntimo, ou até um amante — estranho, porque tinham se conhecido a menos de um minuto. Ele parecia estar num ponto mais adiante do que deveria estar naquele hora, e, de algum modo, mesmo então, ele parecia funcionar numa escala de tempo diferente.

Fechou o guarda-roupa e apagou as luzes. A escuridão estava decorada com formas e cores de vestidos que ela não usava mais. Atravessou o quarto e deitou na cama. Os lençóis ainda estavam quentes. Deitou mas sua cabeça não conseguia descansar. Longe, ouviu um homem gritando e achou que ele fazia isso em nome dela, a cantilena estranhamente monótona, com pausas, como algum tipo de código Morse mandando uma mensagem de desespero.

— O que faço agora? — disse em voz alta.

Seu gato branco se espreguiçou e se esfregou nela.

Naquele fim de semana, Charlie veio para ficar. Apareceu às quatro da tarde, no sábado, com seis latas de cerveja na mão e um exemplar do *Evening Standard* embaixo do braço. O cabelo dele tinha crescido desde a última vez e estava amarrado num rabo-de-cavalo bem no meio das costas, exatamente onde sua espinha deveria estar. Usava um casacão azul-cinzento da RAF, e um par de botas de motoqueiro. Quando ela o abraçou, sentiu cheiro de naftalina e tabaco e o ar rascante da primavera. Lá em cima, em seu quarto, ela tinha acendido a lareira para lhe dar as boas-vindas. Enquanto se abaixou para pôr mais lenha no fogo, ele falou das áreas de doenças endêmicas em Londres, que vinha visitando. A extensão dos conhecimentos de Charlie nunca deixava de impressioná-la. Podia perguntar sobre Karl Marx, escuta telefônica, ou qualquer assunto, e ele iria discorrer sobre o tema por quinze minutos, com uma voz tranqüila, quase monótona, e segurando na mão meio trêmula um cigarro que ele mesmo tinha enrolado. Glade escutava com atenção o que ele dizia, mas geralmente não se lembrava de quase nada depois. Mesmo assim, era um consolo saber que alguém entendia de tantas coisas.

Ela não costumava beber cerveja. Mas naquele fim de tarde, o gosto metálico da bebida a agradou; parecia saída de algum lugar nas profundezas da Terra, que tinha sido extraída e não fabricada. Às sete da noite, a cerveja acabou. Resolveram ir até a loja de conveniência na North Pole Road para comprar mais. No caminho, ela mencionou que Tom tinha ligado. Charlie gostava de ouvir histórias sobre Tom. Sua favorita era uma sobre a orelha de Glade. Uma vez, num bar em São Francisco, Tom se debruçou sobre a mesa e disse, bem sério: "Sabe, Glade, você poderia ajeitar essa orelha." Na primeira vez que ela contou essa história, Charlie não disse nada e isso a enervou. Virou o lado direito da cabeça para ele, levantou o cabelo e mostrou a orelha saltada. "*Você* acha que eu deveria ajeitar essa orelha, Charlie?"

A essa altura, ele estava rindo enquanto abria a lata de tabaco para enrolar um cigarro. De qualquer maneira, não era o tipo de pergunta que responderia.

Enquanto caminhavam de volta para o apartamento, carregando um novo pacote com seis cervejas e três sacos de batatinhas, Glade explicou sua situação: um casamento em Nova Orleans e nenhum dinheiro para comprar um vestido.

— Ele não se ofereceu para comprar um? — perguntou Charlie.

— Ofereceu, sim. Mas eu disse que tinha um. — Ela viu o olhar de Charlie. — Bem, eu achei que tinha.

— Eu acho que você pode ligar para ele.

— Não.

Charlie não falou de novo até que eles chegaram na entrada do apartamento.

— Sabe — disse ele devagar. — Eu vi uma coisa no jornal que pode te interessar...

Em casa, ele mostrou um pequeno anúncio no jornal. GANHE CEM LIBRAS, dizia. Embaixo, em letras bem menores, havia um número de telefone. Cem libras, pensou ela. Justamente a quantia de que precisava. Poderia comprar o vestido e talvez até um par de sapatos.

Ela olhou para Charlie

— O que tenho que fazer?

Ele deu de ombros.

— Pode ser qualquer coisa. — Foi até o telefone e discou o número, mas ninguém atendeu.

Na segunda-feira, Glade levou o jornal de Charlie para o restaurante. Esperou até ter uma pausa e então ligou novamente, usando o telefone público perto dos banheiros. Nas primeiras três vezes, o número estava ocupado, mas ela insistiu. Finalmente, uma voz masculina atendeu.

— Estou ligando por causa do anúncio — disse ela.

— Sim?

— O que eu tenho que fazer — e depois de uma pausa — para ganhar esse dinheiro?

Como muitas das coisas que dizia, a frase saiu toda errada, mas mesmo assim o homem não riu dela. Em vez disso, explicou que fazia parte de uma instituição médica vinculada a uma universidade. No momento, estavam estudando pesquisas sobre o sono — polissonografia, para ser mais exato. Anunciavam em busca de cobaias para participar de algumas experiências.

— Entendo — disse Glade, sem convicção. — E do que se trata exatamente?

O homem disse que ela precisaria passar duas noites numa clínica, na parte norte de Londres. Seria monitorada enquanto dormia.

— Só isso?

— Pense da seguinte maneira — o homem falou como se estivesse rindo —, estaremos pagando para você dormir.

Glade ficou olhando fixamente para o anúncio até que ele começou a tremer e escorregar para o lado, até cair da página.

— Vamos começar um novo programa na quarta-feira — prosseguiu o homem. — Você poderia participar. Ou na sexta, se for mais conveniente. O que você faz?

— Sou garçonete — respondeu Glade.

— Pode me dizer seu nome?

— Glade Spencer.

Ainda segurando o fone, ela se virou e olhou para o fim do corredor. As portas duplas do restaurante estavam abertas para a rua. A luz do sol que entrava no prédio se refletia no chão encerado e quase a cegou. Ela viu duas pessoas entrando. Pareciam sem substância, sem peso, como pedaços de papel queimado. Elas não pareciam ter pés.

Estaremos pagando para você dormir.

Não podia pensar em nada melhor.

Quando Glade voltou do trabalho no fim do dia, encontrou uma carta na caixa de correio. De sua mãe. Ela se inclinou, pegou a carta e percebeu que estava segurando o envelope do mesmo jeito que seu pai havia feito; percebeu-se revirando-o entre os dedos, tentando descobrir nele um propósito, um significado. "Glade Spencer", murmurou. "Inglaterra". Com suas curvas e rabiscos, a letra da mãe parecia conter ao mesmo tempo generosidade e descuido.

Sentada na mesa da cozinha, Glade abriu o envelope. Uma folha de papel cor de malva cuidadosamente dobrada. Ela a desdobrou e começou a ler. *Querida Glade, eu sei que deveria ter escrito antes mas andei tão ocupada com o novo apartamento. O Garry diz* — Glade levantou a cabeça e olhou pela janela. Toda vez que recebia uma carta da mãe sentia como se tivesse aberto a correspondência de outra pessoa. Ainda que fosse o seu nome escrito no envelope, o conteúdo nunca parecia dizer respeito a ela. Mesmo assim, continuou. Sua mãe falava sobre caiação e frutos do mar. Sobre os amigos de Gerry, todos com piscina em casa. Sobre o calor. Parecia esperar que Glade entendesse, se solidarizasse com ela, *concordasse*. Mas era como se ela estivesse falando em alguma língua estrangeira. *Não dá para culpá-los, dá? O sol, as maracas...*

Naquela noite, Glade acendeu de novo a lareira ainda que o clima estivesse mais quente, e as árvores do lado de fora da janela de seu quarto começassem a florir. O inverno havia durado tanto tempo que ela tinha esquecido de que a primavera era uma possibilidade. Às seis e meia, Charlie telefonou para agradecer pelo fim de semana. Ela contou o que aconteceu quando telefonou para o número do anúncio de jornal, e perguntou o que ele sabia sobre pesquisas do sono. Ele começou a falar sobre laboratórios, sonolência, eletrodos...

Ela o interrompeu.

— Eletrodos?

Ele riu.

— Você nem vai perceber que eles estão lá. São umas bolinhas de gesso grudento na ponta de fios. Às vezes usam cola fisiológica. Eles monitoram suas ondas cerebrais. E também o movimento de seus músculos oculares.

Ela tremeu um pouco.

— Isso não vai doer, vai?

— Não imagino como seja possível. E são cem pratas, não esqueça.

— Foi o que disse o homem com quem falei. — Ela afundou um pedaço de lenha na lareira. — Então, você acha que eu posso aceitar?

— Por que não? — respondeu Charlie. — Afinal, é um vestido.

Sentiu-se muito melhor depois de falar com Charlie. Ele conseguia esclarecer situações que a confundiam. "Você precisa de gente assim, uma pessoa para te dizer que está tudo certo, que você não está maluca."

"Ou que está, mas ela vai cuidar de você."

A porta da frente bateu, fazendo balançar as janelas do quarto. Ela se virou olhando para o corredor. Viu a cabeça de Sally entrar em seu campo de visão. No topo da escada, Sally parou e arremessou fora os sapatos. Um deles voou pelo ar em estranha câmara lenta e acertou a parede, a qual marcou com um preciso risco preto, como se para provar que tinha estado lá. Sally desapareceu banheiro adentro. Então ouviu-se repentino, perverso barulho da água batendo no esmalte da banheira.

Cautelosamente, Glade saiu do seu quarto e atravessou o

corredor. — Sally? — chamou ao chegar na porta do banheiro. Sally passou por ela num rompante, seguida de uma trilha de vapor. Glade foi atrás dela até a cozinha.

— Você me faria um favor?

— Nem precisa dizer. Dar comida ao gato.

— Só por uns dois dias.

Sally olhou para ela pela primeira vez depois de chegar em casa.

— Imagino que você vai para Miami.

— Não — disse Glade. — Vou para uma clínica.

— Algum problema? — Os olhos de Sally estavam apertados e brilhantes. Ela acendeu um cigarro. — Tudo bem com você?

— Tudo bem — respondeu Glade. E imediatamente se sentiu culpada. Achou que deveria ter inventado um mal-estar, uma doença. Algo que um americano pudesse passar para você. — Vou participar de um programa de pesquisas do sono.

— Para quê?

— Vão me pagar. E eu preciso de um vestido... — Glade mordeu o lábio. Tinha entregado o jogo.

— Você vai para Miami.

— Não. É que Tom me convidou para um casamento — Glade hesitou antes de dizer: — Em Nova Orleans.

— Nova Orleans? Eu não acredito... — Sally virou as costas e olhou pela janela, mantendo o cigarro perto da boca. — Nova Orleans — repetiu ela, agora com ar sonhador. — O Bairro Francês, Bourbon Street...

Glade pareceu confusa:

— Bourbon Street?

VAGAS

— Você não sabe como tem sorte. — A voz de Sally soou fraca, como se estivesse muito longe, ou talvez como se estivesse morta, aparecendo para a colega de apartamento num sonho. — Você não sabe de nada.

ASAS QUENTES ESTÃO DE VOLTA!

Logo depois da decolagem, Glade sentiu sede. Esperou até que passasse uma aeromoça e então tocou o braço da mulher.

— Você tem Skwench!?

— Skwench!? — perguntou a aeromoça sorridente debruçada sobre ela.

— É um novo refrigerante — explicou Glade.

— Nunca ouvi falar.

Não, pensou Glade. Nem eu. Que estranho.

— Serve Coca? — perguntou a aeromoça.

— Traz uma água — disse Glade. — Por favor.

Skwench!? Ela deve ter visto o nome na TV, ou numa revista. A água chegou. Tinha um discreto gosto de química, mas pelo menos estava gelada. Bebeu metade e se recostou na poltrona. Havia coisas em sua cabeça sobre as quais ela nada sabia, coisas que nem tinha percebido que estavam lá. Olhou pela janela. Lá embaixo, o oceano Atlântico, azul fúlgido ao sol da primavera. Alguma coisa a incomodava quando via o mar de tão alto, algo relacionado com o jeito com que a superfície se ondulava. Era como observar piolhos. Ou larvas. Acontecia sempre que viajava de avião. Ela reclinou a poltrona e fechou os olhos.

Pensou em Tom, a quem não via havia meses, com quem

pouco falava ultimamente, e imaginou como seria encontrá-lo desta vez, em Nova Orleans. Ele sempre soava tão entusiasmado ao telefone, enquanto faziam planos, mas quando chegava a hora, quando realmente se encontravam, sempre tinha a sensação de que ela não era exatamente o que ele tinha imaginado, que era algo menos do que esperava, e ela o pegava observando-a, os olhos curiosos mas divertidos, como se tivesse caído em algum tipo de truque; ou, às vezes, até parecia ressentido, como se ela o tivesse deliberadamente enganado. Certa vez, ao chegar no apartamento dele em Miami, encontrou um grupo de pessoas sentado ao redor de uma mesa de café preta e baixa. Estavam sentados bem juntos uns dos outros, como se estivessem trocando segredos ou participando de algum jogo complicado. Ela se lembrava dos ombros em sua frente como se formassem uma barreira, e se lembrava do desenho de seus pescoços, arrogantes e ameaçadores. No momento em que entrou na sala, eles a espiaram, mas só as cabeças se moveram, os ombros e pescoços permaneceram imóveis. E não havia nada nos olhos deles, como olhos de um peixe morto, duros e brilhantes, cegos. Tom não parecia diferente daquelas outras pessoas, que ela nunca tinha visto antes e não conhecia. Os olhos de Tom estavam tão mortos quanto os outros. Ela saiu da sala, fugiu da mesa preta, dos olhos mortos, e, fechando a porta do apartamento ao sair, desceu rapidamente as escadas. Tom a encontrou sentada numa cadeira de vime no saguão do prédio, entre vasos com palmeiras.

— Glade?

Ela sorriu para ele.

— Me desculpe — disse. — Eu não vi você.

— Você não me *viu*?

— Eu entrei na sala e estava meio escuro. Tinha tanta gente lá. — Ela balançava a cabeça enquanto se lembrava. — Eu não vi você, achei que não estava lá.

— *Glade, é o meu apartamento.*

Continuava sorrindo para ele:

— Eu achei que você não estava lá.

Confuso, ele olhou para os sapatos, que eram como mocassins só que feitos de palha. Balançou a cabeça. Quando levantou a cabeça de novo, estava sorrindo também.

— Meu Deus, Glade — disse ele. — Você me deixou apavorado.

Tudo ficou bem depois disso.

O problema era que ele tinha uma fantasia a respeito dela na qual vivia tentando encaixá-la; e como passava mais tempo com a fantasia do que com ela, esta acabou se tornando mais familiar, mais real, do que a pessoa. Glade não sabia exatamente qual era essa fantasia, mas, sempre que o encontrava, sentia os cantos dela mesma esbarrando na forma circular e suave da fantasia dele; sentia a inadequação, as lacunas. Era estranho, pois quando estava em Londres também esquecia de como ele era, só que não tentava criar uma fantasia. Quando o via de novo, depois de meses, sempre parecia demais para ela, literalmente demais, ver por completo algo até então imaginado, vê-lo inteiro de uma vez só, depois de tanto tempo apenas sendo capaz de se lembrar de seus dentes, ou dos pêlos louros em seu braço, ou do jeito que ele falava o nome dela. Era esta súbita avalanche de detalhes — na verdade, era assim como comer demais — que a fazia hesitar junto às portas.

Tom.

Ela imaginou como seria desta vez. Imaginou quantas vezes em sua vida continuaria voando até ele deste jeito. Imaginou o que ele diria do quadro que trouxe para ele.

Meu Deus, Glade.

Ela saiu do edifício com ar-condicionado para o calor do início da tarde. À sua frente, havia uma auto-estrada, uma superfície marrom-clara, quatro pistas de tráfego indo para todas as direções. Airport Boulevard. Um vôo de quinze horas com escala em Nova York, mas ela ainda não se sentia cansada. Ficou parada numa faixa de grama na extremidade do estacionamento, o sol luminoso e inclemente batendo no lado direito de seu rosto. Gostava do jeito do ar americano que sempre parecia brilhar.

Tom a instruiu para tomar um táxi até o Hotel Excelsior, que ficava no Bairro Francês. Estaria esperando por ela lá. Ele tinha dito que passariam a tarde no terraço. Poderiam pedir Mint Juleps e ver o sol se pôr no rio Mississippi. Mas quando percebeu, estava na beira da estrada, longe do ponto de táxi, querendo adiar o encontro. Pensou em tomar uma bebida antes. Se tomasse uma bebida, talvez não hesitasse diante dele. Talvez, se tomasse uma bebida, sua voz não soasse tão fraca. Ficou orgulhosa de si mesma pela idéia. Por pensar como ele.

Olhou em volta. Aviões de barriga prateada passavam no céu de poucos em poucos segundos, apenas algumas centenas de metros acima do chão, deixando tudo em volta numa proximidade estranha e artificial. Uma van pintada de azul-escuro metálico passou perto, as janelas de vidro fumê tremiam soando como notas de um baixo. Ela não conseguia ver nada parecido com um bar ou um café. Talvez não existisse nenhum perto do aeroporto.

Então ela viu, quase à sua frente, do outro lado da rodovia, um restaurante italiano. Café Roma, era o nome, em letras alternando vermelho e verde sobre um fundo branco. Cruzou a estrada passando entre fileiras de carros quentes que se moviam lentamente. No outro lado, espiou pela vidraça levemente espelhada. Não havia ninguém para ser visto. Tentou a porta. Estava trancada. Estava para ir embora, decepcionada, quando ouviu um barulho de tranca. Do lado de dentro, um homem estava abrindo a porta. Devem ter sido uns três tipos diferentes de fechaduras, mas finalmente ele conseguiu.

— Não estamos fechados — disse o homem gaguejando discretamente. — Estamos funcionando.

— Não — disse Glade. — Tudo bem...

— Não, sério. Estamos abertos.

Ele tinha uns trinta anos, com um cabelo castanho-claro, liso, que se amoldava ao formato da cabeça de forma tão perfeita que até parecia uma peruca. Embora usasse um longo avental branco, não parecia alguém que cuidasse de um restaurante. Talvez ela devesse apenas pegar um táxi como Tom tinha dito.

— Essa cidade — disse o homem com os olhos fixos além dela, movendo-os de um lado para o outro da estrada. — Eu não sei. Nos últimos seis meses, ela enlouqueceu. Eu tenho de manter a porta trancada quase o tempo todo. Você nunca sabe que tipo de gente vem da estrada.

Seus olhos voltaram-se para ela, um olhar fixo e manchado com todas as cores — e aí ele sorriu. Foi repentino demais para ser de todo confortador, o que ela achou que era a intenção dele. Mesmo assim, descobriu que não estava mais desconfiada.

— Eu não quero comer — avisou. — Gostaria só de uma taça de vinho.

ASAS QUENTES ESTÃO DE VOLTA!

— Nós temos vinho. Por favor — disse ele, segurando a porta para ela —, entre. — Olhou para o restaurante vazio. — Sente onde quiser.

Passando por ele e entrando no salão, ela se lembrou da própria vida: um lugar quieto, um aviso em néon verde que dizia, simplesmente, VAGAS. Sentou-se numa mesa de canto com a maleta no chão, atrás da cadeira. As paredes de tijolo tinham sido decoradas com pôsteres de Roma, o Fórum e o Coliseu. Penduradas no teto, garrafas confortavelmente envolvidas em palhinha. Todas as mesas tinham toalhas quadriculadas em vermelho e branco. Você nunca imaginaria que havia um aeroporto logo ali fora.

— Gostaria de vinho branco ou tinto? — perguntou ele.

Ela se decidiu pelo tinto.

— Quer ouvir música? Eu tenho discos — disse ele, trazendo uma seleção: Mozart, Verdi, Bach.

Ela escolheu Verdi por ser italiano.

Enquanto ele colocava o disco, olhou sobre o ombro.

— Tem certeza de que não está com fome? Temos *linguini* fresco com camarões. Está muito bom.

— Não, obrigada — disse ela. — Eu comi no avião.

— Então que tal uma tigela de *gumbo*? É especialidade de Nova Orleans, eu mesmo fiz. — Ele percebeu que ela hesitou. — Só uma prova, por conta da casa.

Ela sorriu.

— Eu aceito. Obrigada.

O nome dele era Sidney e sua mulher se chamava Consuela. Ela era bem mais velha do que ele; tinha uns quarenta e cinco anos. Se não fosse o fato de serem muito diferentes, poderiam ser tomados por mãe e filho. Sidney era alto e magro, com aquela estranha cabeça que os cabelos envolviam perfeitamente e aqueles olhos claros e assombrados. Consuela era de Porto Rico. Baixa e com a cintura larga, tinha cabelos tão pretos que pareciam molhados, e pele com um incômodo tom de oliva. De vez em quando, ela marchava restaurante adentro num par de chinelas azuis e sorria de um jeito distante, abstrato, como se estivesse contente não com o que via, mas com algo dentro de sua cabeça, uma lembrança, talvez. Então voltava através da cortina, ficando escondida pelos fios de contas cor de âmbar.

Quando Glade acabou sua tigela de *gumbo*, Sidney se sentou na mesa e começou a falar.

— Semana passada, Consuela levou um tiro — disse ele.

Glade o encarou, segurando a taça no meio do caminho para a boca.

Consuela foi em casa na hora do almoço e encontrou um homem dentro do apartamento. O invasor atirou nela duas vezes e escapou. Quando Sidney a encontrou, às cinco da tarde, ela estava caída no chão do quarto, sangrando de ferimentos no antebraço e no ombro.

— Ela teve sorte — disse Sidney.

Consuela apareceu pela cortina de contas. Sidney falou com ela em espanhol. Quando se aproximou, ele segurou suas mãos e passou o outro braço em volta da cintura dela. Consuela ficou parada, olhando para o chão. Ele continuava olhando para Glade.

— Eu não saberia o que fazer se a perdesse.

Um minuto se passou. Então Consuela gentilmente se desvencilhou dele e saiu. A cortina farfalhou enquanto ela passava. Sidney se levantou para trocar o disco. No caminho de volta, encheu dois copos com um líquido claro e entregou um para Glade. Ela o observou esvaziar o copo num gole.

ASAS QUENTES ESTÃO DE VOLTA!

Provou o seu. A bebida tinha uma consistência incomum. Como óleo.

— Dois dias depois, meu carro foi roubado — contou Sidney.

Em pleno dia, na porta de casa. Era só um velho Dodge Dart, mas ele teria que gastar quinhentos dólares para substituí-lo. Então, no fim de semana, uns caras drogados, de PCP ou *crack*, ele não sabia direito, entraram no restaurante e quebraram uma cadeira, alguns pratos e foram embora sem pagar a conta. Eram três negros grandalhões com coletes de couro e correntes em volta do pescoço. O que ele poderia fazer?

— Dá para entender por que você tranca a porta — disse Glade.

Sidney estava olhando de novo para a estrada.

— Você só precisa bater — disse ele —, só isso.

Glade olhou para ele com curiosidade. Do jeito que falava, parecia que achava que ela voltaria ao restaurante com freqüência.

— Vamos mudar de apartamento na semana que vem. Consuela não consegue dormir. — Ele fixou os olhos claros e nervosos no rosto de Glade. — Você precisa ser cuidadosa por aqui. Fique no centro da cidade. Em que hotel está?

De repente, ela viu a imagem de Tom sentado no terraço do Hotel Excelsior. O sol mergulhando no rio Mississippi. Uma cadeira vazia ao lado dele. A cadeira dela. Um rápido reflexo dourado acompanhou seu movimento de levantar o pulso para olhar o relógio.

— Que horas são? — perguntou.

— Acabou de dar cinco horas.

Glade cobriu a boca com a mão.

— Tenho que ir.
— Você deveria estar em algum lugar?
— Tem uma pessoa me esperando. Estou atrasada. — Glade se levantou. — Melhor pegar um táxi.

Foram vinte e cinco minutos até o Hotel Excelsior, e no caminho Glade abaixou o vidro da janela para que o ar quente batesse em seu rosto. Antes de sair do restaurante, abriu a cortina de contas para se despedir de Consuela. A mulher estava sentada numa cadeira, com as mãos nos joelhos. Não estava fazendo nada, apenas encarando o vazio. As paredes da cozinha eram pintadas de verde-claro, o que dava ao lugar uma aparência melancólica. Lá fora, na calçada, Glade olhou para trás. Sidney já estava trancando as fechaduras. Ela acenou, mas ele não viu. Algumas pessoas parecem ganhar vida quando você aparece e morrer no momento em que vai embora. Como se elas fossem máquinas e você, eletricidade.

Você só precisa bater, só isso.

Ela deixou a bagagem com o encarregado da recepção e tomou o elevador para o último andar. Avistou Tom assim que passou pelas portas que davam para o terraço. Ele estava sentado numa espreguiçadeira baixa, de costas para ela. Parecia estar olhando para a piscina. Dava a impressão de que não se movia há horas. A água da piscina estava igualmente imóvel, uma superfície perfeita. Ela não hesitou nem um instante. O álcool tinha funcionado.

— Tom — chamou.

Ele não levantou os olhos, nem mesmo quando ela parou à sua frente, e a sombra dela cobriu parte do corpo dele.

— O avião chegou há quatro horas — disse ele. — Onde diabos você andou?

Ele ainda não tinha tirado os olhos da piscina.

ASAS QUENTES ESTÃO DE VOLTA!

Ela espiou as mãos dele e daí desviou os olhos para o céu. Sorriu rapidamente.

— Esta cidade — disse ela — enlouqueceu nos últimos seis meses.

Glade não teria escolhido beber Margarita mas Tom sempre tomava tequila quando queria ficar bêbado e ela não protestou. Era parte do preço a pagar por ser o que ele chamava de "biruta". Sabia que, em algum momento, ele ficaria enjoado, mas isso também era parte do preço. Estavam sentados num bar do Bairro Francês, as portas de madeira escura se abriam para a rua; se ela olhasse por cima do ombro de Tom, podia ver luminosos letreiros em néon, carros que passavam faiscantes, os dentes de pessoas rindo. Estava falando com ele sobre a montanha em Paddington. Achou que talvez ficasse intrigado e isso mudasse seu humor. Observando-o do outro lado da mesa, não tinha chegado a uma conclusão sobre se tinha ou não sido perdoada. Pelo menos saímos juntos, pensou. E ele estava olhando para ela, do jeito que sempre olhava, os olhos irrequietos percorrendo seu rosto, de uma parte à outra, como se tentando fixar cada detalhe, não importa o quão pequeno, como se tentando decorar o rosto inteiro. Ela ficava imaginando se isso não tinha alguma relação com o trabalho dele, como se estivesse interrogando seu rosto. Então, repentinamente, ele se inclinou para a frente, os dois braços sobre a mesa. Ouviu alguma coisa que não entendeu.

— Essa montanha — disse ele. — Podia ser escalada, certo?

— Sim. — Ela fez uma pausa. — Quer dizer, não mais, na verdade. Eles a tiraram de lá.

— Tiraram de lá? — Tom a encarou com a boca aberta.

— Sim.

— Tiraram a montanha de lá? Como isso é possível?

— Não sei — disse Glade. — Sempre pensei nela como uma montanha, mas eu acho que realmente era só uma colina.

Tom sacudiu a cabeça.

— Não entendi.

Ela sorriu para baixo, para a Margarita. Cor engraçada para uma bebida. Quase cinza. E aqueles cristais brancos ao redor da borda do copo. Como se fosse Natal.

— Qual a piada? — Tom tinha um sorriso amarelo e grãos de sal no lábio superior. — Foi algo que eu disse?

Não poderia dizer a ele o que estava pensando; que ela sabia que sua reação seria aquela, exatamente daquele jeito. Então encolheu os ombros e sorriu. De qualquer modo, ficava satisfeita quando ele se embaraçava. Achava as demonstrações de insegurança dele atraentes.

— Porra, Glade — disse ele, balançando a cabeça mais uma vez. No entanto, continuava sorrindo.

Depois de terminar o drinque, ele contou os planos para a noite. Iriam visitar um amigo que morava a dez minutos de carro dali. Havia alugado um carro para o fim de semana.

— Você não bebeu demais? — perguntou ela. — Afinal, a gente sempre pode pegar um táxi.

— Todos os motoristas daqui bebem. É uma cultura diferente.

— Oh. — Ele conseguia fazer com que ela se sentisse tão cautelosa, quase impotente. Decidiu que não mencionaria táxis novamente.

Pegaram as chaves do carro na recepção do hotel e tomaram o elevador até o porão. Achou que Tom tentaria fazer sexo com ela ali mesmo, enquanto desciam — quando ele pensava em sexo parecia que algo ficava faltando em seu rosto —, mas chegaram ao estacionamento sem que ele tocasse nela.

O carro alugado era um conversível pintado de um feio vermelho-escuro. Ela afundou no assento, com a cabeça vazia e a visão levemente borrada; podia sentir a bebida nos lábios. O carro tremeu e roncou. Tom raspou um pára-lama numa pilastra de concreto enquanto dava ré, mas apenas riu e disse: "Seguro."

Percorreram as ruas estreitas com a capota abaixada. No início, sentiu-se como se estivesse numa vitrine. Aí, de repente, a situação se inverteu, e ela começou a observar o que se passava em volta. O barulho da cidade a impressionou. Música, vozes, brigas. Passando por uma porta meio aberta, viu uma mulher dançando, num balcão forrado de zinco brilhante, com os seios à mostra e o traseiro requebrando sobre uma fileira de drinques. A iluminação dos clubes e bares tinha aquele brilho abrasador de ouro escovado, e quando ela se afundou ainda mais no assento, com os pés no painel, o néon colorido se derramou pelo vidro do pára-brisa como se fosse um líquido, e as sacadas de ferro batido pendiam sobre sua cabeça como cílios endurecidos com rímel preto.

Perguntou para Tom aonde estavam indo.

— Chestnut Street. — Foi a resposta. — É no Garden District.

Garden District. Ela viu Sally de pé junto à janela da cozinha, aviões passando lentamente pelo céu cinza e úmido de Londres. *Você não sabe nada.*

— Qual o nome do seu amigo? — perguntou.

Tom se virou para ela.

— O quê?

Agora estavam indo rápido, por uma estrada que a lembrava do Airport Boulevard. As luzes sobre suas cabeças eram amareladas, mas tudo mais, tudo ao redor deles, reluzia como um lago de óleo.

Chegou perto de Tom para que ele pudesse ouvir e repetiu a pergunta. O vento soprou seu cabelo, que caiu sobre a boca e os olhos.

— Sterling — gritou Tom. — Como nas libras esterlinas.

Passaram por um supermercado e uma pizzaria. Numa janela de restaurante, ela viu um cartaz com os dizeres: ASAS QUENTES ESTÃO DE VOLTA! Quis saber o significado, mas não tinha a menor vontade de gritar de novo, e quando, afinal, pararam em Chestnut Street, já havia esquecido o assunto por completo.

Ela com certeza encontrou o tal Sterling aquela noite. Mas no dia seguinte não conseguia lembrar-se dele. Dentro da casa, notou os espelhos, suas superfícies prateadas explodindo nas extremidades, seu próprio rosto escondido num jardim de flores marrons. Então encontrou uma varanda aberta para a escuridão, cheia de trepadeiras e sombras, a madeira velha, a tinta branca se desfazendo sob seus dedos. Lentamente, foi sentindo o caos. O vôo, os drinques, mais drinques, as imagens e sons. Vagou de um cômodo para outro, enfrentando a resistência do ar. Estava muito cansada e mesmo assim não queria dormir.

Percebeu que estava falando com alguém sobre a clínica.

— Nem sei o que aconteceu. Fiquei dormindo por dois dias.

O homem disse algo que ela não entendeu. Pensou ter ouvido a palavra *princesa*. Não, não podia ser. Sentiu que deveria continuar falando.

— Eles me pagaram cem libras — disse. — Eu comprei um vestido com o dinheiro.

ASAS QUENTES ESTÃO DE VOLTA!

O homem que conversava com ela abaixou o olhar.
— Não, não esse vestido.
Ele tinha o hábito de manter o copo na palma de uma das mãos e girá-lo com os dedos da outra. No fim, era só o que ela conseguia ver: o copo rodando sobre a palma dele. Isso a fez se sentir tonta. Perguntou qual era a bebida preferida dele, esperando distraí-lo, mas acabou não esperando pela resposta.
— A minha é Skwench! — disse ela.
O copo girando e o rosto acima dele se enrugaram. Como algo que necessitasse de ar, que precisasse ser soprado.
— É um refrigerante, só que saudável. É feito com ingredientes especiais...
Depois o homem tinha desaparecido, ou, talvez, ela tivesse saído, não saberia dizer. O rosto dele se descascando, no alto da sala, como uma traça...
Quando encontrou Tom, muito tempo depois, ele estava largado num sofá fumando um baseado. Ficou surpresa em vê-lo, tinha esquecido onde estava e com quem tinha ido. Ele ofereceu o baseado e ela disse não. "Não seja chata", disse ele. Ela balançou a cabeça. Era a coisa errada para dizer e acabou pegando o baseado assim mesmo, puxando a fumaça pela garganta e para dentro dos pulmões, sabendo que não deveria. Mas sabendo disso a distância, como alguém em outro país que sabe alguma coisa e no entanto está distante demais para que faça alguma diferença. Ela parecia ser a única pessoa ainda de pé. A sala era grande demais. Tinha mais mobília do que deveria.
— Eu dormi por dois dias — disse ela. — Havia eletrodos conectados em mim. — Riu. — Acho que isso me fez bem.
Tentou não pensar no tamanho da sala, ou no excesso de mobília.

— Eles rasparam um pedacinho da minha cabeça. Não foi nem um centímetro. — Ela passou as duas mãos nos cabelos. — Está aqui em algum lugar.

— Quem é essa aí? — ouviu alguém dizer.

— É a Glade.

— Tudo ficou cor de laranja — disse ela.

— Por que você não senta, Glade?

Alguém riu.

— É, Glade. Senta aí.

Glade, Glade, Glade. O som do nome dela fez as paredes tremerem. A sala se dissolveu numa espécie de espuma. De repente, não conseguia pensar em nada sem ficar doente.

Sentiu-se como se caísse de cabeça para fora da sala. Como se a porta fosse um buraco no chão. Suas pernas chacoalharam escada abaixo. Não havia força nelas, nenhum osso.

Em seguida, estava no carro.

Debruçou-se sobre a porta e observou seu mal-estar se espalhar pela estrada. Sua náusea ficava indo de um lado para o outro, mas de alguma forma ao mesmo tempo permanecia no mesmo lugar. Seu cabelo estava frio e molhado de suor. Escorou a bochecha nas costas da mão. Os dedos pareciam manchas. Ela queria que tudo parasse. Não conseguia se mover.

Sentia o cheiro do perfume em seu pulso. Isso a deixou enjoada de novo. Forçava e cuspia e forçava. Mas quase nada saía. Sentiu seu vestido sendo levantado por trás. De repente, não conseguia enxergar. De alguma forma, ela se livrou, conseguiu respirar.

— Tom?

Tentou olhar em volta, mas só captou um vislumbre dele. Estava ajoelhado no banco atrás dela, o rosto perdido, concentrado, daquele jeito que as pessoas ficam quando estão sós. Árvores sobre ele, árvores suspensas. Pretas e tortas e balançando, como guarda-chuvas virados do avesso pelo vento. A virada de cabeça. Seu estômago subiu para a garganta de novo, e ela se debruçou sobre a porta, as duas mãos segurando a maçaneta do lado de fora, o rosto no meio do caminho para a estrada.

Enquanto passava mal, sentiu que ele puxava suas calcinhas até os joelhos. Ele lutou para se encaixar entre suas coxas, forçando-as para os lados.

— O que você está fazendo? — Não tinha certeza de ter mesmo falado. Provavelmente foi só um pensamento.

Então ele se enfiou dentro dela.

Glade gritou, pois ele não entrou no lugar habitual. Mas ela nem conseguia prestar atenção. Continuava vomitando na estrada.

Em algum momento, notou as mãos dele. Estavam agarrando o alto da porta, os tendões tensionados até os nós dos dedos, como alguém se segurando com medo de cair. Não conseguia levantar a cabeça. Ele estava pressionado contra ela, apertando-a de um jeito que não a deixava se mover, ela estava espremida contra o alto da porta, que cortava seu corpo um pouco abaixo dos seios. Ficava difícil até para tentar vomitar.

Ela não percebeu quanto tempo tudo durou. Só sabia que seu cabelo estava sobre os olhos, que a boca tinha um gosto amargo e que as árvores continuavam se movendo acima dela, guarda-chuvas enormes e antigos, quebrados pelo vento. Mas se lembrava de ter ouvido uma espécie de chiado por trás dela, então um suspiro, e aí soube que ele tinha acabado.

Acordou. A princípio não saberia dizer se era noite ou dia; teve a sensação de que poderia estar presa entre os dois. Percebeu que estava olhando para uma pilastra de concreto. Olhou ao redor. Estavam no estacionamento do hotel, os faróis ainda ligados. Tom dormia ao lado dela, com a cabeça caindo por cima do assento. Como alguém que sofrera um acidente, ela se sentou ereta tentando descobrir como estava se sentindo, se estava machucada. Seus dois joelhos estavam ralados, e o sêmen de Tom havia escorrido para fora dela, manchando a parte de trás do vestido. Seu cabelo tinha secado e endurecido. E estava sem calcinha. Mas não se sentia tão mal, considerando tudo, e estava fresco no estacionamento, com um cheiro de cimento que achou reconfortante. Achou que talvez ainda estivesse bêbada e que a ressaca nem tinha começado; ou, talvez, que ao vomitar tivesse livrado o corpo do veneno. Esticou-se, desligou os faróis e voltou a sentar. Imaginou se perderiam o casamento. Tom abriu os olhos e os fechou. Abriu de novo. Perguntou que horas eram, mas ela não tinha como responder, estava sem relógio. Ele levantou lentamente o pulso direito e deu uma espiada. Vinte para as sete.

— Ai, meu Deus — murmurou.

Ela tentou se lembrar da volta para o hotel, mas estava tudo em branco. Não conseguia sequer recordar dele ligando o carro. Achou que já deveria ser bem tarde quando voltaram, três da manhã, pelo menos. Quando se lembrou da casa em Chestnut Street, com seus antigos espelhos e seu enormes cômodos mal iluminados, parecia que tinha passado uns cem anos lá.

— Quem é Sterling? — perguntou.

Tom fechou os olhos de novo, mas não parecia que estivesse dormindo. Como ele ficou em silêncio, ela mesma respondeu.

ASAS QUENTES ESTÃO DE VOLTA!

— Ah, não sei — murmurou —, só um amigo.

Abriu a porta do carro e saltou. Andou alguns metros, o barulho de seus sapatos ecoando na parede à sua esquerda. As pernas não estavam muito firmes. Olhou seus joelhos. Os machucados estavam marrons com as bordas pretas. Parecia um quadro de Mark Rothko, pensou, e quase riu em voz alta. Então se lembrou do vestido que havia comprado para o casamento, o qual só ia até o meio das coxas, pois Tom gostava de ver suas pernas. Duvidava que iria poder usá-lo agora. Teria de improvisar.

Tom olhava direto em frente, através do pára-brisa, uma das mãos tentando soltar o cinto de segurança. Seus olhos pareciam ter endurecido dentro das órbitas.

— Vou deitar — disse.

Lentamente, ele se içou para fora do carro e se dirigiu ao elevador. Ela foi atrás. Movia-se de forma esquisita, como alguém com um ferimento. Olhando para trás por cima do ombro, Glade percebeu que não tinha batido a porta; no entanto, era um conversível e ela não imaginava que diferença isso poderia fazer.

Lá em cima, no quarto, Tom tirou tudo, exceto as cuecas samba-canção, e subiu na cama. Mal se deitou e já estava dormindo, virado de costas para ela, o formato de seu corpo impessoal, anônimo. Parada em frente à TV, ela o olhou por uns minutos, escutando sua respiração. Então foi para o banheiro e fechou a porta.

Era um banheiro espaçoso com tapete azul-claro, paredes azul-claras. Havia um minicandelabro pendurado no teto, todo de metal dourado e com oscilantes enfeites de vidro em forma de pêra. Junto a uma das paredes havia um sofá de canada-índia com almofadas. Em outra parede, uma penteadeira com o espelho emoldurado por lâmpadas, como num camarim. Sentou-se na borda da banheira e abriu as torneiras. Não havia som no mundo de que gostasse mais do que o da água correndo na banheira. Notou uma janela alta e estreita, de vidro fosco, à esquerda da penteadeira. Curiosa, foi até lá e abriu.

Era uma vista do alto, que cobria boa parte da cidade; como se vê em imagens aéreas de TV, helicópteros e um céu quente e poluído. Do lado direito, bem longe, podia ver uma ponte, uma estrutura suspensa de pilares e vigas fazendo um arco na neblina. No alto dos prédios, reparou em casinhas cor de ferrugem com telhados pontudos. Eram construídas sobre vigas, como pernas de pau, e não tinham portas ou janelas. Imaginou que tivesse algo a ver com o fornecimento de água. Ou talvez com refrigeração de ar. Entre dois prédios envidraçados, ela podia ver o rio Mississippi, de um melancólico azul-acinzentado, a cor de um sobretudo que Charlie usava sempre. Afastou-se da janela, foi até o meio do banheiro e abriu os botões do vestido, deixando-o cair. Parou na frente da penteadeira, estudando seu corpo. Com os dois joelhos ralados, parecia alguém que rezava muito. Imaginou onde estaria sua calcinha. Talvez no chão do carro, embaixo do porta-luvas. Ou na porta da casa de Sterling, em Chestnut Street.

Ficou de molho na água quente, a mão esquerda sobre a barriga. Os joelhos doeram quando entrou na água, o que trouxe lágrimas aos seus olhos, mas agora mal podia senti-los; seus membros pareciam flutuar embaixo d'água, sem peso, quase dormentes. O que a lembrou dos dois dias que passara no laboratório de pesquisa de sono. Na primeira noite, uma enfer-

ASAS QUENTES ESTÃO DE VOLTA!

meira prendeu uma pulseira de borracha amarela em seu pulso: *Spencer, Glade. 00153*.

— Seu número no hospital — informou a enfermeira sorrindo. Glade ficou deitada, quieta, olhando para o pulso. Lembrou ter se sentido valiosa, importante. Protegida.

Tinha chegado à clínica às quatro horas naquela tarde. Na portaria, recebeu vários formulários, os quais diziam: ADMISSÃO POR 48 HORAS PARA PESQUISA DE SONO. Teve de fornecer detalhes sobre seu histórico médico, incluindo doenças e alergias, antigas e atuais. Um dos formulários tratava de "sonolência diurna". As perguntas a divertiram. Por exemplo: se ela estava "sentada, conversando com alguém" qual a possibilidade de adormecer? Pensou em escrever "depende da pessoa"; mas tinha de responder seriamente, numa escala que ia de 0 a 3, sendo que 0 era "nunca", e 3 "grande chance de adormecer". Quando terminou com os formulários, pediram que assinasse um termo de isenção de responsabilidade, que liberava a clínica de qualquer obrigação em caso de problemas. A enfermeira garantiu que o documento era mera formalidade, uma exigência da lei. Mesmo assim, por um momento, Glade se preocupou com aquela linha pontilhada. Então se lembrou de Charlie dizendo que nada de mal poderia lhe acontecer. Pegou a caneta, dobrou o papel e assinou seu nome.

Depois, foi levada para uma sala onde sua pressão sanguínea, pulso e temperatura foram checados. Em seguida, foi para uma enfermaria que tinha sido dividida em cubículos, cada um com as cortinas fechadas para manter a privacidade. Toda a sua ansiedade passou. Parecia o paraíso; em cada recinto, uma pessoa dormindo às cinco da tarde. Ela ganhou uma cama de solteiro com armação de metal pintado e um pequeno armário de roupas que servia de mesinha-de-cabeceira. Na parede, logo acima da cama, havia uma lâmpada de leitura ajustável e um painel que monitorava os sinais vitais. A janela dava para um pátio comprido e sinistro, uma espécie de área de ventilação do prédio. Ela podia ver fileiras de janelas iguais à sua, e, no alto do edifício, uma rede para manter os pombos afastados. Ficou ali deitada, esperando. Às seis, recebeu a refeição numa bandeja, a comida acondicionada em embalagens prateadas com tampas de papelão branco, como uma quentinha de restaurante indiano.

Era surpreendente quão pouco conseguia se lembrar depois disso.

Em algum momento, ela acordou e viu dois homens parados na entrada de seu cubículo, um com cabelo castanho-claro e cerca de quarenta anos, o outro, mais velho e completamente careca. Eles pareceram surpresos, quase assustados, quando ela abriu os olhos; o careca chegou a recuar um passo, ultrapassando a divisa para o pavilhão. Deviam ser os pesquisadores, pensou. Notou os fios saindo de seu corpo, eletrodos, como Charlie tinha dito. No formulário de admissão, no lugar marcado INFORMAÇÕES PARA ALTA, havia sido designado Charlie Moore como acompanhante, em caso de necessidade. Tudo estava sob controle. Suspirou, fechou os olhos e mergulhou de volta no sono.

Quando se passaram os dois dias, ela descobriu que não queria ir embora. Tinha dormido direto as duas noites e também boa parte do dia entre elas. Estranho, mas você podia ficar viciado em dormir. Você fazia parte do mundo, mas não estava nele, e, de alguma forma, isso parecia a coisa certa. Certa demais. Lembrou que se sentiu como se os músculos tivessem esticado dentro do seu corpo. Estava com a preguiça de um elástico velho, não tinha forças para ir embora. Mas a enfermeira foi firme com ela.

— Afinal de contas — disse —, você não quer transformar isso num hábito.

Sim, eu quero, pensou Glade. Quero sim.

Meia hora mais tarde, parada numa calçada no norte de Londres, ficou assustada com o movimento, a correria, a intensa velocidade de tudo. O homem barrigudo, abrindo a cotoveladas o caminho até o ônibus, por exemplo. E aquela garota com a jaqueta de couro marrom? Estava andando tão depressa e mascando chiclete com tanta força que dava para acreditar que sua boca era o motor que punha o corpo em movimento. Glade teve vontade de pegar cada um pelo braço e perguntar o quê era assim tão importante. Claro que em um ou dois dias a sensação tinha desaparecido, e ao sair na rua ela não era diferente dos outros. Comprou o vestido que queria e um par de sapatos para combinar. A passagem aérea chegou pela Federal Express. Exatamente uma semana depois de sair do laboratório do sono, estava embarcando no avião para Nova Orleans.

Largada na banheira, tentou trazer de volta mais alguma lembrança daqueles dois dias, mas nada apareceu. Do lado de fora, lá embaixo na rua, podia ouvir buzinas de carros, uma canção sendo assobiada, o martelar de uma britadeira...

Ela acordou de repente, sem saber onde estava. A água tinha esfriado, mas estava acostumada com isso. Era comum adormecer na banheira. (Esta sim deveria ser uma das perguntas do formulário: *se você está na banheira, qual a probabilidade de adormecer?* Responderia com um 3.) Olhou para baixo e reparou nos joelhos. Então descobriu onde estava.

Saiu do banho, enrolou-se numa toalha e sentiu uma dor de cabeça se aproximando. Dava para senti-la sobre a cabeça, como um peso suspenso pelo mais frágil dos fios. Poderia cair a qualquer momento. Procurou seus analgésicos e engoliu dois com água da torneira. Ao passar pelo espelho, vislumbrou uma moça alta e pálida, com olheiras e cabelo espetado. Andou até a janela. O sol estava alto no céu e o rio tinha mudado de cor. Imaginou que seriam umas onze horas.

Abriu a porta do banheiro, espiando lá fora. Tom continuava dormindo. Ela se enxugou, vestiu uma camiseta limpa e calcinhas, e então atravessou o quarto e levantou as cobertas, enfiando-se na cama. Depois de esperar uns minutos, aproximou-se de Tom, aconchegando seu corpo no dele até sentir suas formas junto a ela, seus ombros, sua bunda, a parte de trás dos joelhos e até os calcanhares dele. Respirando ele, o cheiro de água salgada que vinha de seu corpo, caiu num sono profundo.

Em algum momento acordou, e ele estava no telefone, de costas para ela.

— Quando é o casamento? — murmurou.

Ele não pareceu ter ouvido.

Ela levantou a cabeça. — O casamento — repetiu. — É hoje?

Ele cobriu o bocal do telefone com a mão e olhou-a por cima do ombro.

— Amanhã — disse.

Ela se ajeitou de volta nos travesseiros e adormeceu de novo.

Quando acordou, era quase noite e Tom não estava. Procurou um bilhete e depois balançou a cabeça ao se lembrar. Tom

ASAS QUENTES ESTÃO DE VOLTA!

nunca deixava bilhetes. *Gente que se mata é que deixa bilhetes.* Era o que tinha dito uma vez. Uma idéia estranha. Algo que nunca ocorreria a ela. Mas, agora, toda vez que escrevia um bilhete pensava nisso. Ele disse uma outra coisa naquele dia, durante a mesma conversa. "Eu nunca coloco nada no papel a não ser que seja absolutamente necessário." Fez uma pausa antes de dizer: "Eu sou advogado." E era verdade. Ele nunca fazia. Não escrevia cartas. Nunca tinha sequer mandado um cartão-postal. Se queria entrar em contato, telefonava; ou sua assistente telefonava. Ela nem sabia bem como era a letra dele. Só via a assinatura em recibos de cartão de crédito. Que ele assinava o tempo todo.

Sentou-se e acendeu o interruptor ao lado da cama. Não fazia idéia de há quanto tempo ele tinha saído. Algumas vezes ele só saía para pegar um ar. Mas também era capaz de ir num bar, restaurante ou cinema sozinho. Passavam-se horas até voltar. Certa vez, enquanto estavam em Miami, ele viajou até Nova York e voltou, e ela nem ficou sabendo. "Uma reunião", disse depois. "Coisa de última hora."

Glade pegou o controle remoto e ligou a TV. Demorou cinco minutos para tirar da tela o sinal de Serviço Exclusivo de Vídeo. Daí, passeou por canais até encontrar um velho filme em preto-e-branco, as mulheres em vestidos justos e lustrosos que quase tocavam o chão, os homens de *smoking* e gravatas-borboletas pretas. Todos no filme falavam muito rápido e quase tudo o que diziam era engraçado. Ficou imaginando se haveria pessoas de verdade que fossem assim; se havia, gostaria de reencarnar como uma delas. Enquanto assistia à TV, reparou em seu rosto refletido no espelho da parede na frente da cama. Estava sorrindo. Percebeu que tinha estado sorrindo o tempo todo.

Assim que o filme terminou, notou que estava com fome. Qual a última vez que tinha comido? Vinte e quatro horas atrás, no Café Roma. Procurou por um cardápio entre os folhetos informativos do hotel e, em seguida, ligou para o serviço de quarto. Era uma coisa que ela tinha aprendido com Tom e uma novidade que sempre a deliciava. Pediu uma tigela de cereal com mel, torradas e um copo de leite.

— É melhor mandar dois copos.

Era quase meia-noite quando Tom voltou. Estava vestindo *jeans*, uma camisa preta e botas de couro de cobra com saltos cubanos. Acendeu as luzes e sentou na beira da cama, sem olhar para ela. Passou as duas mãos pelo cabelo, depois pegou o telefone e começou a discar. Ela o observou enquanto falava. Pegou algumas frases estranhas, sem significado. De onde estava, só podia ver partes dele: o cabelo cortado curto na nuca, quase escanhoado; a camisa esticada pelos músculos das costas; a mão direita segurando firme o fone bem embaixo, quase no bocal. Ele tinha muita força nas mãos. Na verdade, no corpo todo. Às vezes, quando faziam amor, a segurava com tanta força que ela ficava com marcas nos braços durante dias, marcas no formato de dedos polegares.

Ele ficou no telefone por um bom tempo. No final, ela tinha desistido de tentar ouvi-lo e voltou para a TV. Estava passando um faroeste; daqueles antigos, com caravanas de carroças e apaches. Quando Tom afinal desligou o telefone, pôs os pés sobre a cama e as costas na cabeceira, sentando ao lado dela.

— O que é isso? — falou depois de um tempo.
— Não sei. Um filme, acho.
— Foi só o que você fez? Ver TV?

Ela olhou para ele.

ASAS QUENTES ESTÃO DE VOLTA!

— Também comi alguma coisa.
Ele não tirou os olhos da tela.
— E você? — disse ela. — Aonde foi?
— Por aí. Encontrei umas pessoas.
— Amigos?
Ele fez que sim com a cabeça.
Ela virou o rosto. Era uma conversa típica. Ele a enredava em perguntas e respostas, e as respostas dele não esclareciam nada. Com o tempo, tinha descoberto que havia um limite para o número de perguntas que podia fazer; quando insistia, ele perdia a paciência. Sabia de outra coisa também: não haveria mais sexo. Com Tom, em geral só acontecia uma vez, na primeira noite. Depois não se interessava mais. Enfiava-se embaixo das cobertas em camiseta sem mangas e cuecas, quieto e introvertido, intocável — nessas horas, imaginava que ele ficava coberto por um véu, que ela não podia ultrapassar nem remover. Ou virava de lado, ficando de costas para ela, só um pouco de cabelo e, talvez, uma orelha aparecendo fora das cobertas. Viu uma lança acertar o peito de um homem usando casaco azul-escuro. Seus olhos se fecharam e ele caiu para trás, as duas mãos agarrando o cabo da lança como se esta fosse preciosa para ele, como se não suportasse separar-se dela. Agora, os índios cavalgavam ao redor das carroças tombadas que formavam barricadas. Sempre faziam isso, não faziam?

A festa do casamento aconteceria no campo, a cerca de uma hora de carro de Nova Orleans. Era tudo que Glade sabia. Eles partiram no conversível ao meio-dia, depois de um café da manhã consumido em silêncio. Ao deixarem a periferia da cidade, as estradas estavam quase vazias, e Tom acelerou como se estivesse impaciente para acabar logo com aquilo. Estava sentada quieta ao lado dele, usando óculos escuros e com as mãos no colo. Era um dia quente. As árvores sofriam com o calor da mortiça luz amarela. As folhas caíam. Viu um lago de água azul-clara, a superfície imóvel, densa como mercúrio. Tudo parecia pesar muito, inclusive o ar sobre sua cabeça, e pelo menos desta vez estava satisfeita por ele não querer conversa, não tinha certeza de que conseguiria arrancar palavras da boca.

Afinal, passaram por um portão, entrando numa estrada estreita e curva. Ela reparou numa extensão de brancura além do denso paredão de árvores à sua direita.

— É ali? — perguntou.

Tom não respondeu.

Observou enquanto as árvores foram rareando até desaparecerem, revelando uma casa construída num pequeno declive e na frente de um morro verde e liso. A casa era completamente branca e, ao menos para Glade, parecia ter sido decorada especialmente para o casamento. Tinha venezianas nas janelas, telhado reto e uma varanda alta sustentada por duas colunas dóricas. No lado esquerdo da casa, ficavam três sacadas, sob os galhos de um imenso carvalho, do qual recebiam sombra.

Por dentro, era uma casa arejada e escura, cheia de rostos, de todas as idades, pessoas que Glade não conhecia. Parada ao pé da escada, observou uma bandeja de prata se deslocando acima das cabeças da multidão com uma estabilidade que parecia sobrenatural. Pegou uma taça de champanhe quando a bandeja passou por ela. Como sempre, Tom tinha desaparecido, e ela se viu conversando com o pai da noiva, um homem de maneiras impecáveis e cabelos cor de marfim. Quando ele descobriu que ela era inglesa e nunca ti-

ASAS QUENTES ESTÃO DE VOLTA!

nha visitado o sul dos Estados Unidos, enganchou seu braço no dela e a guiou por diferentes cômodos da casa. Os assoalhos eram de olmo, uma madeira que se tornou rara, e os aparadores brilhavam com os candelabros, os relógios e as cigarreiras. Flores brancas flutuavam em largas bacias de prata, exalando no ar um perfume cremoso, quase intenso demais para ser respirado. Eram gardênias, as primeiras que via na vida.

Ele disse que a casa era antiga, ainda que não para os padrões ingleses, claro. Tinha sido construída num estilo conhecido como "antebellum", o que, traduzido literalmente, significava antes da guerra. A família dele era dona da propriedade há mais de cento e cinquenta anos.

— Pois não a perca — disse Glade.

Ele a encarou com um olhar curioso, movendo a cabeça um pouco para o lado como se não conseguisse vê-la direito de onde estava. Como se, com aquele comentário, ela tivesse desaparecido de sua vista. O que, talvez, de certa forma tenha acontecido. Porque ela estava pensando na casa de Norfolk, que tinha sido seu lar, com suas paredes de seixos e as molduras das janelas pintadas de verde. No verão, o ar era seco e empoeirado no sótão, de onde, deitado de barriga para baixo, podia-se ver os mistérios do jardim dos fundos: as filas de pereiras que davam frutas de pele sardenta e, logo depois da cerca, um riacho em cujas águas claras encontrou certa vez um relógio de bolso de ouro. A casa que o pai abandonou quando seu casamento caiu aos pedaços.

— Só quis dizer que ela é muito bonita — emendou rapidamente. — Acho que nunca vi uma casa tão bonita.

O homem agradeceu abaixando o queixo na direção do peito de um modo que parecia saído do século passado.

— E se eu posso retribuir o elogio, Glade — disse ele —, você está usando um vestido adorável.

— O senhor acha? — E olhou para baixo como se não tivesse certeza.

No banheiro àquela manhã, tinha hesitado, mas, afinal de contas, não havia escolha. Era um vestido longo que chegava quase aos tornozelos, num tecido leve, e estampado com flores, nada que estivesse na moda. Nem imaginava o motivo de tê-lo trazido na viagem, mas estava feliz que o tivesse feito. Quando voltou ao quarto, no entanto, Tom olhou e perguntou o que era aquilo que estava usando.

— A única coisa que tenho que cobre os meus joelhos.

— Seus *joelhos*? — E olhou como se ela tivesse ficado maluca. Um olhar com o qual já estava se acostumando.

— Você não se lembra? — Levantou o vestido e mostrou a ele.

Ele se afastou na direção da janela. Mal tinha falado com ela desde então.

Ela subiu uma longa escada de madeira escura seguindo o pai da noiva, reparando, através do paletó de linho, na leve curva da espinha dele. No segundo andar, em cômodos usados com menos freqüência, o ar cheirava a nozes e baunilha. O homem falou sobre a filha, que estudava balé em Nova York. Era a caçula.

— Deve ter sua idade — disse ele, olhando para ela de lado, com a cabeça formando um ângulo e sorrindo apenas com metade da boca. Pela janela, ela podia ver reluzentes pedaços da campina, cores que eram um alívio em contrapartida à luz suave do interior da casa. Então, de repente, enquanto desciam as escadas, sentiu-se aprisionada e sem fôlego. Cada som parecia trazer um eco atrelado. Só por um

ASAS QUENTES ESTÃO DE VOLTA!

momento, a escada e o chão lá embaixo se transformaram num borrão, como se estivesse olhando através da água. Ela tocou a testa com os dedos de uma mão. Estava encharcada de suor.

— Você está se sentindo mal? — A voz parecia tão distante que ela achou que ele tinha se elevado, como um anjo, na direção do teto.

— Sim — murmurou. — Um pouco.

— Ficou muito quente aqui dentro, com toda esta gente. — Ele tentava ser gentil. Ali, no meio da escadaria, não estava nem um pouco quente, e não havia ninguém. Mesmo assim, ela permitiu que a levasse até uma cadeira. Em seguida, disse que ia procurar por Tom. Ela se sentou. Enfiando os cotovelos nos joelhos, ela sustentou a testa entre as mãos e ficou olhando o chão.

Tom apareceu e a levou para o jardim. Ele não reclamou, mas era evidente que estava ressentido. Ser alguém cuja namorada estava passando mal. Ter de deixar a festa, ainda que por alguns minutos.

— Estou bem — disse ela, esperando que ele voltasse para dentro.

— O que você bebeu? — perguntou.

— Só uma taça de champanhe. Não é isso.

A um canto do gramado, havia um banco de ferro, pintado de branco e levemente descascado. Sentaram-se lado a lado, de costas para a casa. Um cedro espalhava sobre eles estranhos galhos escuros e achatados. Tom se debruçou para a frente, antebraços sobre os joelhos, as mãos apertadas uma na outra.

— Falando em bebida — disse ela —, você já ouviu falar de Skwench!?

— Skwench!? — disse ele, fazendo uma pausa. — Sim, já ouvi.

— Eu não paro de pensar nisso.

Ele se virou devagar e a encarou.

— Nem sei por quê — disse ela. — Não é normal ficar pensando numa bebida que você nunca viu. Até a cor. Fico vendo até a cor.

Tom continuava encarando.

— Talvez você devesse procurar ajuda.

— Ajuda? — Ela não entendeu. — Como assim?

— Não sei. Um psiquiatra, acho.

Ela pensou nisso por um momento.

— Um psiquiatra — insistiu ele.

De onde estavam dava para ver o terreno sumir na linha do horizonte, que, lá longe, era azul, o mesmo azul da fumaça que sobe de uma fogueira. Louisiana, pensou. Estou na Louisiana.

Pouco depois, Tom levantou. Andou alguns passos com as mãos nos bolsos, então parou, parecendo estar apreciando a vista.

— Não entendo você, Glade.

Ela sorriu.

— As pessoas sempre me dizem isso. — Mas nunca esperou ouvir isso dele; sempre acreditou que era uma das coisas de que ele gostava nela, o fato de ser diferente.

Tom a olhou de longe.

— Talvez fosse melhor a gente ficar um tempo sem se ver.

— A gente já fica — disse ela, sorrindo para o chão.

— Como assim?

— Foram quatro meses desde a última vez.

Ele ficou em silêncio. Podia ouvir sua respiração.

ASAS QUENTES ESTÃO DE VOLTA!

— Você acha que a gente deve ficar ainda mais tempo sem se encontrar?

O silêncio continuou. Embora soubesse que não deveria estar falando, não conseguia evitar. Ele sempre era esperto nestas situações, deixando-a falar, sabendo que ela não era boa nisso. O amor por ele ainda existia, podia senti-lo; mas era como um herói aprisionado dentro dela, amarrado e amordaçado, e enquanto falava eram os bandidos que estavam ganhando.

— Mais tempo que isso — continuou — não acho que vá valer a pena.

Pronto. Tinha falado por ele. E tinha sido tão fácil que achou que deveria seguir adiante.

— Você acha — disse — que a gente deveria esquecer tudo de vez?

Ele pareceu se assustar com a idéia.

— Você pode me deixar. Tudo bem. Não vou criar caso.

O que mais podia dizer?

— Não vou chorar.

Ela tinha usado todas as palavras. Se abrisse a boca de novo, não sairia nada. Decidiu esperar que ele falasse. Não importava o quanto demorasse.

— Talvez seja o melhor — ele acabou dizendo — para nós dois.

— É o melhor para mim. — Ela respirou fundo e olhou para longe, o lugar onde a paisagem desaparecia, não era exatamente o horizonte, parecia uma espécie de cerração. — Eu queria beber alguma coisa.

Tom parou junto dela.

— Não acha que já bebeu bastante?

De repente, se lembrou das palavras que tinha visto numa

vitrine na primeira noite, enquanto estavam rodando pelo Garden District. Lembrava-se exatamente das cores e do formato das letras, e do jeito que o letreiro piscava, como se um *poltergeist* estivesse em andamento.

— Asas quentes estão de volta! — disse ela, rindo. E continuava não fazendo a menor idéia do que aquilo significava.

Os olhos de Tom pareceram escurecer; ele virou-se de costas e passou uma das mãos pelos cabelos. Ela se reclinou no banco e olhou o céu. Era algo que fazia sempre, desde criança. Nunca deixava de ficar maravilhada com as características daquele azul. Só profundidade. Nenhuma superfície em qualquer ponto.

— Como você está?

Não havia qualquer ternura na voz dele, nenhuma real preocupação. Só queria informações. Fatos. Ela concordou com a cabeça.

— Melhor, muito melhor.

— Nesse caso — disse —, é melhor voltarmos para dentro.

Naquela noite, depois que Tom desceu para o bar, Glade ligou para a companhia aérea e perguntou se podia mudar seu vôo de terça-feira à tarde para segunda de manhã. O homem disse que se ela tivesse comprado uma passagem com desconto seria impossível mas como era um bilhete convencional não haveria qualquer problema. Havia lugares disponíveis no vôo das sete e meia para Nova York. Teria de fazer o *check-in* até as seis e meia.

Às nove daquela noite, Tom a levou a um restaurante no fim do Bairro Francês. Pediu duas dúzias de ostras e uma garrafa de Dom Perignon. O garçom sorriu dizendo que era o champanhe favorito de sua mulher. Glade ficou olhando sua taça, tão alta e magra que mais parecia um vaso feito para conter uma única flor. Ao longo do jantar, Tom falou sobre o caso em que estava trabalhando, que envolvia narcóticos e fraude. Tiveram de contratar uma agência de detetives para localizar o acusado. Acabaram encontrando o homem numa pequena cidade na Colômbia. Tom levantou e abaixou as sobrancelhas, e então pegou sua taça de champanhe. Glade se descobriu desejando que o acusado, quem quer que fosse, tivesse escapado.

Voltaram ao hotel e Glade encheu a banheira enquanto Tom ligava para São Francisco e Los Angeles. Deitada dentro d'água, podia ouvi-lo falando num murmúrio baixo no outro cômodo. Será que é disso que vou me lembrar, imaginou, o som dele conversando com outras pessoas? Quando acabou o banho já era quase uma da manhã. Vestida com o roupão do hotel, apagou as luzes e abriu a porta. Tom estava deitado na cama assistindo à MTV. O quarto inteiro brilhava e piscava. Até ela dormir, ele continuava vendo a televisão.

Ela acordou um pouco antes de cinco da manhã e escorregou para dentro de uma roupa. Não precisava acender as luzes, já tinha arrumado suas coisas na véspera. Parada na porta, olhou para o quarto.

— Tom? — chamou.

Ele não respondeu.

— Tom, estou indo embora.

— Aonde você vai? — murmurou ele.

Ela achou que seria estúpido dizer Londres, mas disse assim mesmo.

Ele se sentou na cama, um de seus ombros se destacou na luz cinzenta e ela pensou por um instante que ele tentaria impedi-la. Então disse: "É cedo", e desabou nos travesseiros.

Em cima do balcão da recepção, o relógio do saguão informava 5:25. Um porteiro numa espécie de fraque vermelho carregou sua mala até a entrada de carros em semicírculo, na calçada em frente ao hotel. Ele falou com ela gentilmente, mas gentileza não era uma coisa na qual podia pensar naquele momento. Um táxi saiu da escuridão em sua direção. O porteiro abriu a porta para ela. Agradeceu e entrou.

— Aeroporto, por favor.

Abriu a janela e afundou no banco de trás. Uma fina corrente de ar, fria e vagarosa, passou por seu corpo. No leste, o céu começava a se abrir e uma luz rosa-claro passava pela abertura. Acima e abaixo da fenda, tudo era de um escuro azul-cinzento. Tinha se sentido tentada a deixar um bilhete para Tom, mas mudou de idéia no último instante. Não queria que ele pensasse que ia se matar.

TRÊS

O EXECUTOR

Numa manhã de segunda-feira, esperando o metrô em Tottenham Court Road, Jimmy reparou num homem em pé, mais para o final da plataforma. Deveria ter uns cinqüenta anos. Usava terno cinza-escuro e sobretudo creme, e estava lendo um exemplar do jornal *Telegraph*, que dobrou até ficar pequeno o bastante para caber na mão esquerda. A mão direita se movia de forma ritmada, quase mecânica, do bolso do sobretudo até a boca. Jimmy demorou um pouco para perceber que o homem estava comendo. Mas, o quê? Curioso, rodeou o homem por trás e parou num ângulo próximo ao ombro dele. Dali, ficou espiando até ver três pequenas esferas brilhantes com cobertura marrom-escura. Confeitos de chocolate! Observou as esferas rolarem e se esbarrarem na concavidade formada pela palma da mão do homem, que parecia estar sopesando-as. Observou enquanto elas eram elevadas rapidamente rumo aos lábios do homem, já antecipadamente entreabertos, como um bico de pássaro. Ouviu quando o recheio amarelo e crocante sucumbiu aos decididos dentes do homem. Algumas vezes, havia um pequeno atraso, talvez a mão dele não conseguisse encontrar a abertura do pacote, e um ar contrariado passava pelo rosto do homem, como acontece com uma criança sonhando, mas não tirava os olhos do jornal que estava lendo e, no fim, sua mão sempre emergia do bolso e se movia infalivelmente na direção da boca. Quantas coisas a gente faz assim automaticamente? Jimmy pensava sobre isso quando chegou o metrô.

Dentro do vagão, ele olhou o relógio. Sete e quarenta e cinco. Estava começando cedo, mas com um emprego como o que tinha, sempre podia aproveitar um tempo a mais. Trabalhava na East Coast Soda Corporation — ou ECSC, como era conhecida no meio —, uma empresa de refrigerantes com matriz em Chicago. Nos últimos cinco anos, a empresa vinha desenvolvendo um novo produto, um refrigerante chamado Skwench! (o ponto de exclamação era parte da marca registrada e do logotipo). A princípio, Jimmy não sabia o que fazer com esse nome. De alguma forma, o K parecia um tanto batido, e o W com certeza causaria problemas para quem não fala inglês. Mas é certo que o nome transmitia uma idéia refrescante e, com o tempo, o nome começou a agradá-lo: tinha um som crocante, uma suculência, tinha alguma coisa deliciosamente onomatopéica a seu favor. De qualquer maneira, tinham lançado a bebida nos Estados Unidos e foi um sucesso de mercado. Venderam trezentos e quarenta e cinco milhões de litros em um ano. Ninguém poderia esperar números melhores do que esses. Agora, como seria de se prever, a empresa pretendia repetir o fenômeno no Reino Unido. Como gerente sênior de produto, o lançamento era responsabilidade dele. Tudo dependia disso, o sucesso da entrada do Skwench! no mercado britânico definiria sua carreira naquele ano.

Chegou em sua estação. Saltou do trem e subiu numa longa e lenta escada rolante até a rua. Fora da estação, virou à esquerda depois da mulher que vendia flores e andou rapidamente para o prédio da ECSC, que refulgia como um sólido bloco de platina na fria luz de outubro. Como eram só oito e dez, se viu sozinho ao passar pelas portas giratórias e atravessar o saguão. Cumprimentou Bob, o guarda de segurança, e esperou pelo elevador. Sentia na boca o gosto dos quinze ou vinte cigarros Silk Cut que tinha fumado na noite anterior. Alguns amigos tinham aparecido: Marco, Zane, Simone. Ainda podia vê-los, ao redor da escura mesa de carvalho de sua sala de jantar: Marco, com sua cabeça raspada e seu ar truculento; Zane, numa camisa de veludo púrpura; o cabelo vermelho de Simone caindo para a frente quando ela se debruçava sobre o espelho. Afinal, foi obrigado a botá-los para fora. Mesmo assim, só conseguiu deitar lá pelas três. Bocejou. As portas do elevador se abriram. Ao entrar, apertou o número 9 e sentiu um poder acolchoado projetá-lo na direção do céu.

Na recepção, um grande mural de telas de TV piscava silenciosamente com as imagens do mais recente material publicitário. O trabalho era aceitável, mas acanhado — muito sol, muitos sorrisos. Se Jimmy tivesse o controle, tudo seria diferente. Passou por dois sofás azul-escuros e parou junto à parede que dava para oeste. Uma vasta janela envidraçada oferecia uma inebriante vista de Londres. Os telhados de ardósia de Acton e Ealing. A preguiçosa faixa de estrada que ia dar em Oxford. Os infindáveis aviões fazendo descidas idênticas no aeroporto de Hathrow. Começar o dia. Era o que tinha a fazer. Começar o dia, e ser visto fazendo isso.

— Bom dia, Jimmy.
Ele se virou.
— Bom dia, Brenda.
Brenda era a recepcionista da ECSC, embora com suas

muitas camadas de maquiagem, seus brincos de pingente e seus braços pesados e carnudos, sempre lembrasse a Jimmy mais uma cantora de ópera.

— Chegou cedo — disse Brenda.
— Muita coisa para fazer. O fim de semana foi bom?

Brenda fez uma careta. Seus fins de semana nunca eram bons, mas você tinha que perguntar.

— Você ouviu falar do americano?

Olhou para ela.

— Que americano?
— Não sei bem. Um americano. Está chegando esta semana. — Brenda abriu um pequeno estojo dourado. Ia aplicar mais maquiagem.
— Não fiquei sabendo disso.
— Pensei que você estivesse por dentro de tudo, Jimmy. Achei que você fosse o maioral por aqui. — E riu por cima do espelho do estojo, os olhos suaves como lagoa por trás dos trilhos de ferro batido de seus cílios.

Nas horas seguintes, Jimmy teve de empurrar a fofoca de Brenda para o fundo de sua mente. Às nove e meia, tinha uma reunião com uma nova agência de promoções. Entre dez e quinze e onze, recebeu um relatório sobre como o *design* americano da embalagem de Skwench! tinha funcionado em testes na Inglaterra. Às onze e meia, estava discutindo distribuição com dois funcionários do setor de vendas. Mas, por volta de meio-dia, encontrou Tim McAlpine junto à máquina de café expresso. McAlpine trabalhava no departamento financeiro e tinha cabelos brancos, ainda que sua idade fosse apenas 31 anos. Em algum ponto da vida dele, os cabelos decidiram fazer jus ao nome. Jimmy costumava pensar nele como *Mcpirineus*; ou, às vezes, se ele tivesse impressionado

O EXECUTOR

Jimmy, crescido aos seus olhos, Jimmy pensava nele como *McEverest*. Enquanto olhava o café espirrar dentro do copo de plástico, Jimmy perguntou a McAlpine se tinha ouvido alguma coisa sobre um americano. Ele respondeu que um supervisor estava vindo de Chicago e que se chamava Connor. Era tudo o que McAlpine sabia.

Então era verdade.

Uma semana tensa se seguiu. O fato de um americano ter sido mandado para o escritório britânico causou tremores de desconforto pelo prédio inteiro. Uma ou duas das marcas principais da empresa andavam se saindo mal nos últimos meses e os *slogans* internos da empresa vinham ficando cada vez mais agressivos. Obviamente ia acontecer algum tipo de dança das cadeiras na empresa. Você podia andar em qualquer corredor, olhar nos olhos de qualquer um. A mesma pergunta estava em todo lugar. *Quem ia ser demitido primeiro?*

Na manhã de sexta-feira todos os funcionários da ECSC britânica receberam um memorando. Estavam convocados para uma reunião no auditório da empresa às quatro da tarde. Nenhuma explicação lhes foi dada. Jimmy se atrasou com um telefonema e chegou à reunião com dois minutos de atraso. Umas cinqüenta pessoas ocupavam o recinto, todas falando em voz baixa e nervosa. Havia algum tipo de voltagem no ar. Jimmy andou em direção à máquina de refrigerantes que ficava num canto. Viu Tony Ruddle, seu superior imediato, largar-se de forma um tanto desesperada numa poltrona e esperar ansiosamente...

Então, dois homens vindos de uma porta do lado direito se posicionaram na frente da grande janela envidraçada, o sol se pondo por trás de suas cabeças. O murmúrio de vozes foi morrendo lentamente. E com uma relutância curiosa. Como o som de um carro que vai sumindo numa paisagem silenciosa. Bill Denman, o diretor-geral, falou primeiro. Não seria um discurso longo, disse, pelo menos não o suficiente para fazer justiça ao homem que estava ao seu lado. Uma das piadas de Denman. A equipe riu, mas só por obrigação, ou hábito; o riso saiu sem graça, frouxo. Denman continuou anunciando a indicação de Raleigh Connor como diretor de *marketing*. Ressaltou a oportunidade única que essa situação apresentava para todos na empresa, incluindo ele; todos se beneficiariam com a riqueza de experiências de Raleigh Connor etc. e tal... Jimmy se recostou na máquina de refrigerantes, a carcaça de metal vibrando sonolenta contra seu ombro. Uma rápida explosão de aplausos marcou o fim do discurso de Denman. Então Connor se adiantou.

    Se Jimmy tinha se desapontado, era, possivelmente, porque havia esperado alguém parecido com o presidente John Kennedy — ou, se não Kennedy, ao menos com Charlton Heston. Connor era atarracado e careca. Sua cabeça redonda orbitava o ombro do diretor-geral como uma lua cheia nascendo por trás de uma montanha. Tinha um rosto bondoso, como um tio querido, e dedos iguais aos de um jardineiro. Mas assim que abriu a boca, sua autoridade, sua verdadeira estatura, se tornou aparente. Descreveu sua indicação — de modo um tanto arrogante, na opinião de Jimmy — como um "mero intercâmbio de experiências". Falou exaustivamente sobre "o futuro", fazendo isso parecer importante, como sempre fazem as pessoas daquele lado do Atlântico. Falou especialmente de Skwench!, que era o primeiro produto da empresa a ser lançado no Reino Unido em três anos e que deveria, segundo ele, aumentar em muito a importância do ramo britânico da ECSC. Era um produto de ponta, com altas margens de lucro. Prometia sabor e satisfação, e além de tudo era saudável: nada de cafeína, muito pouco açúcar, e, ainda, uma fórmula com ingredientes energéticos que, como o Merchandise X da Coca-Cola, era um segredo bem guardado que fazia de Skwench!, ao menos potencialmente, *o* refrigerante do próximo século.

A essa altura, Connor fez uma pausa, e depois continuou num tom mais modesto e meditativo. Disse que o sucesso não estava necessariamente garantido.

— Não há refresco na indústria de refrigerantes — concluiu. — Nada mesmo. — Seus olhos passearam amigavelmente pelo recinto. — Gostaria que levassem esse pensamento com vocês.

Saindo do trabalho naquela noite, Jimmy se viu no elevador com Neil Bowes. Neil esperou que as portas se fechassem antes de falar.

— Não deixe que aquele sorriso engane você — disse. — O cara está aqui para cortar cabeças. É um executor.

Jimmy olhou para Neil. Existia alguém como ele em cada empresa. Um profeta da histeria, um Livro do Apocalipse sobre duas pernas. Mas gostava de Neil. Por sua palidez doentia, pela marca da condenação em seus lábios azulados. Pela intensidade com que interpretava seu personagem.

— Ele lutou na Coréia — continuou Neil. — Ou Vietnã. Uma dessas. Aprendeu a matar com as mãos. E continuou fazendo a mesma coisa em tempos de paz. Foi mandado para o escritório de Los Angeles uns anos atrás. Demitiu trinta e cinco pessoas na primeira semana. — Com os olhos cheios de angústia, Neil acompanhou os números brilhantes dos andares sendo extintos um por um.

— Sabe como o chamam nos Estados Unidos?
— Como é que eles o chamam, Neil?
— Real Controlador.
— Acho que é pouco para definir — disse Jimmy.
Neil concordou com um ar sombrio.

Jimmy fingiu estar assustado, para não contrariar, para ficar enturmado. Mas, no íntimo, não podia deixar de pensar na chegada de Raleigh Connor como um golpe de sorte. Nos três anos e meio desde a saída da faculdade, Jimmy tinha, em suas próprias palavras, se dado bem. Uma semana depois de se formar, por exemplo, tinha conseguido uma vaga no prestigioso Curso de Marketing Proctor & Gamble, e nem bem completou o curso foi chamado para ser gerente de produto de um importante fabricante de biscoitos e salgadinhos. Um ano atrás, tinha sido descoberto pelos caçadores de talento da ECSC britânica. Um bom emprego, com perspectivas estimulantes, e ele estava ganhando mais dinheiro do que qualquer de seus amigos, mas havia dias em que ficava com essa sensação de irrealidade, como se ele não tivesse ainda ocupado o seu lugar, como se, de alguma forma, ainda não existisse realmente. No último verão essa insegurança fantasmagórica tomou forma humana. Tony Ruddle tinha vinte anos mais do que Jimmy, usava gravatas-borboleta coloridas e morava em algum lugar em Middlesex. Segundo McAlpine, tinha sido importante nos anos setenta. Por alguma razão, Ruddle sentiu antipatia imediata por Jimmy; uma infelicidade, já que ele era um dos três gerentes de *marketing* a quem Jimmy tinha de se reportar. Em agosto, o contrato de Jimmy tinha sido avaliado pela empresa. Na ECSC, a atuação de um funcionário era avaliada numa escala que ia de 1 a 5, e cada número vinha acompanhado de um adjetivo. Jimmy recebeu um 4, e o adje-

O EXECUTOR

tivo que vinha com o número era "superior", mas, sempre que subia no elevador com Tony Ruddle, se sentia um 2, ou seja, "incompleto". Ruddle não gostava dele. E como era uma coisa pessoal, uma espécie de reação química, Jimmy não podia fazer nada a respeito. Mas a chegada de Connor representava uma nova perspectiva, e, o que era melhor, o americano ocupou uma posição logo acima da cabeça de Ruddle, para evidente incômodo deste. Talvez Ruddle pudesse ser posto de lado, descartado. Talvez pudesse até ser tirado de vez da equação. Jimmy percebeu que tinha identificado uma oportunidade. Sua única preocupação era a melhor forma de explorar isso em seu proveito.

ROBOT JELLY

Jimmy estava misturando sua primeira vodca com tônica da noite quando a campainha tocou. Zane, pensou. Era noite de sexta, e Zane tinha dito que sabia de algumas festas que valiam a pena; uma num estúdio fotográfico, outra num galpão em King's Cross. Apertou o botão do interfone para que Zane entrasse, pegou mais gelo e preparou um segundo drinque. Estava no subsolo, um grande espaço quadrado que servia como cozinha e sala de jantar. A única janela no cômodo dava para uma parede branca decorada com repugnantes teias de aranha e dois armários ao ar livre que antigamente devia ser usados para guardar latas de lixo. Se você espiasse do alto da janela através do vidro sujo, podia ver a cerca de ferro, com barras em forma de lança, que separava a casa da rua. Jimmy tinha pintado as paredes com uma cor que lembrava a de vinho borgonha. O cômodo tinha o mínimo de mobília possível: uma grande mesa de carvalho, oito cadeiras com encosto reto e assentos de couro, luminárias em ferro batido preto e candelabros. O resultado era uma aparência medieval; ou, como dizia Zane, um visual de masmorra.

Zane se sentou à mesa e passou uma das mãos pelos desarrumados cabelos pretos. Tinha passado três semanas no sudeste da Ásia e pegou um bronzeado que se mostrava no rosto e nos braços. Ele parecia espalhafatoso, artificial. Como aquelas flores de seda que às vezes se vêem nos restaurantes.

Jimmy passou uma vodca para Zane.

— Foi boa a viagem?

— Ótima. — Zane enfiou a mão no bolso e puxou um saquinho cheio de maconha, um isqueiro e algumas sedas. — Você ainda está trabalhando naquela bebida de laranja? Como chama mesmo? Squelch?

Jimmy riu.

— É Skwench!. S-K-W-E.

— Isso. E como está?

— Não posso dizer. É confidencial.

Zane fez que sim com a cabeça.

— Temos um chefe novo — disse Jimmy. — Veio de Chicago.

Enquanto Zane enrolava o baseado, Jimmy contou sobre Raleigh Connor e o falatório que andava circulando.

— Ele era executivo de uma multinacional de refrigerantes. Nos anos setenta, aconteceu um problema numa das fábricas na América do Sul. Dois trabalhadores morreram afogados no xarope e todos os funcionários fizeram um protesto reclamando das normas de segurança. Não havia nenhuma. Bem, Connor viajou para lá para acertar as coisas e em três dias a produção tinha voltado ao normal.

Zane acendeu o baseado.

— Afogados no xarope?

— É, o xarope do qual é feito o refrigerante. Eles caíram numa tina gigante e se afogaram.

— Meu Deus.

— Parece que eles fizeram dez mil litros de refrigerante com esse xarope e venderam tudo. Não se incomodaram em contar que havia dois homens mortos dentro dele. — Jimmy parou e pensou. — Isso são trinta e três mil latas.

Zane ofereceu a Jimmy o baseado. Ele deu duas tragadas e depois devolveu.

— E esse americano, como é? — perguntou Zane.

— Não sei — disse Jimmy. — Não cheguei a conversar com ele.

Ele tinha seguido Connor pelo corredor uma manhã e se lembrou dos movimentos dele, de como eles pareciam ser feitos de partes de círculos em vez de linhas retas; a cabeça jogada para a frente, os ombros curvos, o andar balançante, quase desconsolado, de um boxeador que perdeu uma luta. Lembrou-se do sorriso lento, indulgente, que recebeu quando o encontrou no elevador e se apresentou.

— Estranho — Jimmy se ajeitou na cadeira. — Ele parece... gentil.

Zane observou o brilho vermelho no fim do baseado.

— Ninguém parece saber o que ele está fazendo aqui — prosseguiu Jimmy. — Estão todos com medo de perder o emprego. Ficam andando como se estivessem num campo minado ou algo assim.

— Mas você, não. — Zane riu preguiçosamente.

Jimmy riu de volta.

— Quase esqueci. — Zane enfiou a mão no bolso do casaco. — Trouxe um presente para você.

Ele empurrou um pacote de celofane até o outro lado da mesa. Era do tamanho de um saquinho de batatas fritas e tinha as palavras ROBOT JELLY impressas em letras maiúsculas coloridas e brilhantes. Estava cheio de doces. Balinhas no formato de robôs.

— São de Bali — disse Zane.

ROBOT JELLY

Mas Jimmy não estava ouvindo, pois acabara de se lembrar de outra coisa. Na volta para casa àquela noite, sentou de frente para duas secretárias no metrô. Estavam desmazeladas, como se tivessem andado pelo campo no inverno. Deveriam ter tomado alguns drinques num bar depois do trabalho. Ele até podia imaginar: um quadro-negro do lado da entrada com os nomes dos coquetéis rabiscados com giz colorido. Podia imaginar a cor alaranjada e o formato de barbatana dos *doritos* em tigelas de barro. As duas garotas usavam blusas brancas levemente transparentes e carregavam exemplares do jornal *Evening Standard*. Eram típicas da Oxford Street. Bucha de canhão dos prédios de escritórios. Se você matasse cinqüenta delas, outras cinqüenta brotariam no lugar. Achou que nem teria reparado nelas se não tivesse ouvido uma dizer *nave espacial*. Ela tinha cabelos escuros e usava um batom de um vermelho intenso, que andava na moda naquele outono. Quando se inclinou para a frente num acesso de entusiasmo, uma delicada corrente de ouro escapuliu por cima do botão do alto de sua blusa e tremeu no ar sob o queixo dela, como se pressagiando alguma coisa. Depois de escutá-las por um tempo, percebeu que ela estava usando as palavras *nave espacial* para descrever a embalagem de um novo produto de beleza. Estava contando para a amiga que era melhor do que qualquer coisa que tivesse usado antes. "Você devia experimentar", disse ela. E Jimmy pensou que a amiga provavelmente iria experimentar, já que tinha sido recomendado por alguém que conhecia. Não havia nada de interessante ou incomum naquela conversa. Era um tipo de conversa que as pessoas tinham o tempo todo. *E aí é que estava o interesse.*

Ele abriu o pacote e olhou dentro. Aquele homem que tinha visto no metrô com os confeitos de chocolate, as secretárias... e agora estas balas parecidas com robôs. Uma idéia estava começando a tomar forma. De uma forma quase física, sentiu como se estivesse sendo cutucado. Ou empurrado à frente. Levantou a cabeça. Zane estava olhando para ele, um cigarro no meio do caminho para a boca.

— Tudo bem — disse. — Você não precisa comer as balas.

Quando Jimmy acordou na manhã seguinte, viu oito gnomos ao olhar pela janela do quarto. Com os olhos meio abertos e a cabeça enevoada, contou-os novamente. Sim, eram oito. Sua vizinha de cima, a Sra. Fandle, deve ter comprado mais um. Jimmy morava no que os corretores de imóveis chamavam de "residência de dois andares térreo/subsolo". Se você ficasse de pé no quarto, instalado no fundo da casa, e olhasse pela janela, veria a sacada do apartamento de cima, mas seus olhos estariam na altura do chão. No verão, Jimmy às vezes acordava vendo uma espreguiçadeira bem perto de sua cabeça, o tecido esticado sob o peso do corpo da Sra. Fandle, suas pernas desnudas, brancas e cheias de veias, gigantescas. Por sorte estavam em outubro e a temperatura tinha caído. Agora, só tinha que lidar com os gnomos, que vistos de baixo pareciam impressionantes, sinistros. Uma vez, pouco depois de se mudar, tinha sonhado que os gnomos tomavam o controle da casa. No sonho, claro, eles tinham se multiplicado. Estavam no *hall*, no sofá, na escada. Um estava deitado de costas sob o fogão, como se estivesse se bronzeando. Quando abriu a geladeira, havia dois deles na porta, no lugar onde se guardam as garrafas. Estavam por todo lugar. Foi quase um pesadelo.

Sedento, mas incapaz de se mover, ele cochilou, imaginando uma torneira jorrando água fria, cubos de gelo tilintando

ROBOT JELLY

em jarras suadas. Acordado de novo, pegou o copo na mesinha-de-cabeceira. Embora soubesse que estava vazio, virou-o quase de cabeça para baixo na boca, achando que talvez ainda encontrasse pelo menos uma gota do precioso líquido lá no fundo. Mas não, nada; devia ter tomado tudo durante a noite. Sua cabeça doía terrivelmente — pancadas macias, monótonas —, via sacos de areia sendo esvaziados um após outro numa estrada. Uma desagradável sensação de amortecimento, uma espécie de claustrofobia. Ele sentia como se o cérebro estivesse sendo embrulhado em algodão. Como se fosse ser mandado para algum lugar pelo correio. FRÁGIL escrito na frente em vermelho. ESTE LADO PARA CIMA. Pôs os pés no chão. Ficou ali sentado por um instante, antebraços sobre os joelhos, cabeça baixa. Provavelmente não deveria ter tomado o Temazepam, não depois de toda aquela vodca e champanha. E o *ecstasy* também não deve ter ajudado.

Esforçou-se para se pôr em pé e andou cambaleante para fora do quarto, descendo o pequeno lance de escadas que dava para a sala de estar. Achando que um pouco de ar lhe faria bem, abriu a janela de correr. O cheiro de lavanda veio de fora, de um pequeno jardim cercado. Estava se sentindo mal. Afastou-se da janela e entrou por uma porta estreita à sua direita. Parou junto à pia do banheiro olhando seu reflexo no espelho: o branco dos olhos gelatinoso, com a transparência de uma clara de ovo cru. Seu rosto sumiu do espelho enquanto ele abria o armário de remédios. Pesquisou as prateleiras com mãos desastradas. Podia escolher. Solpadeine, Paracodol e uma caixa de uma coisa que sobrou de um fim de semana na Tailândia. Escolheu o Paracodol. Desceu para a cozinha, abriu a geladeira e pegou uma lata de Skwench!, importada dos Estados Unidos e ainda não disponível na Inglaterra. Bebeu o conteúdo da lata engolindo as duas pílulas, depois subiu as escadas de volta para o banheiro e tomou uma ducha.

    Mais tarde, quando as pancadas em sua cabeça desapareceram, ele se sentou na sala de estar com uma caneca de café no colo. A programação de TV de sábado piscava muda no canto da sala. Lá fora, no jardim, o sol frio prateava meio vaso de plantas e um estreito trecho do gramado. Achou o pacote de balas que Zane havia trazido e o esvaziou na mesa. O vermelho translúcido da pele humana que se costuma ver nos recém-nascidos. Uma coisa que Connor tinha dito na reunião da véspera veio à sua cabeça. *O objetivo da propaganda é mudar o comportamento do consumidor para que ele compre cada vez mais o produto.* Claro que Connor estava anunciando o óbvio, mas era estranho como algumas vezes as coisas se tornavam subitamente obscuras quando verbalizadas. Quanto mais Jimmy pensava sobre isso, mais a frase parecia ganhar diferentes significados. Começou a arrumar os robozinhos em formação de combate. Tinham um cheiro incomum, pensou. Como alguns tipos de plástico. Como brinquedos. Aquilo que Connor tinha dito. As palavras quase se vangloriavam no meio daquela frase simples. *Mudar o comportamento.* A secretária de cabelos escuros do metrô, o cheiro das pequenas figuras vermelhas sobre a mesa. Existia uma conexão ali, um elo qualquer. Uma oportunidade. Jimmy se recostou, encarando a parede. Do lado de fora, o sol sumiu e a sala escureceu por um momento, como se um pano tivesse sido jogado sobre a casa. O caminho que seus pensamentos estavam tomando agora era surpreendente, chocante, mas ele sentia que estava vendo com perfeita clareza. Talvez fosse impossível de realizar. Mas talvez pudesse ser feito. E se fosse possível...

    Pegou suas chaves e seu crachá da ECSC, e saiu de casa.

ROBOT JELLY

No caminho para Mornington Terrace, passou por uma casa que tinha no jardim da frente quatro motos estacionadas e uma lata de lixo virada. "Voodoo Chile", de Jimi Hendrix, ululava e se retorcia através de uma janela aberta no segundo andar. Ele prosseguiu. Ouviu o barulho de um trem deslizando preguiçosamente por Euston ou King's Cross; soava como alguém correndo escada abaixo, dois cliques e uma pausa, dois cliques e uma pausa... Finalmente, encontrou seu carro, um MG Midget, com quase vinte e dois anos de uso. Ele não costumava dar nome a coisas. Mas, neste caso, com aquele número de placa, YYY 296, não resistiu. Dalila pegou na quarta tentativa, como sempre. Jimmy virou à esquerda para pegar a auto-estrada e seguiu até a extremidade de Regent's Park. Em Paddington, ele entrou na Westway, uma deliciosa estrada curva que dava para a saída de White City. A coisa mais parecida com uma pista de corridas que havia em Londres. Foi ali que, certa vez, chegou a 130 quilômetros por hora com o carro de Marco. E, afinal, onde estava Marco? Não sabia dele há dias. Chegou ao escritório em vinte minutos e estacionou. Bob estava na calçada do lado de fora do prédio, encostado na parede com as mãos enfiadas nos bolsos.

— Não é muito a sua cara, aparecer aqui num sábado. — A cabeça retangular de Bob tremeu na altura do pescoço, sinal garantido de que piada estava a caminho. — Não tem nada melhor para fazer?

— Eu fiz, ontem à noite — disse Jimmy, dando uma piscada. Mas não tinha. Não fazia nada de excepcional há umas três semanas.

Bob riu.

Jimmy não resistiu e contou a Bob por que estava ali.

— Eu tive uma idéia, sabe.

— Ah, uma idéia. — Bob olhou para o céu, o rosto vago e pacífico, despreocupado. *Eu estive em Vênus* teria causado a mesma reação. *Ah, Vênus*.

Nas três horas seguintes, Jimmy trabalhou em sua proposta. Decidiu que seria um documento tático, já que as implicações orçamentárias do projeto ainda teriam de ser apuradas. De vez em quando, levantava da mesa e andava até a janela. Ao norte, o céu estava escuro, borrado. Devia estar chovendo em Cricklewood e em Willesden Green. Enquanto olhava pela janela, ouviu uma voz chamando seu nome. Olhou por cima do ombro. Debbie Groil estava parada na porta, com os braços cruzados sobre os seios, como se estivesse com frio. Debbie trabalhava no Departamento de Comunicação. No início do ano, durante uma conferência de vendas em Leeds, ela tinha entrado no quarto dele à uma da manhã. Ele se lembrava dela deitada em sua cama, com quatro botões da blusa abertos, fingindo estar bêbada. *Não tem nada melhor para fazer?*

— Você estava a quilômetros de distância — disse ela, sorrindo para ele com curiosidade.

— Oi, Debbie. Não sabia que você trabalhava nos fins de semana.

— Só estou ajeitando umas coisas — disse, com um sorriso que se tornou fatal. — Parece que estamos sempre ajeitando alguma coisa.

Jimmy concordou. O Departamento de Comunicação era responsável pelas relações entre a empresa e a imprensa. Algumas vezes, o trabalho exigia que gerassem publicidade, porém na maior parte do tempo era o contrário, tinham que evitar a divulgação de certos fatos, desarmar situações potencialmente explosivas, não exatamente mentindo, mas escolhendo com cuidado as palavras, escolhendo quais verdades contar.

— Você por acaso gostaria de tomar um drinque? — Debbie deu um passo à frente, os olhos brilhando esperançosos.

Jimmy apontou para sua mesa.

— Tenho que terminar isso aqui.

— OK — disse ela, suspirando. — A gente se vê na segunda.

— Tchau, Debbie.

Sentando de novo ao computador, Jimmy leu o que já tinha escrito até então. Não tinha certeza. Realmente não tinha certeza. Devia destruir logo aquilo e depois deletar tudo do computador? Mas, se uma idéia era realmente inovadora, sempre poderia parecer um pouco excessiva, certo? No mínimo, poderia ser encarada como prova de sua dedicação, de sua criatividade. E ele sempre poderia tirar o corpo fora, recuar. Sempre poderia dizer que não pretendia que a coisa fosse encarada literalmente; era um conceito, um paradigma. Continuou por mais uma hora e meia, escolhendo cautelosamente as palavras. Ele escolheu o jargão da companhia, fazendo questão de usar com propriedade todos os verbos que indicavam ação. Queria o documento escrito de tal forma que mesmo Tony Ruddle tivesse dificuldade para encontrar um defeito nele.

Mais tarde, quando já tinha escurecido, pegou o telefone e ligou para Simone. Eles tinham se encontrado na noite passada, na festa em King's Cross. Ela tinha acabado de voltar de Nova York, onde um de seus artistas estava expondo — Simone trabalhava numa galeria de arte —, e disse que não dormia há várias noites. O rosto pálido de cocaína, os cabelos vermelhos até o ombro. Tinha sido bom vê-la. Mas lá pelas duas e meia da manhã tinham se perdido de vista. E, não muito depois, ele saiu e pegou um táxi para casa.

— Alô?
— Simone, como você está?
— Acabei de levantar — disse ela, bocejando.
Ele olhou o relógio. Cinco e vinte.
— O que aconteceu na noite passada? Não consegui encontrar você em lugar nenhum.
— Eu procurei você em todo canto, Jimmy. Você sumiu.
— E aí, o que você fez?
— Acabei numa boate. Flamingo qualquer coisa. — Ela riu. — Foi horrível.
Jimmy olhou para a escuridão lá fora.
— O que você vai fazer hoje?
— Sei lá. Pedir uma comida em casa. Ver uns vídeos. — Simone fez uma pausa. — Quer passar aqui?

Toda quarta-feira de manhã, às dez horas, todos os membros da equipe de projeto Skwench! reuniam-se no salão do décimo quarto andar. A reunião durava uma hora e servia como um fórum, no qual cada um era incentivado a fazer perguntas, dar opiniões ou sugerir atividades para a semana seguinte. Na terceira terça-feira de outubro, Connor assumiu seu lugar na mesa de comando pela primeira vez. Vestindo um *blazer* azul-escuro com botões dourados e calças cinza-claro, ele falou por quarenta e cinco minutos sem interrupção. De vez em quando, Ruddle balançava a cabeça ou murmurava concordando, mas ninguém mais ousou intervir. Eram quinze para as onze quando Connor fez suas observações finais, com uma voz baixa e profunda, que pareceu fazer o quadro-negro tremer. Inclinou-se para a frente. Encostou as pontas dos dedos das duas mãos, formando um templo na altura do seu queixo, e seus olhos passearam lentamente, de forma quase

ROBOT JELLY

hipnótica, por todos os rostos da sala. O sol refletiu na superfície achatada do seu anel de ouro.

— Alguém tem alguma pergunta?

Sentado a alguns metros de distância, Jimmy estava pensando no prédio, em como ele deve ter sido projetado para realçar a filosofia da empresa. Era só olhar a maneira como o sol entrava através daquela parede envidraçada. Tinha de ser intencional, uma metáfora. Para idéias brilhantes. Clareza de pensamento. Transparência.

— Algum comentário?

Connor queria algum retorno, mas ninguém parecia preparado para falar, não àquela altura. Ninguém queria ser notado pelo motivo errado.

Jimmy percebeu que tinha menos de quinze segundos antes que os olhos de Connor chegassem nele. O que deveria fazer? Seu coração pareceu despencar de repente e em seguida disparou. Era óbvio que você tinha de sustentar o olhar do grande homem. Tinha que parecer seguro e pensativo. Talvez até acenasse com a cabeça, como se tivesse considerado o que ele disse e concordasse. E depois? Bem, talvez nada. Talvez fosse o bastante.

Cinco segundos.

— Nenhum comentário?

Ele sentiu como se tivesse engolido um pouco do novo produto e tivesse engasgado, um pequeno bolsão de efervescência borbulhando dentro do seu peito. Observou suas mãos, uma posta placidamente sobre a outra. Seria este o momento? Seria? Quando levantou a cabeça, descobriu que estava olhando diretamente nos olhos de Raleigh Connor, que, naturalmente, eram azul-claros. Percebeu que estava falando.

— Eu acho, senhor, que deveríamos dispensar a agência.

No silêncio que se seguiu, Jimmy podia ouvir os gritos em alta freqüência de meia dúzia de cérebros.

— Dispensar a agência. — Ajeitando-se na cadeira, uma das mãos descansando sobre a mesa, o americano parecia sereno, quase sorridente. — E quem você colocaria no lugar?

— Eu não colocaria.

— Nós com certeza precisamos de uma agência. É assim que o negócio funciona. — Jimmy podia perceber a mente de Connor funcionando em vários níveis ao mesmo tempo, como a polícia ocupando um prédio.

— No momento, sim, mas as coisas estão mudando. — Jimmy se inclinou para a frente. Não podia correr o risco de perder a atenção do americano, não agora. — Não é a agência em si; embora seja verdade que eles não estão fazendo um grande trabalho. É a publicidade de um modo geral. Ou, pelo menos, a publicidade do modo como a concebemos. Está se tornando redundante, superada. Seu tempo já passou.

— Eu não tinha reparado — comentou Tony Ruddle, com evidente tom de sarcasmo.

Jimmy o ignorou.

— O que precisamos — disse, ainda falando com Connor — é de uma abordagem totalmente nova. — Fez uma pausa. — Tomei a liberdade de preparar um documento...

Um sorriso piscou nas extremidades da boca de Connor.

— Ficarei muito feliz em dar uma olhada nele. — Ele olhou ao redor da mesa. — Algo mais?

Naquela noite, enquanto Jimmy estava na cozinha preparando um drinque, começou a rir silenciosamente. Tinha se lembrado de uma coisa que aconteceu durante a reunião, um quadro que podia ver perfeitamente, como se tivesse fotografado. Depois de ter recomendado que a agência fosse dispensada, ele olhou ao redor. O rosto de Neil naquele momento. Foi a primeira vez em sua vida que Jimmy viu um queixo realmente cair.

Dois dias depois, na hora do almoço, a secretária de Raleigh Connor ligou para Jimmy e disse que ele queria vê-lo. Jimmy vestiu o paletó. Seu coração estava batendo solidamente, pesadamente, e alguma coisa se apertou em sua garganta.

Quando bateu na porta de Connor e entrou, ele falava ao telefone. Estava parado junto à janela, a mão livre enfiada no bolso do *blazer*. Mas tinha deixado o polegar de fora, o que lhe dava um ar incongruente, meio ladino. De novo, o *blazer* azul-marinho com botões dourados e a calça cinza. Possivelmente tinha um armário cheio de roupas idênticas. Ele notou Jimmy e apontou uma cadeira. Jimmy sentou-se. Seu projeto estava sobre a mesa em frente a ele. Alguém o tinha rabiscado com tinta vermelha. Seria a letra de Connor?

— Certo, não tem problema — Connor estava dizendo. — Com certeza, Bill. — Finalmente, desligou o telefone e ficou olhando, como se fosse um brinquedo no qual tivesse dado corda e estivesse esperando que fizesse alguma coisa. Jimmy achou que podia falar primeiro.

— O senhor queria me ver?

Connor se sentou. Usando as duas mãos, ajeitou o projeto de Jimmy como alguém que acerta um quadro torto na parede. Então, olhou para Jimmy e balançou a cabeça.

— Você se arriscou muito me entregando isto.

Agora que estavam a sós, cara a cara, parecia que os boatos sobre Connor bem podiam ser verdadeiros. A pele bronzeada que cobria sua cabeça careca era enrugada e suas unhas tinham aquela qualidade obstinada dos cascos de cavalo. Os músculos de sua mandíbula eram evidentes e rígidos, como se ele estivesse mascando chiclete, mas Jimmy teve a impressão de que a boca de Connor estava vazia. Era um tique, e também uma pista: Connor era alguém que podia mastigar muito mais do que o que abocanhou.

— Deixe-me perguntar uma coisa. — Connor debruçou-se sobre a mesa, e seu paletó se retesou nos ombros. — Você acredita em certo e errado?

Era algum tipo de teste? Jimmy não sabia dizer. Depois pensou: *o homem é um americano.*

— Sim, senhor. Acredito.

— E qual é, em sua opinião, a diferença?

As persianas por trás da cabeça de Connor estavam pregando peças nos olhos de Jimmy. Saltavam para a frente, saltavam para trás.

— É difícil expressar em palavras...

— Exatamente — disse Connor.

Embora nem tivesse começado a responder a pergunta, Jimmy achou que de algum modo já tinha embarcado no trem do raciocínio de Connor.

— É uma área nebulosa, não é mesmo? — Connor prosseguiu. — Este documento — e tocou o papel com os dedos, dedos que bem já poderiam ter matado — é interessante. É muito interessante.

Jimmy esperou.

— No entanto, me parece que ele ocupa aquela área nebulosa.

— Isso depende — disse Jimmy.

— Do quê?

— Da execução.

O olhar de Connor não mudou. Será que tinha olhado daquele mesmo modo para norte-coreanos, ou vietcongues?

— É — disse Connor afinal. — Eu também acho isso.

E, subitamente, a atmosfera mudou. Connor se recostou na cadeira de couro preto, as mãos juntas em seu plexo solar. Parecia relaxado e genial, quase sonolento, como se tivesse acabado de comer um excelente almoço.

— Então me diga, como você teve essa idéia?

Jimmy disse que não sabia identificar ao certo a fonte. Não houve um súbito clarão de inspiração; em vez disso, a idéia foi se desenvolvendo gradualmente, em seu próprio tempo, não se deixando ser descoberta por completo, mas se revelando aos poucos como uma foto Polaroid. O homem com os confeitos de chocolate, a secretária no metrô, o pacote de balas da Indonésia; cada um deles foi um estágio do desenvolvimento. Aí, há uma semana, seu amigo Marco tinha aparecido para jantar, sua cabeça raspada brilhando à luz de velas... Marco acabou mencionando que quando era universitário tinha respondido ao anúncio de jornal de uma empresa farmacêutica. Pagavam cem libras por semana para você participar de um teste com drogas. Para Marco, tinha parecido um grande negócio. Na verdade, ele acabou participando três vezes. Naquela noite, depois que Marco foi embora, Jimmy tinha pensado: *por que não botar um anúncio no jornal?* Ofereceríamos dinheiro para as pessoas, e depois, sem que elas soubessem, encheríamos suas cabeças com imagens do produto. E elas sairiam, felizes da vida, pelo mundo...

Com o canto do olho, podia ver Connor concordando com a cabeça.

Jimmy explicou que a palavra subliminar costuma ser mal empregada. Sua idéia, no entanto, realmente era subliminar:

as cobaias estariam *genuinamente inconscientes* do fato de estarem sendo manipuladas. Criaríamos um grupo de duas mil pessoas cuja lealdade à marca seria irracional, inquestionável, incondicional. Durante o curso de suas vidas cotidianas, elas diriam a todos que conheciam o produto, só que de uma forma inteiramente natural. Tal e qual a secretária no metrô.

— Você vê, essa é a beleza da coisa — prosseguiu, animadamente. — As pessoas já fazem isso. Só que de livre e espontânea vontade, claro, escolhem sobre que produto vão falar. E assim você cria uma propaganda de boca a boca, da qual ninguém irá desconfiar. Ninguém irá se comportar de forma diferente. O negócio todo será invisível. Camuflado. Porque é baseado na natureza humana...

— Sim, eu percebi — disse Connor, lentamente. — O problema é como você vai plantar as imagens?

— Ainda não sei — disse Jimmy, franzindo a testa. — Tem que ser feito de forma parecida com a usada pelas empresas farmacêuticas. Afinal, as cobaias nem fazem idéia de que remédios ou drogas experimentais tomaram, nem têm noção de que efeitos colaterais podem sofrer e por quanto tempo. As pessoas recebem cem libras e pronto. Devem inclusive ter de assinar algum tipo de contrato, abrindo mão de processar a empresa no caso de algum problema. — Mais uma vez, notou Connor concordando com a cabeça. Então se permitiu dar um sorriso; sabia que esta última parte tinha grande apelo para um americano.

— Apesar de tudo, não tenho muita certeza de como plantar as imagens. — Seu sorriso desapareceu. — Afinal, é só um conceito, uma idéia.

Esperou por uma reação, mas não veio nenhuma. O ar na

sala parecia carregado, sólido. Por um instante, ficou difícil de se respirar.

— Deixe comigo — disse Connor afinal.

— Você acha que tem potencial?

— Eu vou manter você informado. — Connor se levantou e acompanhou Jimmy até a porta. — A propósito, James, este documento é confidencial. Seu conteúdo fica apenas entre nós.

Do lado de fora da sala, Jimmy enfiou as mãos nos bolsos e se dirigiu ao elevador, cabeça baixa e um vasto sorriso no rosto.

James.

TATO

Jimmy esperou três semanas por uma resposta de Connor à sua proposta. Durante as reuniões regulares das quartas-feiras com o grupo encarregado do projeto, ele estudava o rosto do americano, em busca de alguma pista a respeito de suas intenções. Não descobriu nada. Ninguém se referia à sugestão de Jimmy de dispensar a agência de publicidade; quer dizer, ninguém além de Tony Ruddle, cujo desdém era visível no esgar de seus lábios grossos e animalescos.

Em certa tarde do final de novembro, o telefone de Jimmy tocou e, quando ele atendeu, era a voz de Connor do outro lado da linha.

— Vamos em frente com o Projeto Secretária — disse Connor. — Achei que você gostaria de saber.

— Projeto Secretária? — Jimmy demorou alguns instantes para entender exatamente o que Connor estava dizendo, ou seja, que sua proposta tinha ganhado o *status* de projeto e um nome.

Às cinco e meia daquela tarde, Connor teve uma conversa privada com ele em seu escritório.

— As reuniões de quarta-feira continuarão normalmente — disse ele. — Só que agora, dentro do grupo, existirá um outro menor. Poderíamos chamar de uma célula, da qual ninguém vai saber. São três integrantes: você, eu e Lambert.

— Lambert? — perguntou Jimmy.

— Ele será nosso contato externo.

Jimmy não entendeu.

— Será como em qualquer outra promoção — explicou Connor. — Vamos precisar de alguém trabalhando lá fora para estabelecer o programa e tocá-lo para a frente, alguém com o nível certo de experiência...

Portanto, Ruddle não estaria envolvido. O coração de Jimmy dançava.

— Vamos fazer uma campanha publicitária? — perguntou.

— Acho que temos que fazê-lo — disse Connor. — Ainda que só como fachada. — Ele andou de um lado para o outro, os ombros curvados, as mãos enfiadas nos bolsos da calça. — Se não fizermos publicidade, geraríamos suspeita. Além do mais, sem publicidade não tenho certeza de que conseguiríamos garantir a distribuição...

— Eu tive uma idéia — disse Jimmy.

Connor esperou, as persianas cinza vibrando atrás dele como guelras de algum enorme peixe pré-histórico.

— Talvez fosse bom anunciarmos de um modo básico, quase ultrapassado. Na verdade, estou falando de cartazes. Para instigar e ficar na memória. Só estaria escrito Skwench!. Só o nome. Ou talvez nem mesmo isso. Talvez só as cores. Isso intrigaria as pessoas que ainda não ouviram falar do Skwench!. E também deixaria de prontidão nossa nova equipe de vendas, nossos embaixadores...

— Embaixadores? — perguntou Connor.

Foi a vez de Jimmy explicar.

— É como estou chamando as pessoas que participarão

do programa, já que é o papel que estarão cumprindo. Se você procurar a palavra embaixador num dicionário, encontrará um definição arcaica: "mensageiro oficial" ou "designado". Em outras definições, a palavra "missão" costuma ser mencionada...

Connor concordou.

— Acho que também existe uma acepção de alguém agindo em benefício de outra pessoa.

— Exatamente.

— Embaixadores. — Um sorriso apareceu no rosto de Connor, um sorriso que parecia vindo de dentro, de forma lenta mas segura, como líquido derramado sendo absorvido por uma toalha de papel.

De onde estava sentado, o outro lado da mesa de Connor, Jimmy viu o sorriso se espalhar. Teve a curiosa sensação de ter acabado de testemunhar algum tipo de demonstração de produto, embora não soubesse que não conseguiria dizer exatamente que produto seria esse.

O primeiro encontro com o contato externo aconteceu no fim do mês, em território neutro. O local permaneceu secreto até para a assistente de Connor — segundo a agenda, ele estaria visitando distribuidores em Middlesex —, e, enquanto atravessavam a cidade naquela manhã, Connor mais uma vez ressaltou a natureza altamente confidencial de toda a operação.

— O que é necessário neste caso — disse —, e tenho certeza de que você vai entender, é tato.

Jimmy olhou pela janela. O amanhecer tinha trazido bem pouca luz com ele. Um dia escuro e azedo. Folhas que caíam das árvores de Park Lane roçavam a capota do carro. O hotel que Connor havia escolhido para o encontro ficava ao norte de Marble Arch. Com uma fachada anódina em cinza-claro, parecia adequadamente anônimo. Jimmy esperou na calçada, enquanto Connor pagava o táxi, e depois o seguiu pelas escadas e saguão adentro. Deveria ter previsto a decoração: vasos de plantas e acabamentos de latão. Deveria ter previsto também o tipo de hóspedes: aeromoças com jogos completos de malas e homens de negócios de fora da cidade. Mas havia coisas que não podia prever, o que aconteceria ao longo daquele dia, e essa incerteza se espalhava por seus músculos, até que eles ficaram carregados como os arames de uma cerca eletrificada.

— Seu nome, senhor?

A garota na recepção tinha um enorme e improvável sorriso, e usava o cabelo louro preso num rabo-de-cavalo.

— Connor.

Assim que se registrou, a moça imediatamente lhe entregou um cartão magnético que servia como chave. Ele estudou o pedaço retangular de plástico cinza. Esses cartões sempre o lembravam dos adereços de *Jornada nas estrelas*; embora fossem uma invenção recente, pareciam estranhamente primitivos, antiquados, fora de moda.

Lá em cima, no quinto nadar, ele passou o cartão, de cima para baixo, na fechadura. A luz mudou de vermelho para verde. Abriu a porta e entrou. Era um quarto de hotel como qualquer outro: uma cama de casal, uma TV, ar que cheirava a lavagem a seco.

— Que hora você marcou com Lambert? — perguntou Jimmy.

— Onze — respondeu Connor.

Estavam adiantados.

Connor bebeu uma garrafa de água gasosa, que tirou do

frigobar. Jimmy sentou numa das cadeiras junto à mesa redonda, um bloco de anotações em branco à sua frente. Realmente não sabia o que esperar. Connor tinha dito que Lambert estava sendo trazido de avião por conta da empresa. Da Europa, tinha acrescentado. Lambert aceitaria sua proposta ao pé da letra? Com certeza, era um dos objetivos da reunião: discutir táticas, identificar uma estratégia. Jimmy deu uma espiada em Connor, que estava em pé junto à janela, mãos postas atrás das costas. Lá fora, começou a chuviscar.

Às cinco para as onze, o telefone tocou. Connor atendeu, ouvir por um momento e então disse: "Sim, 506." Desligou o telefone e virou-se para Jimmy.

— Lambert chegou — disse.

Um tanto desnecessariamente, pensou Jimmy. Talvez até mesmo Connor estivesse nervoso.

O homem que entrou no quarto tinha cabelo castanho-claro, crespo e cuidadosamente repartido, e usava um sobretudo cor de biscoito. Embora a chuva agora estivesse batendo forte contra a janela, nem seu cabelo nem seu sobretudo estavam molhados, o que só fazia crescer o mistério envolvendo o homem, crescer a idéia de que era capaz de feitos extraordinários.

— Lambert — disse Connor. — James Lyle.

A palma da mão de Lambert era seca, levemente áspera, como se tivesse sido polvilhada com giz. Jimmy observou enquanto Lambert tirava o casaco, dobrava-o ao comprido e ajeitava-o ao longo da cama. As mãos de Lambert foram gentis e cuidadosas, quase cavalheirescas, tanto que Jimmy imaginou que o casaco não era um casaco, mas uma mulher que tinha sido transformada em casaco — como punição ou talvez até por engano. A idéia pareceu ao mesmo tempo absurda e possível, e Jimmy de repente se sentiu tonto, um pouco abatido, como se tivesse fumado maconha demais. Serviu-se de um copo d'água e bebeu a metade. A chuva tinha se afastado da janela. Os galhos nus das árvores brilhavam como pedra polida, e o céu estava tão escuro que tinham acendido as luzes nos escritórios do outro lado da rua.

Lambert sentou-se à mesa, sua pasta no chão ao lado da cadeira. Se pedissem a Jimmy que o descrevesse, acharia muito difícil. Seria tentado a generalizar. Porte distinto, diria. Feições clássicas. Em outras palavras, clichês. Pensou que Lambert parecia um médico mais do que outra coisa, impressão reforçada quando ele começou a falar. Tinha uma voz baixa e firme, feita sob medida para diagnósticos. *Lamento, mas o senhor está com câncer.* Jimmy podia ouvi-lo dizer isso. Se Lambert tinha algum senso de humor, mantinha-o bem escondido sob camadas de discrição e profissionalismo.

Depois de falar por quase meia hora sobre processamento subliminar de informações, o que chamava de "percepção sem consciência", Lambert repentinamente se tornou mais objetivo

— Basicamente — disse —, vocês precisam de um programa de três meses. De abril a junho.

Connor levantou a cabeça lentamente, como se ela pesasse mais do que as de outras pessoas.

— Essa é a data de início mais próxima que você pode nos dar?

— Temo que sim.

Connor rabiscou algo em seu bloco de anotações.

— O esquema de teste de medicamentos não vai funcionar — disse Lambert. — Eu recomendaria um outro caminho: um laboratório de pesquisa do sono. — Fez uma pausa, talvez esperando um novo desafio, mas nem Connor nem Jimmy falaram. — É menos evidente, mais simples. E, no entanto, tem as mesmas qualidades. Você define parâmetros: dificuldade de sono, apnéia, polissonografia, o que for; e depois anuncia procurando cobaias com este perfil. Paga-se uma soma preestabelecida. Depois disso, eles são seus.

— E você pode organizar isso? — perguntou Connor.

— Sim, posso.

— E como faria?

Lambert estava com os olhos fixos na superfície da mesa.

— Digamos que eu sou afiliado a uma universidade.

— Mas há riscos se a coisa for médica demais, certo? — perguntou Jimmy, falando pela primeira vez. — Quer dizer, se médicos estiverem envolvidos?

Lambert não levantou os olhos da mesa.

— Minha opinião é que vocês devem ficar com a situação abstrata. Vocês se atenham na pesquisa, estudos do sono. A maneira de escolher exatamente que tipo de pessoas querem. Seu público-alvo. — Sorriu quase imperceptivelmente, com uma velocidade que lembrou a Jimmy lagartos pegando insetos com a língua.

— E a parte tecnológica? — perguntou Connor.

— A tecnologia será providenciada — respondeu Lambert. No entanto, eu devo avisar que realizamos alguns testes e os resultados não são de forma alguma conclusivos. — Ele tomou fôlego. — É um projeto experimental. Sem garantias, sem devolução de dinheiro.

Jimmy olhou para Connor, que concordava com a cabeça.

— Falando em dinheiro — Lambert começou a escrever cifras em seu bloco de anotações —, isso não vai sair barato...

— Estou consciente disso. — Connor levantou-se e falou com Jimmy. — Você terá que nos aguardar por alguns minutos.

Quando os dois homens deixaram o quarto, Jimmy se recostou em sua cadeira, as mãos presas atrás da cabeça, e por alguns momentos sua mente ficou completamente vazia. O vento e a chuva tinham parado. Da parede à sua direita veio o zumbido monótono de um barbeador elétrico. Seus olhos passearam pelo quarto e pararam no sobretudo de Lambert. Levantou-se e foi até a cama. Hesitou, depois levantou o colarinho e olhou dentro. Nenhuma etiqueta. Era um casaco de alta qualidade, pelo tato parecia *cashmere*. Soltou o colarinho. Lambert perceberia que tinham mexido em seu casaco? Ouviu vozes do lado de fora e ficou paralisado, ainda inclinado sobre a cama, mas as vozes seguiram pelo corredor. Mais corajoso agora, enfiou a mão num dos bolsos externos do casaco. Estava vazio. No outro bolso, encontrou um bilhete de embarque amarelo e cinza da Lufthansa, a parte devolvida aos passageiros. LAMBERT/ D SR, estava escrito. De MUQ para LON. MUQ seria Munique, presumivelmente. Jimmy olhou o número do vôo e a data, pondo o bilhete de volta em seguida. Sentado de novo, pegou o controle remoto e ligou a TV. Assistiu à CNN, até ouvir Connor e Lambert do lado de fora da porta; então desligou a TV e se levantou. Lambert ficou o tempo suficiente para pegar o casaco. Apertou a mão de Connor, acenou para Jimmy e se foi. Connor abriu o frigobar e tirou uma pequena garrafa de água gasosa.

— Então, o que você achou de Lambert?

— Impressionante — disse Jimmy. — Nenhum desperdício de palavras, nenhuma promessa que não pudesse cumprir. — Jimmy parou e pensou. — Na verdade, ele me lembrou de alguém em uma novela.

— Alguém em particular?
— Não.
Sorrindo, Connor acabou de beber a água e pôs o copo na mesa.
— Imagino que ele prefira assim.
— Há quanto tempo você o conhece?
Connor levantou os olhos recebendo a luz pálida que entrava pela janela.
— O que o faz pensar que o conheço? — Connor pegou a capa de chuva e a vestiu. — Algumas coisas estão sendo mantidas em segredo para você — disse. — Para sua própria segurança.
Jimmy ficou em silêncio por um momento. Então disse:
— Estou preocupado com uma coisa.
— E o que é?
— Não preocupa você que talvez estejamos tentando algo impossível, que podemos estar gastando todo este dinheiro para nada?
— O que é publicidade — Connor respondeu —, se não um risco?
Na porta do hotel, pegaram um táxi que esperava passageiros. Quando entraram no fluxo do tráfego, Connor falou de novo.
— Você percebe que teremos que disfarçar esta verba.
Jimmy se virou para ele.
— Como assim?
— Bem, é óbvio que não podemos encaminhar os gastos pelos canais habituais. — Connor ficou olhando o Hyde Park pela janela, suas árvores se dissolvendo lentamente na névoa. — Eu posso autorizar os gastos, mas ainda assim preciso de algo para pôr no papel, algum tipo de justificativa.

— Connor fez uma pausa. — Gostaria que você pensasse sobre isso.

Jimmy considerou o assunto enquanto rodeavam o Hyde Park. Mas não chegou a lugar algum. Passaram pela loja da Harrods, o prédio enorme e escuro tornado delicado por fileiras de luzes. Observou pessoas seguindo pela calçada, descendo para o metrô, cabeças enfileiradas, como água rasa correndo sobre seixos.

— A propósito — disse —, eu gostei do nome.

— Projeto Secretária?

Jimmy concordou.

— Gosto de pensar que o nome quase traz a palavra "secreto" embutida. Não percebi isso de cara.

Connor ficou em silêncio por um momento, então se virou e sorriu para Jimmy.

— Sabe, eu nem tinha notado.

À meia-noite e dez, o telefone da casa de Jimmy tocou. Ele apertou o botão de "mudo" no controle remoto e atendeu a ligação.

— Jimmy, é você?

Ele reconheceu a voz. Era Acidente Aéreo, uma moça que tinha conhecido numa festa de músicos em que tinha ido com Zane. Seu nome verdadeiro era Bridget.

Ela perguntou se ele não queria passar no apartamento dela.

O apartamento dela. Lembrava-se do quarto, de como era atulhado de valises abertas, roupas sujas, contas não pagas, sapatos esquisitos; coisas largadas por todos os cantos, e algumas delas não identificáveis. Parecia que um avião tinha caído ali. Talvez por isso ela tivesse o apelido.

Ela estava falando para ele pegar um táxi. Levaria vinte minutos no máximo, de porta a porta.

Negou com a cabeça.

— Tenho que acordar cedo.

— Tudo bem — disse ela. — Então eu vou aí.

— Não é uma boa idéia — respondeu rápido. — Que tal jantar amanhã?

Ela hesitou.

— Encontro você naquele bar em Ledbury Road — disse. — Às oito.

— Você vai acabar cancelando.

— Eu vou estar lá — prometeu.

Quando entrou no bar na noite seguinte, Bridget estava numa mesa de canto bebendo licor de café, Tia Maria, com gelo. Pediu desculpas pelo atraso. Bridget encolheu os ombros, como se estivesse acostumada com isso, e por um momento Jimmy sentiu como se eles fossem um casal que estava junto há anos, um casal de pessoas que estavam cansadas uma da outra — tão cansadas, na verdade, que não podiam fazer nada a respeito. Quase virou as costas e foi embora. Mas, em vez disso, sentou e acendeu seu primeiro Silk Cut da noite. Bridget fumou um Cartier. Ela estava de preto — um paletó estilizado e uma saia justa que deixava as coxas de fora. Seu cabelo preto era mais curto do que se lembrava, e tinha um formato curioso.

— Gosto do seu cabelo — disse ele.

Ela o tocou com uma mão que não parecia muito segura.

— Foi a coisa mais esquisita — disse. — O cara que cortou chorava o tempo todo porque sua mãe tinha acabado de telefonar dizendo que só teria mais seis meses de vida. — Ela tocou o cabelo de novo. — Até que ele não fez um serviço ruim, considerando tudo.

— Você é terrível — disse Jimmy, mas estava rindo.

TATO

Seu drinque chegou, com água tônica borbulhando sobre desastrados pedaços de gelo. Ele levantou o copo e bebeu sofregamente. E sentiu a vodca começar a embrulhar seu cérebro em prata. Bridget estava falando de uma banda com a qual queria assinar contrato; ela os tinha visto no Astoria na noite anterior. Mas ele percebeu que sua mente estava divagando. Naquela tarde, enquanto informava à agência de publicidade sobre sua estratégia para a campanha do Skwench!, pensou numa possível solução para o problema que Connor tinha lhe passado, a questão de como disfarçar a verba para o projeto secreto. *E se pedisse a alguém na agência de publicidade para cobrar da ECSC britânica por serviços nunca prestados?* Alguém, mas quem? Seus olhos pousaram em Richard Herring, bem na frente. Claro que esperaria até que aparecesse a oportunidade certa, até ganhar algum lastro, merecer um excesso de boa vontade. De volta ao escritório, explicou sua idéia para Connor.

— Herring? — perguntou. — Não sei se o conheço. Qual o seu relacionamento com ele?

— Estamos trabalhando juntos desde abril. Nos damos bastante bem.

— Lembra que você falou há algumas semanas sobre dispensar a agência? — Connor fez uma pausa e sorriu lentamente. — Parece que vamos precisar dela afinal de contas.

O barulho de algo tinindo invadiu os pensamentos de Jimmy e viu Bridget batendo em seu drinque com um isqueiro.

— Você não ouviu uma palavra do que eu disse.

— Me desculpe — disse Jimmy. — Acho que perdi o rumo...

Ela se jogou de volta na cadeira ainda brincando com o isqueiro.

— Não importa.

Ele se incomodava com seu jeito de esperar ser desapontada, o modo como ela carregava esta expectativa. Isso o cansava. Imaginou se poderia pegar isso dela, como se pega uma doença. Não parecia de todo impossível. Achou que talvez fosse melhor não encontrá-la de novo.

— Você só se interessa por você mesmo — dizia ela agora. — Você não liga a mínima para o que qualquer outra pessoa está fazendo.

Observou-a cuidadosamente. Seu rosto parecia viscoso, como manjar branco.

— Você é desonesto e enganador — fez uma pausa. — E desleal.

O que não era necessariamente ruim, pensou. Afinal, seriam qualidades bastante úteis durante os próximos meses.

— E é incapaz de um relacionamento.

Com você?, pensou. Sim, pensou, provavelmente você tem razão.

No entanto — e isto o desconcertou —, descobriu que não queria ir para casa. De algum modo, acabou ficando no bar com ela até uma da manhã, até os dois ficarem bêbados. De algum modo, viu-se no banco de trás de um táxi, o batom preto dela brilhando quando o carro passava pelos triângulos de luz dourada, o cigarro dela jogado na estrada atrás deles, a sua boca subitamente na dela...

Durante a noite ele acordou, com um sonho ainda vívido na cabeça. Havia sonhado com a secretária de cabelos pretos. Ela estava sentada no sofá da casa dele, sua fina corrente de ouro brilhando com o sol que batia pela janela de correr meio aberta. No entanto, tinha dito alguma coisa que a deixou magoada. Tinha dito algo que não deveria, e ela virou as costas para ele, os olhos molhados e desesperados fixos no canto da sala, os lábios apertados (estranho que se lembrasse dela tão claramente). Tentava explicar que não queria dizer aquilo. Ela tinha entendido errado. Estava só brincando. Mas ela só sacudia a cabeça. Pequenos e rápidos movimentos — frações de movimentos, na verdade. Não conseguia fazê-la entender. Continuou sentada ali, o sol no jardim e uma brisa quente entrando na sala, o rosto duro, ainda magoada. E aí, inexplicavelmente, o barulho do metrô, e a janela escurecendo atrás dela...

Estava difícil respirar. Bridget tinha deixado o aquecimento central ligado e também fechado as cortinas. Não havia nenhuma luz no quarto, e nenhum ar; sentiu como se tivesse sido lacrado dentro de uma tumba. Em números verdes o relógio dela dizia: 3:25. Sentado na beirada da cama, começou a se vestir.

— Não vá.

Ele olhou para o lado.

— Eu preciso.

— Seja bom comigo — murmurou ela. — Você pode pelo menos ser bom comigo.

Quando o táxi parou na porta de sua casa, já eram quatro e quinze. Na rua, o barulho do tráfego tinha parado. Ele podia ouvir as gigantescas unidades de ventilação do prédio do outro lado da rua funcionando. Um som sinistro. Era como alguém sempre expirando, mas nunca ficando sem ar. À sua esquerda, podia ver a loja no posto de gasolina. Um homem de pele escura estava sentado atrás da caixa registradora com a boca aberta num bocejo. De longe, parecia que estava cantando.

Dentro de casa, Jimmy esvaziou os bolsos na mesinha-de-cabeceira e, pela segunda vez naquela noite, tirou toda a roupa. Podia ver pela janela os gnomos arrumados em pequenos grupos. Não pareciam os mesmos no escuro; estavam desconfortáveis, quase constrangidos. Era como ficariam os convidados de uma festa elegante se o anfitrião, sem aviso e sem motivo, apagasse todas as luzes. De algum modo, isso o fazia sentir-se bem; vê-los ali parados, do lado de fora de sua janela, na escuridão. Enfiou-se entre os lençóis frios e em minutos estava dormindo.

Em meados de dezembro, Jimmy agendou um encontro com Richard Herring para um drinque no Soho. Era um dia claro de inverno. Se se respirasse fundo, daria para sentir o cheiro de folhas de grama e cascas de maçã. No fim da tarde, o céu foi escurecendo ao longo do horizonte, como um pedaço de papel seguro sobre um fogo, podendo a qualquer momento incendiar-se em dramáticas chamas. Mas quando o sol se pôs, a temperatura baixou e as pessoas andavam rapidamente pelas ruas, com as cabeças baixas, como se temendo ser reconhecidas. Jimmy chegou antes no *pub*, sentou numa ponta do balcão e pediu uma garrafa de Guinness. Havia uma pequena multidão no bar, a enxurrada causada pelo almoço natalino ou festa de alguma firma. Deviam estar bebendo há horas e agora contavam piadas. Pareceu um bom lugar para o que Jimmy tinha em mente. Se Richard preferisse não levar sua proposta a sério, todo aquele fundo sonoro de risadas seria útil. *Tudo bem, Richard. Era só brincadeira. Rá, rá.* Naquele momento, com o relógio marcando seis e dez, Richard atravessou a porta, o rosto tenso e vermelho de frio. Jimmy acenou para ele.

A sincronia dos acontecimentos pode parecer uma questão de coincidência, mas se se é responsável pela sincronia, pelo planejamento, então não existe coincidência. Jimmy escolheu o momento com cuidado — primeiro porque com a proximidade do Natal, todos os envolvidos com o mercado de bebidas começavam a relaxar; mas também, e isso era talvez mais importante, por um fato que acontecera naquela semana. Na terça-feira, a agência de publicidade havia apresentado sua campanha para o Skwench!, que a ECSC recusou. Não era a campanha pedida. Não era o combinado. Uma reunião incômoda, com consternação, amargura até, de um lado, e desapontamento do outro. Mas, sentado no *pub* aquela noite, Jimmy optou por não mencionar o caso. Achou que Richard é que deveria puxar o assunto; e olhando para ele, desconfiou que isso não iria demorar muito: uma tensão sutil aparecia sob os olhos de Richard e ao redor de sua boca notava-se uma espécie de ar culpado, que contrastava com sua costumeira indiferença aristocrática. Estavam conversando há menos de vinte minutos quando Richard levantou o copo e começou a balançar a cerveja que estava dentro.

— Sobre a apresentação da campanha... — disse.

Jimmy fingiu um ar sombrio.

— Estamos fazendo uma nova abordagem. — Richard pôs o copo de volta na mesa e o estudou com os olhos semicerrados, como se avaliando a qualidade do produto. — Devemos ter alguma coisa pronta antes do Natal.

— O problema é o Connor — disse Jimmy. — Ele não está satisfeito.

Richard olhou para o copo com mais atenção ainda. Atrás dele, no meio do bar, dois homens e uma mulher estavam cantando "In the bleak midwinter". A mulher usava sapatos vermelhos de salto alto e sustentava no ar uma cigarrilha. Um dos homens tinha posto um chapeuzinho de papel pequeno demais para sua cabeça, que acabou arrebentando.

— Connor — disse Jimmy, pensativo — não está satisfeito com o trabalho. De um modo geral, quero dizer. E está pensando em se livrar de vocês. — E Jimmy mencionou o nome de umas duas outras agências de publicidade, famosas por sua criatividade.

— Meu Deus. — Richard fincou um cotovelo na mesa e apoiou a testa na palma da mão. Encarou a mesa, os olhos sem foco. Se a agência perdesse a conta, seu emprego estaria em risco.

— Eu não sei — disse Jimmy depois de um tempo. — Talvez possa falar com ele.

— E que tal o Tony?

— Ruddle? — Jimmy balançou a cabeça. — Não tem poder para tanto. Não mais. — Não conseguiu evitar um sorriso. — É estranho... — disse, estudando a ponta de seu cigarro. — Eu ando me dando muito bem com Connor...

— Se você pudesse conversar com ele — disse Richard sem tirar os olhos da mesa. — Eu agradeceria muito.

— Tudo bem — suspirou Jimmy. — Quer outra bebida?

No bar, a mulher do charuto continuava cantando "In the bleak midwinter", só que sozinha agora. Estava inventando uma nova letra que falava em "duro como ferro" e em "arrancando gemidos". Apesar de bêbado, o homem com ela, aquele do chapeuzinho de papel rasgado, começava a parecer intimidado. Quando Jimmy voltou para a mesa com as bebidas, sentou-se de forma ostensivamente mais pesada do que a habitual. — Sabe, você não é o único com problemas...

— Não? — Richard pareceu quase esperançoso.

— Isso fica estritamente entre mim e você.

— Claro.

— Eu tenho um assunto para tratar com você — disse Jimmy.

Ele explicou do que precisava. Richard ouviu e quando Jimmy terminou disse:

— De quanto dinheiro estamos falando?

Jimmy contou.

A pele do rosto de Richard se contraiu. Ele ergueu o copo e bebeu, de um gole, quase metade do conteúdo. Por trás dele, o homem do chapeuzinho rasgado despencou em sua cadeira, como se fosse uma reação ao álcool ingerido por Richard. A mulher olhou por um instante para o companheiro caído e deu uma profunda e sonora gargalhada.

— É óbvio que você não precisa me dar tudo de uma vez — disse Jimmy. — Pode ser feito em parcelas, se for mais fácil. Um pouco aqui, outro lá. — Fez uma pausa. — Afinal, lembre-se, é só papel.

Richard levantou o rosto com uma súbita beligerância aparecendo em suas sobrancelhas abaixadas, o queixo tenso.

— Para que é o dinheiro?

— Não posso dizer.

Richard não tirou os olhos do rosto de Jimmy.

— Não é para mim, se é o que você está pensando. — Jimmy sorriu melancolicamente olhando para sua bebida. — Quem dera. É só um problema que eu herdei.

Um silêncio caiu entre eles, mas Jimmy teve a impressão de que Richard tinha acreditado.

Por fim, com um leve riso zombeteiro, Richard perguntou:

— Quando vai precisar da primeira parcela?

Às onze da manhã de segunda-feira, Richard ligou. Jimmy achou que ele iria dizer que tinha mudado de idéia, que não poderia se envolver em algo tão duvidoso, e, numa tentativa de adiar essa decepção, falou primeiro, contando a Richard como tinha se sentido mal na noite de sexta. No almoço daquele dia tinha comido marreco assado com lentilhas, disse, e mais tarde, se é que se lembrava bem, tinha bebido muitas Guinness com Richard. De repente, lá pela meia-noite, sentiu como se o estômago estivesse vivo dentro dele e tentando escapar, como um animal enjaulado. Passara boa parte do fim de semana no banheiro, debruçado sobre a pia.

— Não sabia que se comia marreco — disse Richard, rindo.
— Não se deveria — respondeu Jimmy. — Não vou descrever o porquê.
— Escute... — e Richard fez uma breve pausa — aquela papelada que você pediu, eu estou mandando por motoqueiro. Deve estar aí ao meio-dia.

Jimmy achou que estrategicamente seria um erro parecer muito aliviado ou muito agradecido. Em vez disso, simplesmente disse que almoçaria com Connor, o que permitiria que Richard tirasse suas próprias conclusões. No fim do telefonema, foi Richard quem agradeceu a Jimmy e não o inverso.

No restaurante, na hora do almoço, Jimmy olhou o cardápio por menos de um minuto e pediu uma salada Cesar e uma garrafa de água mineral. Era tudo que ele podia encarar. Também achou que isso ia causar efeito em Connor, que ele o veria como representante de uma nova linhagem de executivos de *marketing*; a imagem de um homem de vida regrada certamente teria um apelo para Connor, que tinha passado boa parte da última década na Califórnia.

Mais tarde, quando chegou o *cappuccino* descafeinado de Jimmy, ele começou a contar para Connor sobre o encontro com Richard e os resultados que se seguiram. O americano olhava para o outro lado do restaurante, onde achava ter reconhecido alguém, um velho colega, mas sua cabeça se virou para Jimmy de imediato; virou de forma lenta, grandiosa, o que deu a Jimmy a sensação de estar no planetário, observando o movimento de um corpo celeste.

— Você já resolveu o problema? — perguntou Connor.

— Acho que sim.

Connor quis saber como foi.

— Eu disse que você estava pensando em tirar deles a conta de publicidade. E disse que tentaria convencer você a não fazê-lo. Foi preciso apenas isso.

— Você botou a culpa em mim?

Uma bolha de pânico subiu pelo corpo de Jimmy enquanto ele se perguntava se teria ido longe demais.

— Ma pareceu a coisa lógica a fazer. — Fez uma pausa. — Me pareceu verossímil. Sua reputação...

— Sim. Percebo.

Jimmy enfiou a mão no bolso do paletó e tirou um envelope. Entregou-o a Connor, que o abriu com dedos grandes e bruscos. Connor tirou o conteúdo e o desdobrou.

— Vinte e cinco mil dólares — disse Jimmy.

— Bem... — disse Connor — é um começo.

SINCRO

Para o lançamento do Skwench!, a ECSC britânica alugou o último andar de um hotel cinco estrelas em Kensington, com jardim suspenso, piscina e vista panorâmica da cidade. Foi idéia de Jimmy que a água da piscina fosse colorida de laranja; mas foi Connor quem pensou em usar a equipe de nado sincronizado, uma idéia de gênio que, na opinião de Jimmy, provava que o americano merecia cada tostão de seu salário tido como astronômico. Uma piscina laranja já tinha sido um acontecimento memorável; mas aí, quando o champanhe estava sendo servido, dezenove garotas saíram para o terraço vestidas em justíssimos maiôs azuis com toucas cor de laranja. Marcharam em fila única, pés para a frente, cabeças para o alto, até uma das bordas da piscina. Mergulharam na água e, ao som da trilha musical do primeiro anúncio do Skwench! para TV e cinema, começaram a executar uma série de exercícios aquáticos, em movimentos graciosos, intrincados e perfeitamente orquestrados. Em determinados momentos, seguindo alguma deixa da música, ou alguma marcação preestabelecida, elas abandonavam a coreografia e formavam a palavra SKWENCH! na superfície da água. A primeira vez que isso aconteceu, um involuntário murmúrio de surpresa se espalhou entre a multidão, seguido de uma risada de satisfação e uma pequena e espontânea explosão de palmas.

— Parece que vai indo bem.

Jimmy se voltou e viu Raleigh Connor em pé atrás dele. Connor estava vestindo uma camisa esporte de mangas curtas e um par de calças informal. Seus braços, grossos e bronzeados, lembraram a Jimmy uma galinha assada fria.

— Não poderia estar indo melhor — disse Jimmy.

Durante o período de treze semanas até o lançamento, ele havia ficado surpreso com a suavidade da operação. A única preocupação significativa era quanto aos gastos com publicidade, que poderiam parecer magros demais (claro que, se fossem incluídos os custos do Projeto Secretária, eles não seriam nada magros), mas Jimmy conseguiu transformar esse problema numa vantagem para a empresa. Numa ousada apresentação para o pessoal de vendas, no fim de janeiro, ele enfatizou a importância da fórmula secreta do produto, um coquetel de ingredientes naturais que poderia até prolongar a vida dos consumidores, e afirmou que esta característica única se refletiria no *marketing*, que em parte se basearia numa promoção mistério, subterrânea e invisível. Claro que, na verdade, não existia tal promoção. Era apenas uma cortina de fumaça, uma espécie de blefe. Que funcionou, já que o pessoal de vendas saiu satisfeito, confiantes de que poderiam criar grande expectativa no mercado com a força do projeto anunciado por Jimmy. E nos meses seguintes as cifras das encomendas adiantadas para o produto confirmaram o sucesso. Algumas pessoas costumam dizer que *marketing* é prevenção de estragos, a arte de evitar que as coisas dêem errado. Se for isso mesmo, o *marketing* da ECSC britânica para o Skwench! tinha sido exemplar.

— Parece tão fácil, não é mesmo? — disse Connor, e, enquanto falava, as nadadoras saltavam da água, seus corpos na vertical, parecendo suspensos no ar por alguns momentos. — Mas você tem de ver o que está acontecendo embaixo d'água, o esforço que isso exige delas. — Aproximando-se de Jimmy, apontou para o fundo da piscina. Jimmy viu os braços das moças girando freneticamente.

Connor balançou a cabeça.

— Dizem que é como correr os 400 metros sem respirar.

— Mas não se nota isso — disse Jimmy. — Ou ao menos espera-se que você não note.

Jimmy achou que poderiam estar conversando sobre seus próprios esquemas clandestinos, e, julgando pelo sorriso no rosto de Connor, ele pensava o mesmo. Durante as últimas semanas, eles tinham desenvolvido uma curiosa afinidade, um tipo de entendimento que, às vezes, permitia que conversassem em código. Connor o segurou um instante pelo braço, como se selando um compromisso, e depois se misturou na multidão.

Jimmy permaneceu ao lado da piscina. Como as moças usavam maiôs e toucas idênticos ficava quase impossível distingui-las, mas Jimmy já decidira qual delas era a mais bonita: toda vez que formavam a palavra Skwench!, ela se virava de costas para se tornar a parte de cima do ponto de exclamação. Ele assistiu à natação até o fim e depois se afastou. Estava bebendo champanhe desde o meio-dia e achou que talvez já fosse hora de cheirar um pouco da cocaína, que Zane tinha lhe enviado aquela manhã. Uma pena que tivesse que cheirar sozinho, mas dificilmente poderia oferecer aquilo para Richard Herring. Poderia?

Os banheiros eram impecáveis: espelhos e pias brilhantes,

toalhas brancas empilhadas em montes felpudos, o hipnótico som da água corrente. Trancou-se em um dos reservados e procurou no bolso pelo pequeno envelope. Ele bateu a coca sobre a caixa de descarga, que era lisa e preta, como se tivesse sido construída para essa finalidade. A perfeição do lançamento o tinha deixado perplexo. Em janeiro, por exemplo, a equipe de criação da agência de publicidade apresentara a nova campanha — e desta vez, não tentaram ser geniais. Mostraram o projeto de um cartaz em três estágios baseado na revelação gradual do logotipo do Skwench!, e um comercial para TV e cinema com mais ou menos o mesmo conceito, só que numa forma um pouco mais dramática e espirituosa: a imagem central era um recurso visual em que o traço do ponto de exclamação do Skwench! era formado por um copo cheio do refrigerante. No final, um *slogan* dizia simplesmente: *Skwench-se!* Propaganda direta mas também eficaz, energética — ousada. Durante a apresentação, Jimmy havia aplaudido o trabalho da agência. Também inventara uma nova expressão, o *marketing de exclamação*, que Connor não cansava de repetir desde então.

Passou um dedo pela caixa de descarga, coletando os últimos grãos, e o lambeu. Depois apertou a descarga. Seu coração saltava. Com certeza a cocaína estava malhada com anfetamina. Destrancando o reservado, abriu a porta. Direto em sua frente, a uns dois metros de distância, debruçado sobre uma pia, estava Tony Ruddle. Jimmy hesitou junto à porta enquanto Ruddle levantou a cabeça e o viu pelo espelho. Ruddle virou-se, as mãos pingando.

— Prisão de ventre? — perguntou.
Jimmy olhou para ele.
— Como?

— Você demorou tanto tempo — disse Ruddle com um sorriso desagradável, e se moveu na direção do secador de ar quente na parede, apertando o botão dourado.

Devia estar bêbado, pensou Jimmy enquanto andava até uma das pias e abria a água quente.

— Aproveite — gritou Ruddle, mais alto do que o ruído do secador. — Aproveite seus quinze minutos de fama, pois é tudo o que você vai ter.

Será que Ruddle sabia o que ele estava armando? Com certeza que não.

— Estou de olho em você — gritou Ruddle. — Lembre-se disso.

Jimmy viu a imagem do diminuto envelope branco no fundo de seu bolso. 1903, pensou. O ano em que tiraram a cocaína da fórmula da Coca-Cola. Quase um século atrás. Era possivelmente o mais perto que Ruddle chegaria daquilo. Subitamente, estava sorrindo. Embora soubesse que não era uma boa idéia.

O ronco do secador cessou e, quando percebeu, Ruddle tinha andado para detrás dele. Podia sentir o deslocamento de ar de sua respiração. Um vapor amargo e salobro passando por seu ombro, instalando-se sob seu nariz.

— ...e eu vou estar lá quando acontecer — dizia Ruddle. — Ah, sim, não se preocupe, eu vou estar lá.

Jimmy o encarou:

— Quando o quê...?

Pisando com o pé errado, Ruddle vacilou.

— Eu tenho que dizer... — de novo, Jimmy não resistiu ao sorriso enquanto falava... — este terno com esta gravata-borboleta formam uma combinação terrível.

Ruddle avançou para ele um passo. Jimmy recuou, sentindo a borda dura de porcelana da pia contra seu traseiro.

— Você se acha esperto — sibilou Ruddle.

Deus, o cara estava assustadoramente perto. Os dentes socados em sua boca como uma prateleira de livros bagunçada. Aquele hálito...

Ruddle se afastou ofegante.

— Vamos ver isso — murmurou. — Vamos ver.

Jimmy observou Ruddle oscilar até a porta do banheiro, calças levemente fora do lugar, mãos se agitando na altura dos quadris. Achou que deveria ser a tal crise da meia-idade sobre a qual se falava tanto. Ruddle devia se cuidar. O que acontecia se sua pressão sangüínea subisse demais? Teria um enfarte, não é isso?

Para voltar ao jardim no terraço, Jimmy pegou o caminho errado. Acabou numa espécie de corredor, com um aroma artificial de limão no ar. A luz do teto era discreta, indireta, e ainda assim ele se sentia exposto, como se Ruddle pudesse, a qualquer momento, saltar de um nicho secreto na parede. Encontrou uma cadeira rosa com espaldar alto e elegantes braços dourados. Sentou-se. Plantas cresciam complacentes ao seu redor, em vasos de latão. Ao longe, podia ver três portas prateadas. Um *hall* de elevadores.

Enquanto ele ficava ali sentado, sem muita certeza do que fazer em seguida, uma das portas se abriu no fim do corredor e uma garota apareceu. Olhava por cima do ombro, uma das tiras de sua mochila tinha se enrolado, e ela tentava endireitá-la. O cabelo louro curto ainda estava molhado de um banho de chuveiro. Usava uma comprida camiseta de algodão e calções de ciclista de *lycra* colante. O que deixava o resto das pernas de fora.

— Você fazia parte do ponto de exclamação — disse ele.

Ela olhou ao redor. Tinha a frieza, a estabilidade de uma visão. Parecia familiar; ou, ao menos, não inesperada, embora nunca a tivesse visto antes.

Levantou-se e foi na direção dela.

— Quando faziam aquela palavra na água, você era parte do ponto de exclamação, não era? — perguntou.

— Era. — Ela riu um pouquinho, levantando os olhos. — Era sim, é verdade.

— Foi a primeira vez que eu vi...

— Sincro?

— O quê? — Ele não entendeu.

— É como a gente chama — respondeu ela. — Para não falar aquilo tudo.

Exibindo-se um pouco, ela levantou a mão e passou os dedos pelo cabelo. Notou uma tintura esverdeada, da mesma cor de milho novo.

— Eu achei o máximo — disse ele. — Mesmo. — E a viu olhando para os elevadores além dele. — Você não está indo embora, está?

Ela sorriu.

— É, estou...

— Eu poderia ver você de novo? — perguntou ele, surpreendendo-se com a própria ousadia.

Ela olhou para ele rapidamente e pareceu hesitar.

— Você está com alguém? — perguntou.

— Estou — ela respondeu —, acho que estou.

— Eu também. Acho. — Ele viu uma inútil encosta de montanha com destroços espalhados por toda parte. Homens pesquisando entre as maletas arrebentadas e os pedaços retorcidos de metal. O quarto de Bridget. — Bem, na verdade, não estou mais — disse. — Seu número está na lista?

SINCRO

— Não.
— Então, como eu encontro você?
Ela pensou um pouco.
— Eu treino quase todas as tardes na Academia da Marshall Street. — Ela começou a se afastar dele, então parou e olhou por cima do ombro. — Ou então num lugar chamado Seymour's Place.

Observou enquanto ela atravessava as portas prateadas e apertava o botão do térreo. Enquanto as portas se fechavam, ela estava olhando para baixo, para os pés.

Acabou chegando ao jardim do terraço depois de perguntar o caminho a um faxineiro e também a um garçom. Quando saiu ao ar livre, a maioria dos convidados olhava para cima. Bill Denman tinha acabado de soltar mil balões laranja sobre a cidade, cada um estampado com o logotipo do Skwench!. Jimmy parou do lado de Richard Herring e assistiu aos balões encolherem contra o céu azul. Desejou ter podido realizar a idéia dos sinais de trânsito. Sua idéia era mexer nas cores de todos os sinais de trânsito da área central de Londres. Não por muito tempo, só uma hora ou duas. Imagine o caos! A publicidade!

— Está se divertindo, Jimmy? — perguntou Richard.

Indo para casa naquela noite, Jimmy tentou decidir se estava ou não preocupado com Tony Ruddle. Não achava que estava, não de verdade. Não enquanto continuasse sendo indispensável para Raleigh Connor. Afinal de contas, que poder Ruddle realmente tinha? Que cordinhas poderia puxar? Jimmy só conseguiu pensar em duas opções. Ou Ruddle tentaria pôr Bill Denman contra Connor — e não conseguia imaginar como Ruddle poderia ter mais influência sobre o diretor-geral do que Connor —, ou apelaria para chantagem. Mas, para fazer chantagem, era necessário informação, e Ruddle não tinha nenhuma — pelo menos, não ainda (embora ele já desconfiasse que estava sendo excluído de alguma coisa, o que explicava seu rancor e frustração, a ameaça no banheiro do hotel). Ainda assim, Jimmy achou que se proteger não faria mal.

Na manhã seguinte, Jimmy esteve com Connor em seu escritório. Falou do atrito que existia entre ele e Tony Ruddle. Parecia ser pessoal, disse, uma questão de química. E tinham acontecido explosões, completou depois de uma pausa.

Connor levantou a cabeça lentamente, mas não disse nada. Algumas vezes parecia quase um oriental. As pálpebras em forma de meia-lua. O uso do silêncio.

Jimmy esperou.

Afinal, Connor falou:

— Eu soube que o Sr. Ruddle está com um problema doméstico. Com a esposa.

— Entendi. — Jimmy achou que já tinha dito o bastante.

— Bem, eu só queria que você estivesse informado do assunto. — E acrescentou — Não quero que nada prejudique o projeto.

Connor concordou:

— Eu aprecio sua preocupação.

— Só por curiosidade — disse Jimmy —, como estão indo as coisas?

O olhar inexpressivo de Connor se iluminou. Levantou-se e começou a caminhar de um lado para o outro, perto da janela, os braços atrás das costas, o pulso esquerdo preso pela mão direita.

— Sabe, James — disse ele, subitamente empolgado — eu não tinha imaginado a proporção da coisa.

SINCRO

— A proporção.

Connor disse que Lambert o tinha levado para ver o projeto funcionando no início da semana.

— E como é? — perguntou Jimmy.

— Pacífico. — Sorriu Connor.

Ele havia visto as cobaias dormindo em seus cubículos. Uma estranha visão. Fora da enfermaria tinha sido montada uma sala de controle. As cobaias eram mantidas sobre rígido acompanhamento médico. Também eram monitoradas por câmeras de vídeo. Lambert tinha contratado três assistentes que trabalhavam, em turnos, 24 horas por dia. Toda noite eles programavam entre vinte e vinte cinco pessoas. Isso dava, por alto, cento e cinqüenta pessoas por semana. Seiscentas num mês.

— No meio de julho, chegaremos a dois mil — anunciou Connor.

— Julho? Pensei que seria um programa de três meses.

— Já que as coisas estão indo tão bem, eu não vi razão para não prosseguir por mais um mês. — Parou e encarou Jimmy por debaixo de suas pálpebras pesadas. — Você vê?

— Bem, não. — Jimmy pensou por um momento. — O senhor acha que eu poderia fazer uma visita também?

— Temo que não...

— Estou muito interessado — disse Jimmy. — E, afinal de contas... — acrescentou gentilmente — foi minha idéia.

— Eu sei disso. Mas Lambert está no controle da operação externa e essa ordem é dele. Em suas próprias palavras: "Sem excursões turísticas."

Sem excursões turísticas. Podia imaginar Lambert dizendo exatamente essas palavras. Ficou desapontado, mas não exatamente surpreso. Seu envolvimento no projeto nunca tinha sido total. *Existem coisas que você não vai saber.*

— Ah, ouviu falar sobre os balões? — perguntou Jimmy, se animando um pouco.

Connor fez que sim com a cabeça.

Na véspera, uma dúzia dos balões Skwench! foram carregados por uma bizarra corrente de ar. Foram parar em Westminster, e flutuaram quase rente ao chão até bombardearem o príncipe Charles que chegava para uma cerimônia religiosa na Abadia de Westminster. Os balões tinham aparecido na TV como última informação do noticiário da noite, com o apresentador referindo-se ao Skwench!, de passagem, como um fenômeno de *marketing*. De manhã, o jornal *Mirror* tinha publicado uma foto do príncipe Charles olhando espantado para um balão Skwench! que caiu em seu ombro. Jimmy pensou em mandar fazer camisetas com a imagem. A imprensa nacional e a Família Real estavam envolvidas. O Skwench! tinha sido verdadeiramente lançado.

O CÉREBRO GASOSO

Num úmido final de tarde no meio de junho, Jimmy subiu as escadas saindo da estação do metrô de Piccadilly Circus. Um homem parado na esquina vendia leques de papel em estilo japonês; a onda de calor estava em sua segunda semana. Jimmy virou para o norte e afrouxou a gravata. Tinha sido convidado por Simone para uma *vernissage* e estava atrasado, como sempre. No entanto, tinha sido um dia grandioso. Realmente grandioso. Na reunião matutina com o grupo do projeto, ele tinha finalmente conseguido demonstrar o impacto do Skwench! no mercado de refrigerantes desde seu lançamento, seis semanas atrás. Os números revelavam que o produto havia conquistado espaço no mercado de varejo de um lado a outro do país e que as vendas iam muito bem. Skwench! estava conseguindo concorrer em todos os setores do mercado: enfrentava os refrigerantes de frutas, claro, mas também as limonadas, os sucos, e até, em certa medida, as marcas poderosas como Coca e Pepsi. As vendas estavam alcançando 24 por cento acima do esperado, uma estatística que não poderia ser justificada apenas pela onda de calor. A contribuição pessoal de Jimmy para esse sucesso não podia ser quantificada, claro, mas, por outro lado, também não podia ser subestimada. Recentemente, com Tony Ruddle ainda de licença — estava dispensado para tratamento, presumiam —, falava-se em mudanças na empresa. Segundo rumores, Jimmy estava cotado para ser promovido no próximo outono. Como colaborador pessoal de Connor — um protegido, na verdade — começava a achar que não havia limite para o que poderia alcançar.

Eram sete e meia em ponto quando chegou à galeria, e estava tão cheia que as pessoas se espalhavam pela calçada. Jimmy atravessou as portas de vidro para o salão branco, onde luzes brilhavam como sóis em miniatura. Simone estave mergulhada numa conversa com dois homens. Um deles tinha olhos que pareciam flutuar dentro das órbitas, como se conservados em formol. Jimmy decidiu não interromper; pelo menos, não no momento. Em vez disso, dirigiu-se ao bar.

Tomou o primeiro drinque rapidamente e estava pegando o segundo quando reparou numa senhora parada ao seu lado. Suas sobrancelhas tinham sido desenhadas em marrom e ela fumava um cigarro numa longa e extravagante piteira de tartaruga. Mas foram os óculos que realmente chamaram sua atenção: tinham lentes amarelo-escuras e uma grossa armação preta, como se tivessem sido feitos nos anos cinqüenta em alguma cidade como Istambul ou Tel-Aviv.

— Espero que você não ache que sou uma daquelas pessoas afetadas que usam óculos escuros à noite — disse ela, quando comentou sua aparência. — Eles são necessários. Eu tenho fotofobia. — Ela olhou atrás dele, e, tragando o cigarro, deixou a fumaça escorregar por um canto da boca. — Ah, aqui está minha sobrinha.

Uma garota com vinte e poucos anos, usando um vestido laranja sem mangas, juntou-se a eles. Seu cabelo era preto e caía em tranças que iam abaixo dos ombros. A pele sob os olhos parecia escura, como se ela não andasse dormindo muito bem.

— Esse vinho — ela fez uma careta — é ruim.

— É sim — disse a mulher mais velha, embora não parecesse muito incomodada com isso.

— Gostaria que eles tivessem Skwench! — disse a garota, virando-se para Jimmy. — É um refrigerante novo. Você tem que experimentar.

Jimmy não acreditou no que estava ouvindo.

— Que foi? — disse a garota, pois Jimmy estava olhando fixamente para ela sem dizer nada.

— Skwench!? — perguntou a tia. — O que é Skwench!?

A garota começou a explicar para sua tia o que era Skwench!. Jimmy continuou encarando a garota. Seria possível que ela fosse um de seus embaixadores? Ela com certeza estava dizendo as coisas direitinho. Mas poderia ser só uma coincidência, afinal de contas; a secretária no metrô se comportava exatamente da mesma maneira. Mas o vestido laranja, seria coincidência também?

Tocando no braço dele, a garota disse que estava tomando três ou quatro latas de Skwench! por dia. Sua geladeira estava cheia de refrigerante. Na verdade, ela disse, e começou a rir (um embaixador alegre!), teria que comprar uma geladeira maior. E ela arregalou os olhos, sinalizando que as coisas estavam ficando fora de controle.

Ele estava rindo também. Nunca tinha imaginado que um embaixador pudesse ser engraçado. Ávido, sim. E sem remorsos. Mas não engraçado. Mas essa garota era como alguém que se poderia encontrar em uma festa, alguém que você poderia pensar em levar para casa...

Observou enquanto ela jogava o cabelo para longe do

rosto, como se estivesse numa floresta e seu cabelo fosse um ramo ou cipó bloqueando o caminho. Notou como a pulseira dela chacoalhou braço abaixo, rumo ao cotovelo, durante o movimento.

Imagine se ele dissesse onde trabalhava!

E de repente ele começou a se sentir claustrofóbico. A garota continuava falando, falando, falando; sempre sobre a mesma coisa, a única coisa na qual conseguia pensar. Ele teve uma vívida e repentina imagem do interior da cabeça dela. Seu cérebro parecia ter sido liquidificado. Não só isso, mas gaseificado também, cada célula vibrando com frenéticas bolhas laranja. Ele quase podia ouvi-lo efervescer.

As luzes queimavam, o salão estava escurecendo nas extremidades. Murmurando uma desculpa, ele se virou e mergulhou na multidão...

Quando emergiu, ficou parado na calçada, suando. Ar frio, buzinas de carro. Os aromas misturados de jasmim e hambúrguer. Ele se curvou, com ânsia de vômito. Não saiu nada. Lentamente, ele se endireitou. Lambert tinha tido razão em negar seu acesso ao projeto. Obviamente, você pode se envolver demais.

Ele se encostou contra uma porta de metal e jogou a cabeça para trás, forçando o pescoço. Um solitária nuvem rosa-claro flutuava no céu de Hanover Square. Pensou que ela parecia algo que estivesse no lugar errado e o estranho é que o dono nem tinha percebido.

DESASTRE EM AMERICANO

Sentado acima da piscina, num banco de madeira, Jimmy observou o pessoal de apoio andando de um lado para outro em uniformes brancos e placas com seus nomes balançando em frágeis correntes prateadas penduradas no pescoço. Perto da parte rasa, as moças se reuniam, vestindo roupões de banho, os rostos sérios e ansiosos, as vozes sussurrantes. Música instrumental filtrada pelo volume baixo do sistema de som. O Palácio de Cristal numa tarde de sábado.

Ao longo do último mês e meio, ele tinha telefonado para as academias de Marshall Street e Seymour Place pelo menos uma dúzia de vezes, perguntando sobre nado sincronizado, mas os treinamentos sempre aconteciam ao meio-dia, ou no comecinho da tarde, e ele raramente saía do escritório antes das sete. Então, num dia daquela semana, na hora do almoço, ele tentou uma estratégia diferente. Ligou para Marshall Street e perguntou se havia uma garota loura de cabelos curtos treinando lá.

— A Karen?
Ele arriscou.
— É. Ela mesmo.

— Ela está de saída.
— Você conseguiria chamá-la?
Houve uma mistura de sons, um silêncio, e então uma voz.
— Karen falando.
— Meu nome é Jimmy — disse ele. — A gente se encontrou na festa do Skwench!, no hotel em Kensington. — Fez uma pausa, torcendo para não estar falando com a pessoa errada. — Você era parte do ponto de exclamação, lembra?
— Já faz semanas — respondeu ela.
O coração dele revirou.
— É, eu sei. Desculpe, eu fui um pouco lento.
Ela riu:
— Você não foi nem um pouco lento da última vez.
Não, pensou ele. Mas tinha razões para isso.
— Você vai fazer alguma coisa nesse fim de semana? — perguntou.
— Tenho uma competição. No Palácio de Cristal.
— Talvez eu possa passar por lá.
— Provavelmente você vai se entediar.
Ele riu:
— Provavelmente.
Até então, não tinha do que reclamar. Inclinado para a frente, com os braços recostados no banco à sua frente, ele se sentiu inebriado pela atmosfera, como se estivesse drogado.
Por meia hora as moças se aqueceram. Depois nadaram rápido, em largas braçadas no estilo livre, ou simplesmente flutuaram no lado raso, girando os ombros como que para afrouxar os músculos. Ele notou Karen imediatamente. Ela usava uma touca de borracha branca, com os dizeres na fren-

DESASTRE EM AMERICANO

te: AVISO, e atrás, em letras menores: NADAR PODE MELHORAR SUA SAÚDE GRAVEMENTE. Ela bebeu de uma garrafa de um litro de água mineral Evian, com uma das mãos apoiada no quadril. Depois passou uma espécie de gel nos cabelos. Não achou que ela o tinha visto.

Então, às duas da tarde, houve o anúncio, as palavras se misturando embaixo do teto de vidro, se embolando em um som contínuo e oco. Os jurados sentaram-se em seus lugares. De acordo com o programa, a primeira parte da competição, "Figuras", estava prevista para durar três horas. Só havia uma Karen na lista de competidores: *24. Karen Paley*. Agora sabia o nome dela.

E, pareceu a ele, repentinamente, a competição começou. Uma garota de maiô preto nadou para o lado fundo movendo-se de lado pela água, quase como um caranguejo. Quando passou na altura dos jurados, lançou um sorriso largo e artificial; o sorriso de uma aeromoça, de uma misse. Ela se virou de costas. Flutuou por um momento enquanto se preparava. Então executou a figura requisitada; que no caso era chamada GIRO COMPLETO DO FLAMINGO COM UMA PERNA DOBRADA. Uma por uma as moças vieram numa sucessão aparentemente interminável. Todas sorriam o mesmo sorriso e seguiam a mesma seqüência de movimentos, embora Jimmy não achasse aquilo nada monótono. Na verdade, era exatamente o contrário. Sentia que poderia ficar vendo aquilo indefinidamente. Era como uma forma de meditação altamente esotérica. O ar quente, a água verde. A repetição... Olhando em volta, percebeu que quase todos tinham entrado numa espécie de transe; não só os espectadores e o pessoal de apoio como também as próprias garotas. A maneira com que nadavam de volta para a borda da piscina era tão lânguida, tão sonhadora, que pareciam ter sido hipnotizadas por suas próprias apresentações. E aquela música tocando o tempo todo; versões lentas e açucaradas de "Somewhere over the rainbow" e "Tema de Lara". O pessoal de apoio em uniformes brancos, o contínuo murmúrio das vozes, música ecoando fantasmagoricamente sob o teto de vidro... isso lembrou a Jimmy uma visita a um hospital, ou talvez um sanatório: todas essas coisas acontecendo, mas separadas, paralelas, envoltas num casulo.

Afinal ouviu o número de Karen Paley ser chamado; e lá estava ela, abaixo dele, curvando o corpo para trás e esticando as pernas. Não pôde evitar de ficar reparando em seu corpo enquanto ela passava sobre a água, os seios logo acima da superfície apertados pelo tecido do maiô. Ele a viu tomar fôlego. Lentamente as mãos começaram a revolver a água, lentamente a cabeça e ombros desapareceram sob a superfície. Em menos de um minuto estava acabado, e ela rumava para as escadas e saía da piscina. Enquanto esperava por suas notas, percebeu a presença dele, lá em cima no banco de madeira; lançou um sorriso na direção dele, bem diferente do que tinha dado para os jurados uns momentos antes. Depois, caminhou ao longo da piscina com a cabeça loura abaixada, como que mergulhada em pensamentos. Ela se movia como uma dançarina, o tronco ereto, os pés levemente oblíquos. Ele a viu pegar uma toalha azul e se inclinar para molhá-la na água, na parte rasa da piscina. Ela a torceu e passou pelo corpo, então vestiu um roupão verde-escuro e um par de meias com solas, não muito diferentes daquelas que se ganha de vez em quando nos aviões.

Uns dez minutos depois ele ouviu passos e se virou para vê-la sentar-se ao seu lado.

DESASTRE EM AMERICANO

— Não achei que você viria — disse ela. Havia colocado os cabelos para trás das orelhas. Sua narina esquerda tinha uma pequena marca vermelha, no lugar onde tinha prendido o protetor de nariz. — As pessoas geralmente não assistem aos exercícios. Preferem os solos ou duetos, que são mais dramáticos.

— Elas não sabem o que estão perdendo — disse Jimmy. — Eu nunca vi solos ou duetos, mas eu não imagino que possam ser melhores do que isso.

Ela o olhou com desconfiança, imaginando que ele estava sendo irônico.

— Estou falando sério — disse ele. — Há algo de muito intenso, quase hipnótico.

— Então você não ficou entediado?

— Não, de jeito nenhum.

Ela olhou para o relógio que ficava acima da parte rasa.

— Eu achei que a gente poderia fazer alguma coisa depois. Se você não estiver muito cansada.

— Nós somos cinqüenta e cada uma tem de fazer três apresentações — respondeu ela. — Vai demorar um pouco.

— Eu sei. Vi no programa.

— Você não se importa?

Ele balançou a cabeça:

— Não.

Sentaram em silêncio por alguns instantes. Ele olhou para baixo, observando as mãos dela que estavam sobre o colo. Reparou no pequeno osso arredondado do lado de fora do pulso, em como era proeminente, em como a veia fazia uma curva indo para o dedo mindinho.

— Então, você é boa?

Ela riu:

— Você não me viu?
— Sim, eu vi. Mas não saberia dizer.
— Ano passado eu fiz um teste para a equipe olímpica — disse ela. — Eles escolhem doze garotas. Eu fiquei em décimo terceiro. — Ela o olhou rapidamente, de forma quase defensiva. — Não sou ruim.
— Como é que você entrou nisso?
— Não sei bem. Não acho que minhas pernas eram compridas o bastante.

Ele riu.

— Mas é verdade — disse ela. — Às vezes, as coisas se resumem a isso, a aparência. — Ela olhou o relógio de novo, levantou-se e amarrou a faixa do robe. — Tenho que voltar.
— Vejo você depois — disse ele. — Boa sorte.
— Obrigada.
— Eu não acho que suas pernas sejam curtas.

Ela riu de novo.

— Ninguém disse que eram — replicou. — Elas apenas não são compridas o bastante, só isso. — Então se virou e subiu as escadas rumo à porta; um músculo se flexionou logo acima do tendão em seu calcanhar.

Jimmy espiou a piscina. O novo nome no quadro de avisos era GOLFINHO EM GIRO DE 180º. Ele se debruçou para a frente tentando notar a diferença entre as apresentações de uma garota e outra. Mas não conseguiu. Não mesmo.

Às quatro e quarenta e cinco, seu celular tocou. Pressionou uma tecla e o encostou ao ouvido.

— Alô?
— É você, James?

Só havia uma pessoa no mundo que o chamava de James.

DESASTRE EM AMERICANO

Com o telefone ainda no ouvido, subiu as escadas até ficar junto à janela aberta.

— Sim, senhor, sou eu.

Do lado de fora, nuvens negras esbarravam uma na outra no céu. O ar parecia estar mudando de forma.

— James — houve uma pausa de três ou quatro segundos —, nós temos uma situação...

Uma situação?, pensou Jimmy. Não era como os americanos chamavam um desastre?

Quando saiu do palácio de Cristal, trovões soavam sobre os telhados e as primeiras gotas de chuva começavam a escurecer o asfalto do estacionamento. Imaginou que levaria pelo menos uma hora para chegar em Chelsea, onde Raleigh Connor morava. Dirigindo para o norte pelas ruas molhadas, lembrou-se de como a perna de Karen tinha aparecido, perfeitamente imóvel e vertical, acima da superfície da piscina. Primeiro o pé, depois a batata da perna, o joelho e, finalmente, a coxa. Estava tão controlada — não havia uma só ondulação, nem mesmo um respingo — que, por um momento, a água se tornou sólida. Ver a perna dela erguendo-se no ar pareceu mágico, quase sobrenatural, como ver uma espada sendo retirada, elegante e refulgente, de uma rocha. Ele pensou em como a pele dela brilhava.

No próximo sinal fechado, ele tirou o celular e ligou para o Palácio de Cristal. Perguntou para a mulher que atendeu se poderia deixar um recado para Karen Paley.

— Diga que eu fui chamado. Uma emergência no trabalho. Que sinto muito.

— Vou tentar. — A mulher não pareceu muito segura.

— Por favor — insistiu ele. — É muito importante.

— Eu disse que vou tentar.

Jimmy encontrou a rua de Connor sem maiores problemas, e estacionou a menos de cem metros depois da casa. Quando andou de volta, viu a porta da frente aberta. Lambert atravessou a calçada e abriu a porta de uma BMW preta. Usava um casaco diferente, impermeável, cinza-claro, que ia até os quadris. Como antes, Jimmy ficou impressionado com a aparência comum de Lambert. Se alienígenas pousassem aqui e quisessem levar um ser humano para seu planeta, com certeza escolheriam alguém como ele. Era tão típico. Praticamente genérico.

— Lambert — chamou Jimmy.

Lambert olhou em volta, sem mostrar qualquer surpresa.

— Você vai entrar?

Jimmy concordou com a cabeça. Observou enquanto Lambert entrava no carro e batia a porta. Depois de um instante, a janela elétrica se abaixou.

— A coisa chegou a um estágio bem diferente. — Virou a chave na ignição. O motor roncou. — Bem diferente — repetiu ele, olhando sobre o ombro e saindo suavemente para a rua. Dirigiu até o entroncamento, virou a esquina e sumiu.

Parado na calçada, Jimmy se lembrou de como as garotas sorriam quando passavam na frente dos jurados. Um sorriso que, pelo menos em sua memória, agora começava a se parecer com o assustador e exagerado riso dos moribundos, ou dos mortos.

Connor encontrou Jimmy na porta. Embora estivesse vestido em roupas informais — um agasalho azul-marinho, calças frouxas e um par de velhas sandálias de couro —, parecia bem menos relaxado do que o habitual; sua pele estava mais pálida e os lábios, mais finos. Jimmy o seguiu pelo saguão até uma grande sala de estar. Dois sofás brancos ficavam frente a frente, cada um numa extremidade do assoalho de madeira encerada. Um Labrador preto dormia no tapete junto à lareira, as pernas traseiras se agitando enquanto sonhava. Pela porta envidraçada que dava para o jardim podia-se ver malvas e rosas, e um gramado com um bebedouro em pedra para pássaros no centro. Jimmy percebeu que nunca tinha imaginado a vida de Connor fora do escritório.

— Belo cachorro — disse. — Como se chama?

— Conde. — Connor se inclinou e acariciou a cabeça do cão. — Eu acabei de pegá-lo. Estava em quarentena por seis meses em Heathrow.

— Você o visitava?

— Todas as sextas.

Jimmy concordou com a cabeça enquanto se lembrava de que Connor saía mais cedo nas tardes de sexta-feira. Ele não sabia mais o que dizer. Nunca tinha tido um cachorro, nem gostava especialmente deles.

— Vi Lambert saindo — mencionou ele depois de um tempo.

Connor se endireitou.

— Mandei que ele cancelasse a operação. Ainda hoje.

— O que aconteceu?

— Houve algum tipo de vazamento. — Connor se virou, o jardim escuro atrás dele. — Lambert diz que nada vazou do lado dele. Eu disse o mesmo. — Encarou Jimmy através da sala. — Eu estava certo?

— Somos só você e eu — disse Jimmy —, e eu não falei nada.

— Bem, há um jornalista que acha que existe algo —

Connor parou um momento: — Algo ilícito no lançamento do Skwench!.

Mais tarde, sentado no sofá, explicou que tinha posto em movimento as engrenagens apropriadas, e Jimmy sabia que não deveria pedir maiores detalhes.

Possivelmente era o que Lambert queria dizer quando se referiu a "um estágio bem diferente". Teriam de contactar o Departamento de Comunicação, disse Connor. Talvez o de Finanças também. Debbie Groil e Neil Bowes teriam de receber noções sobre o projeto, ou então não teriam como lidar com a curiosidade da imprensa.

Jimmy concordou.

— Sim, compreendo. — Ele respirou fundo e soltou o ar. — Eles não vão gostar.

Connor ignorou o comentário.

— Convoquei uma reunião para segunda-feira de manhã. Oito e meia. Quero que você esteja lá. — Ele se levantou e levou Jimmy até a porta. — Sinto muito atrapalhar seu final de semana desse jeito.

Ficaram parados na porta da frente por um momento, olhando a rua. A tempestade tinha se afastado. As árvores e arbustos gotejavam, e havia cheiro de chuva na grama. Um carro passou, com música martelando pela janela aberta.

— Aliás — disse Connor —, onde você estava quando eu liguei? Ouvi uns sons estranhos ao fundo...

— No Palácio de Cristal — respondeu Jimmy —, assistindo a uma competição de nado sincronizado.

Connor olhou para ele.

— Um novo interesse, imagino.

Jimmy sorriu fracamente e não fez comentários.

Quando entrou no carro de novo, pegou o telefone ce-

DESASTRE EM AMERICANO

lular e ligou para a piscina. Desta vez foi um homem quem atendeu. Jimmy perguntou se poderia falar com Karen Paley.
— Sinto muito — respondeu ele. — Não é possível.
— É muito importante. Ela está competindo aí hoje.
— Você não entendeu — disse o homem. — Acabou tudo. Todo mundo foi embora.

QUÉOPS

Segunda-feira de manhã, oito e meia. Sol batendo na parede envidraçada da sala de reuniões. Do ponto de vista de Jimmy, o tempo não poderia ter sido mais irônico. Idéias brilhantes, clareza de pensamento — ideais que tinham sido seriamente minados pelo que Connor havia lhe contado no fim de semana; ideais que poderiam vir abaixo a qualquer momento, como estátuas durante uma revolução. Jimmy enviou um olhar sub-reptício através da mesa. Debbie Groil parecia ter aberto seu guarda-roupa num rompante de ousadia naquela manhã. Tinha escolhido um *blazer* escarlate com botões dourados e uma exuberante blusa branca. A calça, Jimmy sabia, sem precisar olhar, que seria um *legging* azul. Sentado ao lado dela estava Neil Bowes. Ele parecia desgastado, bilioso, a pele sob seus olhos formando pregas como as das cortinas dos cinemas. Devia ter passado uma noite em claro imaginando o pior; embora, na verdade, a situação era ainda pior do que ele sequer pudesse imaginar. Jimmy tinha que ficar se lembrando de que nem Neil nem Debbie faziam idéia do assunto da reunião. Só Connor parecia despreocupado, as mãos espalmadas relaxadamente sobre a mesa, o olhar passando além do vidro para um mundo complacente iluminado pelo sol.

— Bem — disse ele afinal —, talvez devamos começar.

Como todos sabiam, prosseguiu ele, o lançamento do Skwench! tinha sido um sucesso extraordinário. Durante os dois primeiros meses de distribuição no Reino Unido, as vendas da marca foram fenomenais. Eles tinham forçado quase todos os setores do mercado a reconhecer esse sucesso. Todos na sala tinham sido parte daquela conquista e todos na sala mereciam crédito por isso. No entanto, acrescentou, e aí sua voz caiu de tom uma oitava, houve um aspecto secreto no lançamento, um aspecto altamente original, altamente inovador. Eles penetraram num território novo, no qual ninguém tinha ainda se aventurado. Existiam alguns elementos imprevisíveis, fatores que eles não tinham certeza de que poderiam controlar. O que seria de se esperar, já que era uma situação sem precedentes.

Debbie estava olhando para Connor com um olhar vazio e ainda assim inflexível; e Jimmy sabia instintivamente o que ela estava pensando. *Por quanto tempo alguém consegue falar sem dizer absolutamente nada?* Mas naquele exato momento, Connor pareceu perceber a impaciência dela, pois se lançou numa explicação detalhada do Projeto Secretária; sua infraestrutura e a filosofia por trás dele. Falou de forma persuasiva sobre a excitação de criar uma publicidade boca a boca; *criar*, literalmente. Ele até fez uso do vocabulário pessoal de Jimmy, descrevendo as pessoas que passaram pelo programa como embaixadores. Estava quase chegando ao clímax quando Debbie o interrompeu.

— Sabe, na sexta-feira à noite, um jornalista me ligou — disse ela. — Tudo muito simpático, muito charmoso, e eu ficava pensando: que será que ele sabe que eu não sei? O que ele quer? — Ela levantou os olhos para a janela e sacudiu a cabeça. — Eu não acredito que vocês fizeram uma coisa dessas — disse ela olhando para Neil, mas ele encarava fixamente seu *notepad* como se esperando que este se transformasse numa porta secreta pela qual poderia sumir.

    — Se vocês tivessem me procurado há seis meses — prosseguiu ela com a voz tremendo um pouco e a garganta saltando sob o colarinho da blusa —...se tivessem me contado sobre isso, eu teria dito... — ela se recompôs. — Bem, melhor não dizer.

    Jimmy estava impressionado com o discurso dela. Ninguém nunca tinha ousado se dirigir a Connor de forma tão direta; pelo menos não que ele soubesse. Para sua surpresa, percebeu que estava admirado com a coragem dela.

    — Não é uma questão de recriminação, Debbie — disse Connor calmamente. — É uma questão de pragmatismo. Temos um problema nas mãos. O que vamos fazer nessa reunião é decidir a melhor forma de lidar com ele.

    — Qual é exatamente o problema? — perguntou ela.

    — Você provavelmente não sabe disso — disse Connor —, mas eu tenho uma série de pessoas trabalhando para mim na imprensa, pessoas que me passam informações. Isso me ajuda a planejar estratégias. Também funciona como um sistema de alarme. No final da semana passada eu recebi um comunicado de uma dessas pessoas.

    Ele pôs um par de óculos em formato de meia-lua. Após ajeitar a folha de papel que estava à sua frente na mesa, olhou por um momento através da fina armação de ouro.

    — Vou ler apenas a parte relevante:

Um jornalista *free-lance* está pensando em escrever um grande artigo sobre sua empresa, com interesse especial no departamento responsável pelo Skwench!. É improvável que seja uma matéria favorável. Na verdade, o jornalista em questão parece ter informações, ou acesso a informações, sobre práticas que descreve como altamente irregulares, se não ilegais. Até agora sua fonte permanece anônima, embora não ache que irá continuar assim por muito tempo. As alegações de irregularidade se relacionam especificamente com o *marketing* do Skwench!. Ele descreve comportamentos bizarros de alguns consumidores, e especula sobre a origem de tais comportamentos. Há falatório sobre propaganda subliminar, embora não existam até agora provas que corroborem tal suspeita...

Connor tirou os óculos.

— Falatório — disse ele —, rumores, especulações. Essa, acredito, deve ser nossa primeira linha de defesa...

— Mas é tudo verdade — explodiu Debbie —, você acabou de admitir.

— Verdade não é o assunto em pauta aqui.

Jimmy notou uma aspereza na voz de Connor que nunca tinha ouvido antes. Debbie parecia ter sido mergulhada em nitrogênio líquido, se se encostasse um dedo nela, ela se partiria em milhões de fragmentos.

Sentindo pena dela, Jimmy invadiu o silêncio que reinava na sala.

— De qualquer forma — disse —, se esse artigo for publicado, a repercussão pode ser desastrosa...

Connor fechou os óculos, cada clique das hastes de ouro contra as lentes perfeitamente audíveis, como ramos estalando num bosque no inverno.

— É óbvio que este jornalista, quem quer que seja, deve ser desencorajado. O artigo não pode ser escrito.

— E quanto à fonte? — perguntou Jimmy.

— Quéops — respondeu Connor.

Jimmy olhou para ele.

— Como assim?

Connor se ajeitou na cadeira.

— Vocês conhecem a história das pirâmides em Gizé? Assim que elas ficavam prontas, o faraó mandava matar todos os escravos envolvidos na construção. Desse modo, o projeto permaneceria em segredo. — Connor sorriu fracamente. — Vamos dizer que mandei tomar providências equivalentes. Falando de forma figurada, claro.

Lambert, pensou Jimmy.

— Mas em apoio a qualquer medida que eu tenha tomado — Connor prosseguiu — espero um esforço do Departamento de Comunicação, desviando qualquer ataque da imprensa, mantendo a publicidade negativa ao mínimo. — Seu olhar recaiu em Neil e Debbie. — Sei que posso confiar nos dois para fazer um trabalho eficiente. — Fez uma pausa. — Pode ser uma semana atribulada.

Debbie murmurou algo, mas Connor a ignorou.

— Bowes, você ainda não disse uma palavra.

Um novo silêncio se iniciou; sucessivos momentos de embaraço que se acumularam rapidamente até formarem uma situação bizarra.

— Bowes? — disse Connor.

Afinal, Neil pigarreou.

— Há um antigo provérbio chinês: "O homem sábio deixa que os outros falem por ele."

Connor olhou fixamente para Neil por alguns segundos até que seus ombros começaram a sacudir.

— Isso é bom, Bowes. Muito bom. O homem sábio... — Connor gargalhava.

A reunião desembocou numa atmosfera surrealista de bom humor. Até Debbie riu do provérbio.

Jimmy acompanhou Debbie e Neil através da sala de reunião até a porta, depois parou permitindo que todos saíssem à sua frente. Voltou assim que desapareceram na virada do corredor. Connor estava escrevendo num pequeno *notebook* preto.

— O que você realmente sabe sobre a fonte? — perguntou Jimmy.

Connor olhou ao redor.

— Quase nada — disse. — Acredita-se que seja alguém que passou pelo programa.

— Então, perceberam o que acontecia, de alguma forma?

— Aparentemente, sim.

Jimmy passou o resto da manhã trabalhando, mas não conseguia se concentrar. Os documentos com os quais estava lidando pareciam artificiais, ocos. As linhas escritas eram apenas formas numa página, não faziam sentido. Toda vez que levantava os olhos da mesa, tudo ao seu redor parecia excepcionalmente luminoso e quieto.

Na hora do almoço, encontrou Neil esperando o elevador.

— O provérbio — disse Jimmy.

— Eu inventei. — Neil olhou para baixo. — Mas parece que funcionou, não? Um pouco incômodo aquilo.

As portas se abriram e Jimmy seguiu Neil para dentro do elevador. Assim que as portas se fecharam, Neil se virou e o encarou.

— Qual foi sua parte nisso, Jimmy?

— Foi minha idéia.
A distância entre os traços de Neil pareceu aumentar.
— Foi só uma idéia — disse Jimmy —, quer dizer, eu nunca pensei realmente... — Ele deixou a frase incompleta, sem saber como iria terminar.
— O que vai acontecer? — perguntou Neil.
Jimmy franziu a testa.
— Difícil dizer. Imagino que ele já tenha passado por situações como essa antes.
— É — disse Neil —, imagino que sim.

Naquela noite, Jimmy acordou de repente, as cobertas jogadas para o lado, o suor já frio em seu peito. Um sonho voltou à sua mente em forma integral. Ele jantava com Margaret Thatcher. Outras pessoas estavam presentes, talvez uma dúzia delas, os homens em traje de noite, as mulheres usando jóias. Na mesa de jantar, candelabros de prata, arranjos de flores, bandejas de frutas. Estava sentado à direita de Thatcher e por boa parte da noite ela conversou com ele, conversou como se o conhecesse bem, como se fossem bons amigos. Ainda podia vê-la se inclinando em sua direção enquanto falava, uma das mãos em seu pulso para dar ênfase. Aquele cabelo, aquele nariz. Aquela voz.
Thatcher.
Não conseguia lembrar-se do que ela dizia, só sabia que estava lhe fazendo confidências, e que a conversa estava cheia tanto de detalhes íntimos da vida dela quanto de nomes de grandes líderes mundiais. Tinha de admitir que, mesmo contra a sua vontade, estava lisonjeado com as atenções dela, como que enfeitiçado. Houve até um momento em que pensou: *ela deveria estar me dizendo tudo isto?*
Depois do jantar, se viu em pé na biblioteca. Poltronas *berger*,

painéis de madeira. Livros envoltos em couro, marrom, vermelho e dourado. A princípio achou que estava sozinho. Mas então percebeu alguém mais na sala com ele. Virou-se e viu Thatcher sentada frente a uma lareira com lenha crepitando. Parecia estar adormecida, as mãos sobre o colo, a boca levemente entreaberta. Ele se aproximou, chamou por ela. Não teve resposta. Tocou seu ombro. Ela não acordou. Ele a sacudiu gentilmente e a cabeça dela despencou até que o queixo se apoiou na clavícula. Então compreendeu. Ela não estava dormindo. Estava morta.

Ele foi até a janela da biblioteca, que era alta e não tinha cortinas. Lá fora, o chão desaparecia à sua frente. Podia ver as luzes da cidade bem abaixo dele, e além das luzes, uma área de escuridão que sabia ser o mar. Era tarde. Uma da madrugada, talvez duas. Parou na janela da biblioteca e olhou a cidade lá fora. Thatcher está morta e eu sou a única pessoa que sabe.

Repousando a cabeça num dos braços, ele ficou na cama, impressionado com a riqueza de detalhes do sonho, sua precisão incomum. Então fechou os olhos, virou-se e voltou a dormir.

Às sete e meia acordou de novo. Vestiu-se rapidamente e tomou café preto em pé na cozinha. Lá fora, o sol estava velado por uma fina nuvem branca. Em breve, iria se incinerar.

Comprou um jornal no caminho do metrô. Aparentemente, Thatcher não tinha morrido durante a noite. Na verdade, não havia qualquer menção a ela na primeira página. Mesmo assim, nas horas seguintes, sentiu-se como se tivesse sido capturado em eventos extraordinários, como se tivesse de alguma forma esbarrado na História.

Na noite de quarta-feira, às nove horas, ele estacionou seu carro em Bridle Lane e de lá andou rumo ao norte, na direção de Marshall Street. Quando chegou na piscina, Karen Paley estava encostada na parede do lado de fora, uma saia larga e curta expondo as pernas nuas, o cabelo já enxugado.

— Então você recebeu a mensagem — disse ela.

Ele sorriu.

Na terça-feira, Bob tinha ligado da portaria. Um pacote tinha sido entregue para ele por portador. As coisas andavam tão tensas aquela semana que Jimmy encarou essa entrega inesperada com desconfiança. Seria alguma mensagem do tal jornalista? Dentro do pacote, ele encontrou um par de óculos de natação, e só. O que significava? Um exame detalhado dos óculos revelou uma mensagem escrita na tira de borracha que se prende atrás da cabeça: MARSHALL STREET. AMANHÃ. 21H.

Beijou Karen de leve no rosto, pensando em como era estranho que mesmo o mais leve cheiro de cloro tenha se tornado tão erótico para ele.

— Me desculpe por sábado — disse. — Não havia nada que pudesse fazer.

— Tudo bem. Uma mulher me passou o recado.

Andaram lentamente na direção do carro. Mais uma noite quente, a temperatura passava bastante dos vinte graus mesmo depois de escurecer. As pessoas estariam comendo no quintal e dormindo cobertas só com um lençol. E, em algum lugar da cidade, Lambert estava matando escravos. Falando de forma figurada, claro.

— Como foi naquele dia? — perguntou.

— Tirei em segundo.

— Em cinqüenta? Está ótimo, não?

Ela suspirou.

— Existe uma figura que costumamos fazer, chamada o Cavaleiro. Eu nunca consigo acertar com ela.

— O que tem de tão difícil nela?

Ela começou a explicar e então se interrompeu com um sorriso.

— Quase tudo — disse.

Ele não sabia o que ela pretendia naquele encontro, que, aliás, tinha sido idéia dela desta vez. Não sabia o que ele pretendia também. Lembrou-se de uma coisa que Simone comentou quando tinha dito que ia se encontrar com uma praticante de nado sincronizado. *Bem, ela deve conhecer umas posições muito interessantes.* Sorriu para si mesmo. Depois do que tinha passado nos últimos dias, só sair já era um prazer.

— Eu não sou exatamente o seu tipo de garota, sou? — disse Karen de repente.

— Não é? — Ainda sorrindo, ele se virou para ela.

— Você só me viu duas vezes — disse ela —, e só por alguns minutos. Você pode estar enganado.

Pela primeira vez, notou o perfil dela, como o lábio superior se curvava para cima, quase fazendo uma volta, o que a fazia parecer ao mesmo tempo confiável e provocante. Teve vontade de beijá-la.

— Você nem sabe como eu sou. Pode se desapontar. — Ela fez uma pausa. — Você pode me achar uma chata.

— Por que eu acharia isso?

— Eu não bebo, não fumo, não circulo à noite...

— Nem pode — disse ele —, fazendo esse treinamento todo.

— Tem mais uma coisa.

— O quê?

— Bem — ela hesitou —, eu sou casada.
Por um instante, Jimmy achou que tinha entendido mal.
— Você é *casada*? Achei que você tinha dito que não estava com ninguém.
— Não, foi você quem disse isso. Eu falei que achava que sim. — Karen olhava para a calçada enquanto andava. — Meu marido, ele está sempre viajando. Sempre fora do país. Acho que foi isso que eu quis dizer. — Fez uma pausa e aí disse: — Ele trabalha com segurança.

Chegaram ao carro, estacionado à sombra, junto de uma parede. Jimmy se virou para encarar Karen. Por trás dela estavam três altas latas de lixo de aço e pilhas de caixas de papelão cheias de plástico para embalar, aquele com bolinhas, e fantasmagóricos blocos de isopor.

— Em que você está pensando? — perguntou ela.

Estava pensando na incerteza e apreensão em que tinha vivido nos últimos dias. Estava pensando que qualquer dificuldade que ela pudesse colocar em seu caminho não poderia de forma alguma se comparar ao que poderia em breve enfrentar no trabalho. Uma sensação de destemor o invadiu e ele pôs os braços ao redor da cintura dela e a puxou. Ela não resistiu. Podia sentir através da camisa as finas colunas de músculos que habitavam o meio das costas dela. Seu primeiro beijo deve ter se estendido por minutos, nos quais eles não se moveram de onde estavam. Um cheiro vinha de um estúdio fotográfico próximo; o rugido oco do sistemas de ventilação acima de suas cabeças. Ele se ajoelhou à frente dela e beijou a pele, onde começava a ficar mais grossa, logo acima dos joelhos, e foi subindo pelo interior das coxas.

Em algum momento, ele olhou para cima. Ela estava encostada no carro, as mãos sobre o capô, a cabeça jogada para trás. De onde estava, de baixo, só conseguia ver sua garganta, a curva de seu queixo, e aí o céu acima dela, sem nuvens, quase negro. Encostou o rosto nela e inalou.

Não muito tempo depois ela tocou seu ombro, e a pressão o fez parar o que estava fazendo e olhar para cima de novo. Ela olhava para além dele, para o fim do beco. Dois homens estavam parados sobre as pedras da rua, a menos de vinte metros de distância. Um deles fumava. Lentamente, Jimmy ficou de pé. Levou Karen pela mão até o lado do banco de passageiros e abriu a porta do carro para ela. Em seguida, tentando não se apressar, rodeou o carro de volta. Os homens pareciam mais próximos, embora não estivessem se movendo. Só estavam ali parados. Olhando.

No carro, pôs a chave na ignição e virou. O motor reagiu mas não engrenou.

— Tudo bem — ele murmurou —, nunca funciona da primeira vez.

Na quarta tentativa, o carro pegou. Ligou os faróis esperando ver os dois homens à sua frente, iluminados, mas eles tinham desaparecido. Olhou por cima do ombro. Não estavam à vista em lugar algum. Perplexo, passou rapidamente sobre as pedras e depois pegou a direita, entrando em Brewer Street. Luzes de néon invadiram o interior do carro.

— Aonde eles foram? — perguntou.

— Não sei.

Num sinal fechado ele se virou e olhou para ela.

— Você estava tão calma — disse.

— E você... — Ela pegou sua mão esquerda e a guiou para o meio de suas pernas. Mas o sinal mudou, e ele teve de recolher a mão, passar a marcha. Estavam indo para o sul, na direção de Regent Street.

— Vamos para minha casa — disse ela.
Olhou para ela de novo:
— E seu marido?
— Ele está no Japão hoje.
— E amanhã?
— Coréia do Sul. — respondeu ela. — Seul.

Bem dentro do túnel sob Hyde Park Corner, as luzes brancas ao longo das paredes ladrilhadas pareciam aquelas linhas pontilhadas nas quais se assine em formulários, concordando com tudo escrito acima. Uma curva para a direita, uma curva para a esquerda, e aí a subida para Knightsbrigde, que sempre parecia sombria depois da luminosidade lá embaixo. Desde Haymarket, ela requisitara sua mão esquerda sob a saia e até agora tinham tido sorte com os sinais, verde o tempo todo. Enquanto passavam pelo Sheraton Tower, ela se apertou contra os dedos dele, a cabeça jogada para trás, os olhos fechados. E vinha dando instruções a ele o tempo todo: "Vire à esquerda aqui, continue nesse caminho, siga em frente agora..."

Passaram por uma churrascaria; assentos de plástico vermelho, o brilho gorduroso da carne. Estavam em Kensington agora, embora não soubesse dizer exatamente onde. Ele gostou da sensação de desligamento; sem pensar, só dirigindo e obedecendo as instruções. Quase esqueceu que estavam indo a algum lugar e que, cedo ou tarde, chegariam lá. Ou se não esqueceu, isso começou a parecer irrelevante. Um leve desapontamento, como uma espécie de nostalgia, o invadiu quando ela o tocou suavemente no braço e disse que tinham chegado.

Estacionou do lado esquerdo de uma rua estreita e comprida. A residência dela ficava numa fileira de casas altas, todas construídas com os mesmos tijolos bege, as portas de entrada ladeadas por pilares de mármore rosa-escuro. Ele a seguiu escada acima, com os olhos na altura da barra da saia, que balançava batendo contra a parte de trás de suas coxas. Ela abriu três fechaduras e eles entraram.

Uma vez dentro do apartamento, não conseguiu ouvir mais os próprios passos. O carpete era espesso o bastante para silenciar qualquer movimento. Era como andar na neve. Andaram por um corredor escuro até os fundos da casa. Na cozinha, ela acendeu uma luz e abriu a geladeira. Serviu uma taça de vinho branco gelado para ele e para ela mesma um copo de água gasosa, depois o levou para a sala de estar. Deitaram-se no sofá com as luzes apagadas e a TV ligada. Um canal de TV a cabo qualquer. Ele olhou as imagens piscando na pele dela, um jogo de luzes e sombras febril, quase tribal...

Um pouco depois ele pensou ter ouvido um carro parando na frente da casa. Mas com a TV ligada não podia ter certeza. Uma chave podia girar na porta da frente, e aí aquele tapete, espesso como a neve. O marido dela poderia entrar na sala sem que notassem. E ainda assim...

Japão, disse para si mesmo. Coréia.

Mais tarde, ela perguntou se ele estava com sede.

— Estou — respondeu.

Ela levantou do sofá e andou nua pela sala, sua espinha empinada sob a meia-luz, num movimento sutil que por um momento o lembrou da cauda de uma pipa.

Voltou trazendo um copo alto que entregou a ele.

— O que é? — perguntou.

Ela sorriu.

— Adivinha — disse ela, encaixando o corpo no dele, a pele fria da caminhada até a cozinha.

Levou o copo até os lábios e provou. Skwench!

— Não é ruim — disse ela. — Eu tenho comprado.

Em algum momento no meio da noite, ele se debruçou sobre ela e a viu olhando fixamente a escuridão. O branco de seus olhos tinha um leve tom de mármore, como a superfície da lua. Mal ouvia o ruído de sua respiração; delicado como vento na grama, não parecia a maré de fluxo e refluxo de alguém dormindo.

— Não é você, é?

Ela o olhou sem se mover.

Ele falou de novo.

— É você a pessoa que vai informar aos jornais?

— Como assim? — perguntou.

Procurou no rosto dela sinais de que estava mentindo, mas ela só parecia confusa, uma confusão que não soava falsa. Não era ela. Não podia ser. O copo de Skwench! que ela ofereceu era só um copo de Skwench!.

— O que é? — sussurrou ela. — Do que você está falando?

Ele se deitou, encaixando a cabeça numa depressão no travesseiro. Acima dele, a escuridão vibrava.

— Jimmy, você está me assustando.

— Tudo bem — disse ele —, não é nada. Volte a dormir.

De manhã, enquanto se vestia, ela disse de repente:

— Você me acordou de noite, lembra?

Ele a olhou pelo espelho do banheiro. Estava parada atrás dele, no meio do quarto, o rosto tenso com a lembrança.

— Você me fez aquelas perguntas.

— Eu fiz?

— Sim. Você me perguntou se eu ia informar aos jornais.

— Os jornais?

— Acho que sim. — Ela foi até a cômoda e abriu uma

gaveta. — Foi estranho. Como se você pensasse que eu ia vender a eles uma informação ou algo assim. Parecia realmente preocupado...

Ainda olhando para ela pelo espelho, Jimmy balançou a cabeça.

— Eu devia estar sonhando — disse.

QUATRO

LISTAS E CAIXAS

Glade dormiu mal nas semanas que se seguiram à sua volta de Nova Orleans. Algumas noites, entre duas e três da manhã, ela ouvia o telefone tocando no corredor que dava para seu quarto. Sabia quem era. Podia imaginá-lo em seu apartamento em Miami, blocos brilhantes de sol de fim de tarde amontoados contra a parede, o oceano na janela, verde metálico, tropical. Estaria sentado com uma perna largada displicentemente sobre o braço da poltrona, um baseado queimando entre os dedos. Se afrouxasse sua gravata listrada, e então abrisse os três botões de cima da camisa e ali enfiasse a mão, sentiria o suor na superfície de sua pele, um suor leve e limpo, puro como água...

No começo, achou quase impossível não atender; e ele deixou o telefone tocar por muito tempo, suspeitando, com razão, que ela estava lá. Ficava deitada na cama com os olhos muito abertos, escutando. Algumas noites ela contava o número de toques e se surpreendia com a paciência dele, uma persistência que não teria imaginado. Outras noites ela fingia que era apenas mais um som, e que não teria mais importância do que uma série de trovoadas ou um alarme de carro. Depois de uma semana, não atender se tornou um hábito. No final, ela desligava o telefone antes de deitar. Mesmo assim, de alguma forma, podia senti-lo tentando entrar em contato. E sabia o que diria se o deixasse falar com ela. Diria que ela era esquisita, mudando o vôo daquele jeito, escondida, escapulindo do hotel de madrugada. E depois não atendendo o telefone, não se *comunicando*. "Meu Deus, Glade, o que está acontecendo? Você está tendo algum tipo de colapso? Está em depressão?" E começaria a falar em psiquiatra, coisa de que ela não gostava. Então, qual era o sentido disso? Sentia falta dele, claro; todo o íntimo dela estava oco com a certeza de que não o veria mais. Mas precisava se apegar a alguma iniciativa que viesse dela mesma, aquele sentimento que a dominava em Nova Orleans às cinco e meia da manhã. *Aeroporto, por favor.*

Sim, ela estava certa em ignorar as ligações de Tom. Se cometera um erro, foi contar tudo para Sally. Elas estavam sentadas na cozinha tarde da noite, a janela era um espelho negro revelando uma segunda versão do cômodo, mais melancólica e etérea. Sally estava reclamando que acordava com o telefone tocando, e Glade achou que devia uma explicação a sua companheira de apartamento. Começou a contar sobre a festa na casa em Chestnut Street, e o que aconteceu depois, no carro... Sally não conseguia acreditar no que estava ouvindo. Disse que se algo assim tivesse acontecido com ela, teria chamado a polícia. Teria até aberto um processo. Embora estivesse se sentindo incomodada, Glade continuou a história, terminando com a conversa que tinha acontecido no casamento, sob o cedro. Depois, Sally ficou em silêncio por um tempo, aí suspirou e acendeu um cigarro.

— Bem, eu sempre disse que você devia dispensar ele.

Glade balançou a cabeça.

— Não tenho certeza.
— Depois do que ele fez?
— Não é isso, não tenho certeza de que o dispensei — disse Glade. — Talvez ele tenha me dispensado. — A palavra pareceu estranha em sua boca, como se saída de uma língua diferente. Mas usara as próprias palavras, pensou. Não as de outras pessoas.
— Isso faz diferença? — dizia-lhe Sally. — Contanto que você se livre dele. Pelo amor de Deus, o cara é um animal. — Fez uma pausa, tragou, bateu a cinza num pires. Aí disse outra vez: — Ele é um animal.
— Não sei — disse Glade lentamente. — E se eu o amar?
Estava pensando na primeira noite, quando saíram do bar em Decatur Street e passaram no hotel para pegar o carro. Enquanto estavam no quarto, ela se lembrou do quadro que tinha trazido. Segurou-o à sua frente e disse simplesmente: "É um presente." A princípio, ele pareceu perplexo em ganhar alguma coisa, mas abriu o embrulho e levou o quadro até o abajur alto que ficava perto da janela. Ele olhou para ela, a boca sorridente, com os olhos e sobrancelhas intrigados. Então olhou o quadro novamente. Ele não o entendeu, mas queria entendê-lo.
— O que é? — perguntou afinal.
Ela foi em sua direção.
— O que você acha que é?
— Não sei. — Ele inclinou o quadro para um lado e depois para o outro. — Uma pirâmide?
Ela sorriu.
— Lembra da montanha sobre a qual eu falei?
— É esta?
— Sim — disse ela, juntando-se a ele na janela. Era estra-

nho como as cores pareciam luminosas em Londres e como, de repente, tinham ficado escuras em Nova Orleans. — Você gostou?

— Gostei sim, eu gostei. — Ele hesitou. — Você lhe deu um nome?

— Está atrás.

Ele virou o quadro. "*Paddington*." Concordou com a cabeça para si mesmo e se virou incerto na direção dela, os cabelos louros em seu braço criminosamente belos na luz do abajur.

— Eles tiraram a montanha de lá, certo?

Quando tentava decidir se amava Tom ou não, esse era um dos momentos dos quais sempre se lembrava.

Sally apagou o cigarro.

— Bem, eu o teria dispensado se fosse você. — Ela bocejou e ficou em pé. — Vou para a cama.

Depois que Sally saiu, Glade sentou junto à mesa, desejando não ter falado nada. Ouviu as torneiras jorrando, a descarga correndo, a porta do quarto de Sally fechando.

Sentiu-se estúpida, tão estúpida.

Naquela noite, sonhou que a montanha tinha voltado, e acordou na manhã seguinte com uma leveza dentro dela, acreditando por alguns momentos que era verdade. A montanha não estava lá, disse para si mesma enquanto se vestia para trabalhar. Você apenas sonhou, só isso. No entanto, seu coração estava subindo contra suas costelas em antecipação. Ela tinha de verificar.

No caminho para Paddington, tentou não pensar em nada. Em vez disso, concentrou-se no ar em seus pulmões, no sol em seu rosto, nas pedras do pavimento sob seus pés. Ao atravessar Portobello Road, viu um homem fazendo malabarismo com abacates. Ele piscou para ela. Prosseguiu por ruas que recendiam a fumaça de exaustor, a flores e, só uma única vez, e deliciosamente, a torradas.

Quando espiou pela cerca de ferro, a montanha não estava lá, claro, só o chão sobre o qual ela havia, no passado, se erguido. E naquele chão, nenhuma sombra, nenhum círculo encantado de terra escura, nem sequer um vestígio de sua existência. Sentiu dentro de si algo escorregar, desistir. Por que tinha vindo? Tudo que conseguira era provar que perdera algo que amava; lembrar-se de uma falta, de uma ausência. Ouviu a própria voz, fraca mas desafiadora, num jardim a milhares de quilômetros de distância. *Você acha que a gente deveria esquecer tudo de vez?* De pé no estreito trecho de calçada, mãos agarrando a borda da cerca, sua boca começou a tremer. *Tudo bem. Não vou criar caso.* Então vieram as lágrimas. Achou que nunca tinha chorado com tanta força, sons arrancados de dentro dela, todo o corpo em convulsão. Ela se agachou, as costas escoradas na cerca de ferro, a testa repousando nos joelhos dobrados. Carros passavam correndo pela curva à sua frente.

Quando finalmente o choro acabou e levantou a cabeça, percebeu que a luz tinha mudado. Não fazia idéia de quanto tempo ficara sentada ali. Vinte minutos? Uma hora? Levantou-se trêmula. Limpou os olhos, as faces. Achou que estava atrasada para o trabalho. Pensou em como deveria estar seu rosto, a pele inchada, os olhos avermelhados. O que iria dizer no restaurante?

Naquele momento, uma van acelerou na virada da curva, os faróis piscando enquanto vinham em sua direção. O homem atrás do volante mostrou a língua, só a ponta, que ela viu num relance para fora e para dentro por entre os lábios dele. Tinha uma pele que parecia pálida e úmida, como cogumelos depois de pelados.

    Ficou olhando a van sumir, então se virou e andou na direção contrária. Nos minutos seguintes, andou mais rápido do que o habitual, passando o depósito de madeira, a ponte, e entrando na estação, pela porta dos fundos. E foi só aí, quando já estava sobre o teto alto e curvo, entre pessoas apressadas e o estranho cheiro de queimado dos trens, que diminuiu o ritmo.

A tristeza que a inundou naquela manhã permaneceu com ela. No trabalho, fingiu estar com febre, tomando até remédio para dar autenticidade à sua história. Mas, quando estava só, chorava tanto que seus olhos inchavam e ficava com gosto de sangue na garganta. Às vezes, nos dias bons, ela pintava quadros da montanha. Cada um dos quadros era iluminado por um fogoso brilho alaranjado. Não estava certa de que fizera um grande progresso — a paisagem agora parecia apocalíptica, o trem ao fundo rumava para algum terrível destino —, mas não parecia ter qualquer escolha no assunto. Então, lá pelo fins de maio, Charlie Moore mandou um cartão-postal. Queria que ela o visitasse no fim de semana seguinte. Glade não podia imaginar nada que a fizesse se sentir melhor. Era a demonstração de uma verdadeira amizade, pensou. Charlie sabia perfeitamente do que ela precisava sem sequer perceber.

    Chegou o sábado. Pouco depois das duas e meia da tarde. O ônibus roncou e vacilou pelas ruas estreitas e angulosas de Camberwell. Lá fora, o calor sufocava, o céu de um cinza estranhamente ofuscante. Tudo que ela podia ver parecia empoeirado, os prédios, os carros, até a grama. Londres podia ficar assim no verão, como se precisasse ser espanada com uma flanela. Imaginou por um instante que o mundo era do tamanho de uma bola de tênis e ficava guardado numa prateleira de cima no *trailer* do seu pai.

    Da parada de ônibus na estrada ela precisava andar uma distância de pouco mais de um quilômetro para chegar até a casa invadida onde Charlie morava. Uma mulher gritou de trás de uma cerca, um garoto circulava na rua de bicicleta. A tranqüilidade dos subúrbios. Parou numa ponte e, debruçada no parapeito, olhou os trilhos de trem lá embaixo. Uma polida listra prateada no meio de cada trilho, o marrom-escuro da ferrugem em cada um dos lados. Tufos de urtiga cobriam o barranco ao longo da linha, e, mais adiante, uma planta florida crescia alta se encostando numa cerca recém-pintada. Imaginou se estava esperando para ver um trem. Mas ficou ali por quinze ou vinte minutos, o sol batendo através da alta capa de nuvens, e nenhum trem passou. Talvez a linha estivesse desativada. Havia tantas assim na Inglaterra. E subitamente percebeu que esta era uma sensação que ela gostaria de passar aos filhos, se algum dia tivesse algum, a sensação de estar parada numa ponte em algum lugar, o sol aquecendo a cabeça e os ombros, o cheiro das flores, o cheiro do mato também, e quase nada se movendo. A sensação de se estar inteiramente no presente, nenhuma lembrança a que se apegar, nenhum objetivo a se alcançar. Uma sensação de alívio, uma espécie de dádiva. Essa sensação mais do que qualquer outra.

Ao chegar à casa encontrou a porta da frente aberta. Do topo da escada, podia ver através da casa até o jardim dos fundos, um retângulo iluminado pelo sol na extremidade de um corredor longo e escuro. Quatro ou cinco pessoas sem camisa se espalhavam no gramado, os corpos brancos, quase fantasmagóricos. Ela reconheceu Paul, que já tinha sido um *skinhead* em Newcastle, mas não sabia quem eram os outros. E Charlie não estava entre eles. Achou que deveria estar lá em cima. Ele tinha dois quartos no quarto andar, embaixo do telhado. Ela subiu devagar, uma das mãos deslizando pelo corrimão de madeira curvo e frio. Podia sentir o cheiro de gesso e umidade, um cheiro que não tinha mudado em um ano, desde que tinha estado ali pela última vez.

Abriu a porta da sala de estar de Charlie e entrou. Ele estava sentado numa poltrona junto à janela, lendo um livro. Usava uma camisa sem colarinho com as mangas enroladas até os cotovelos.

— Glade. — Ele fechou o livro e se levantou. — Como você deve ter percebido, nós fomos invadidos. Tenho preferido ficar aqui dentro. — E riu aquele seu riso peculiar, sem mexer os lábios.

Enquanto ele estava lá embaixo fazendo chá, Glade examinou a sala. As paredes azul-claras eram tão rachadas em certos lugares que a lembravam de louça que tinha se espatifado e depois remendada com cola. O assoalho tinha a cor cinza desbotada de madeira jogada numa praia depois de muito tempo flutuando no mar. Um espelho oval ficava pendurado numa corrente sobre a lareira, e abaixo dele, sobre a cornija, estavam um convite para uma reunião na Real Sociedade Geográfica e um par de candelabros de vidro verde que tinham sido da avó de Charlie. Na parede do outro lado, sobre sua mesa de trabalho, havia uma grande foto em preto-e-branco de um famoso filósofo austríaco. Glade pôs a bolsa no chão e se instalou na cama dobrável que servia de sofá. Lá fora, no jardim, ela ouviu risadas. Imaginou que estavam doidões. Era o que geralmente acontecia quando se sentavam no jardim num dia bonito.

Charlie voltou com um bule de chá, biscoitos e uma lata de cerveja. Sentado de volta na poltrona, perguntou como tinham ido as coisas nos Estados Unidos.

— Não muito bem — disse ela.

— Tom?

Ela fez que sim com a cabeça.

— Tudo bem — disse Charlie —, você não precisa falar se não quiser.

Então ela falou sobre o casamento, o homem de terno de linho, o perfume cremoso das gardênias. Aí, subitamente, desabafou.

— Eu não paro de me sentir estranha — disse ela.

O rosto de Charlie não se alterou.

— Estranha como?

Contou que estava no avião e pediu uma bebida que, acabou percebendo, não conhecia; e que mais tarde no mesmo dia, uma coisa parecida tinha acontecido na casa em Chestnut Street. Tinha a impressão de que sabia tudo sobre uma coisa que ela nem sequer conhecia, se é que isso fazia sentido. Ela o encarou. Ele tinha abaixado os olhos e estava concordando com a cabeça. Contou que às vezes via tudo laranja. Não era uma sensação. Ela realmente *via*; *embora soubesse que não era real*. Contou que tinha mencionado isso para Tom e ele sugeriu que ela procurasse um psiquiatra.

— Você acha que tudo faz parte de uma mesma coisa? — perguntou Charlie.

— É o que eu sinto.

— E você não consegue controlar?

Ela fez que não.

— Você contou para alguém? Além de Tom, quero dizer.
— Não. Para quem eu contaria?
Ele olhou para sua lata de cerveja por um instante e depois a levou aos lábios e bebeu.
— Charlie, você acha que tem algo errado comigo? — Fez uma pausa. — Eu acho que deve ter algo errado comigo.
Ficou apavorada em pensar que poderia ter feito uma pergunta que ele não sabia como responder. Esperou um pouco, tomando consciência do coração batendo, de como ele fazia tremer seu corpo inteiro; então, em voz baixa, cautelosamente falou.
— Eu comecei a fazer listas.
— Listas? — perguntou ele.
Ela virou para o lado, abaixou pegando a bolsa e puxou uma caderneta preta com espiral vermelho-escuro. Era uma espécie de diário, disse, de todas as coisas laranja que ela via. Fez com que ele lesse a primeira página. Só conseguia lembrar-se de dois dos itens: *embalagem de doce, em Heathrow;* e *gravata masculina, em Piccadilly.*
— É como registrar um dia normal — disse Charlie ao chegar ao fim da página —, só que você está fazendo isso com a cor laranja.
— Eu sei. — Glade abraçou os joelhos como se estivesse com frio. — Então você não acha que estou maluca? — Não deu tempo para Charlie responder, ainda com muito medo do que ele poderia dizer. — Tom acharia se visse isso.
— Tom — resmungou Charlie, antes de voltar a ler a caderneta.
Enquanto Charlie lia, Glade se debruçou no parapeito da janela. Percebeu que nunca poderia contar a ele o que aconteceu no carro em Nova Orleans. Soube pelo jeito com que

ele disse *Tom* — a voz impaciente, mesclada de desprezo. Algumas vezes as pessoas precisavam ser protegidas de certas informações.

Quando Charlie acabou, fechou a caderneta e se levantou. Ela ficou esperando que ele desse uma opinião. Mas o que fez foi pegar a carteira.

— Temos que fazer compras — disse —, daqui a pouco as lojas vão fechar. Não esqueça — riu — que estamos em Penge.

Lá fora ainda estava claro, embora as cores das sombras tivessem se diluído, o preto do meio-dia virando um tom de azul-escuro. Muitas das casas estavam com as janelas abertas. Seria uma noite quente. Passaram por uma garota de camiseta rosa que se balançava para trás e para a frente no portão do seu jardim.

— Vocês são *ravers*?!? — perguntou ela enquanto eles passavam.

— É isso aí — riu Charlie. — E você?

A garota largou o portão e se escondeu atrás de uma cerca.

Quando voltaram para casa, encontraram-na vazia. Sentaram na cozinha meio abandonada, de pé-direito alto, e beberam cerveja enquanto pedaços da lingüiça que tinham comprado pulavam e chiavam na chapa. Alguém tinha pintado uma grande vaca na parece, e riscado uma linha vermelha no meio dela.

— Paul desistiu dos laticínios — disse Charlie.

Ele serviu a lingüiça, acompanhada de purê de batatas e repolho roxo, em pratos de louça. Comeram no jardim à luz de velas. Após terminar, Charlie abriu sua latinha de Old

Holborn e enrolou um cigarro. Glade deitou na grama. O céu parecia perto, ao alcance do toque, mas sabia que se estendesse a mão não haveria nada lá.

— Sabe aquela caderneta que você leu?

Charlie olhou para ela.

— Bem — disse ela —, tem mais coisa além disso.

Em seu quarto, ela tinha uma caixa de papelão marcada LARANJA (MAIO). Sempre que saía de casa, levava uma pequena bolsa plástica. Se encontrasse alguma coisa laranja — um papel de bala, um pedaço de plástico — guardava na bolsa. De volta à casa, ela transferia o que tinha encontrado para a caixa. Era um processo contínuo. Maio ia acabar logo. Em alguns dias começaria sua coleção LARANJA (JUNHO).

Agora, Charlie a observava cuidadosamente.

— Tudo isso é coisa nova — disse ela. — Começou há algumas semanas. — Fez uma pausa, puxando uma folha da grama. — E é claro que os cartazes não ajudam.

— Que cartazes?

— É claro que você já deve ter visto, estão por toda a parte.

Primeiro apareceram os cartazes com pontos de exclamação laranja. Aí, uma ou duas semanas depois, mudaram. De repente traziam escrito NCH!. Em grandes letras maiúsculas num tom de laranja intenso. Só NCH!. Não fazia sentido. Finalmente, quando ela voltou de Nova Orleans, revelavam a palavra inteira: SKWENCH!. "Ele não tinha visto?" Charlie concordou. "Sim, tinha visto." "E ele deve ter visto as latas de Skwench! em todas as lojas", prosseguiu ela. Brilhantes latas laranja, era impossível não notar; ou, ao menos, ela não conseguia. A palavra Skwench!, a obsessão com a cor laranja... Sentia o tempo todo que as duas coisas estavam ligadas, mas não teve certeza até que o refrigerante apareceu, até realmente *ouvir* falar dele. No entanto, agora que estava certa, começou a ser assombrada por novas dúvidas. Às vezes parecia que sabia menos agora do que antes.

— Eu tenho essa necessidade — disse ela. — Ainda agora, na loja, eu quase comprei uma lata. Você reparou?

Charlie negou com a cabeça.

— Bem, é verdade. E eu nem mesmo gosto. — Ficou olhando a grama, que era verde, verde, verde. — Nem mesmo gosto — repetiu.

Charlie se deitou, uma mão atrás da cabeça, a outra segurando o cigarro na boca. Suas bochechas ficaram côncavas quando tragou. Soprou a fumaça na vertical, para o céu que ia aos poucos escurecendo.

— Então você acha que existe definitivamente uma conexão? — perguntou, afinal.

— Acho que sim — disse ela, dando de ombros. — Não tenho certeza.

— E se eu investigasse para você...

Olhou para ele esperançosa, sem saber exatamente que tipo de esperança poderia ter. Qualquer coisa que pelo menos tirasse um pouco desse peso de cima dela. Ainda que temporariamente.

— Olha só — disse Charlie —, eu conheço um cara que é jornalista. Podia pedir para ele dar uma olhada nisso. — Tragou de novo mas seu cigarro tinha apagado. — Eu repito para ele exatamente o que você me disse e vejo o que ele acha. Provavelmente vai querer falar com você pessoalmente. — Charlie pôs o cigarro sobre a tampa da lata de fumo. — Nesse meio tempo, não fale para ninguém sobre nada disso.

Charlie ficava desse jeito de vez em quando, especialmente quando falava do governo. A boca ficava tensa e reta, os olhos brilhavam sob as pálpebras.

— Não se preocupe, Charlie — disse ela, como se fosse guardar um segredo dele —, não vou contar pra ninguém.

LOUÇA BRANCA

Charlie abriu uma pequena caixinha plástica que um dia guardara balinhas de menta e esvaziou o conteúdo na palma da mão. Seus dedos curvaram-se de forma protetora ao redor de três pílulas brancas.

— Achei que a gente podia tomar esta noite — disse ele. — Só para conversar. Relaxar.

Glade espiou as pílulas.

— É *ecstasy*?

Charlie confirmou com a cabeça.

— Eu só tomei uma vez — disse ela.

— Talvez fosse melhor você começar só com meio. — Ele quebrou uma das pílulas e deu para ela.

Ela o olhou por um momento, deu um meio sorriso e engoliu, empurrando a pílula com um grande gole de água levemente empoeirada de um copo na mesinha-de-cabeceira.

Charlie batera em sua porta ao meio-dia. Quando aparecia assim, sem ligar antes, sem qualquer aviso, queria dizer que achava que ela estava com problemas ou precisando de cuidados. Mas nunca dizia isso diretamente.

Sentaram-se no chão do quarto dela com a janela aberta e as cortinas de seda vermelha fechadas. Lá fora, na rua, uma brisa quente soprava e, de vez em quando, as cortinas se moviam, sugadas para fora, o que a fez pensar em dançarinas do ventre. A única luz no quarto vinha de quatro velas brancas na cornija sobre a lareira.

— Se alguém bater na porta — disse ela —, eu não vou atender.

Charlie concordou.

— Não tem ninguém em casa.

Ela se reclinou sobre uma pilha de almofadas, as mãos atrás da cabeça. Podia ouvir a cerca viva se movendo lá fora sob a janela, soava como alguém passando as páginas de um livro. As cortinas eram daquela cor que se vê quando se fecha os olhos e se encara o sol. Estava notando tudo em detalhes; achou que, em parte, porque estava curiosa, atenta, esperando a droga fazer efeito. O cheiro de grama cortada invadia o quarto.

Verão.

De repente, sentiu como se estivesse sendo levantada na direção do teto, não subindo reto mas numa espécie de curva lenta. Olhou para o chão. Não, não tinha saído do lugar.

— Acho que está começando — disse.

Charlie olhou para ela.

— Não estou sentindo nada.

Ele abriu a lata de Old Holborn e tirou um pacote de sedas para cigarros, Rizlas. Ela o observou retirar uma seda do pacote e começar a enchê-la com tabaco. Ficou feliz que o pacote de Rizlas fosse verde. Se fosse do tipo laranja, teria de pô-lo na caixa LARANJA (JULHO). Imaginou quantas caixas LARANJA ainda faria na vida. Se vivesse até os oitenta, quantas caixas teria então? Seus lábios se moveram sem fazer som. Cerca de setecentas. Olhou ao redor do quarto. Não parecia que setecentas caixas caberiam ali. Ia ter que se mudar. E mais uma coisa. Teria que começar a escrever o ano nas caixas, senão elas ficariam impossíveis de organizar.

Lembrou da caderneta de anotações. Tinha algo recente escrito nela de que gostava. Debruçou-se para a frente e a pegou embaixo da cama. Mostrou para Charlie a anotação da quinta-feira passada. Só uma para o dia inteiro. *Betty*.

Charlie olhou intrigado.

— Betty é a nova garçonete do restaurante — disse Glade. — Ela tem cabelo laranja, tufos e mais tufos. Veio da Nova Zelândia. — Fez uma pausa. — Eu estava trabalhando no almoço naquele dia, o sol estava brilhando pela janela e toda vez que olhava em volta, só conseguia ver o cabelo de Betty. — Parou de novo, recordando. — Era como ver uma fogueira andando pela sala.

Charlie estava olhando para o sapato e sua boca tinha se esticado num largo sorriso.

— As paredes estão mudando de forma — disse ela.

— É — disse ele —, isso acontece.

Ela se levantou lentamente e andou até a porta. Sentia as pernas firmes mas artificiais, como se fossem todas feitas de uma coisa só. Algum tipo de plástico, talvez. Ou fibra de vidro. O simples ato de se mover parecia uma aventura. Abriu a porta do quarto e espiou o corredor.

— É um longo caminho até a cozinha — disse.

Ouviu Charlie murmurar:

— Quer que eu vá para você?

— Talvez. — E mudou de idéia: — Não, está tudo bem. O corredor parecia se inclinar para baixo e dar uma guinada para a direita num ângulo bem fechado, mas ela sabia que ele, na verdade, continuava reto e plano. Lá no final, onde deveria estar a cozinha, tudo era branco e confuso, tudo brilhava...

Ela saiu do quarto e andou até o meio do corredor. O declive parecia maior agora e precisou usar os músculos da frente das coxas para evitar uma descida correndo. O brilho branco tinha se intensificado. Poderia ser uma santa prestes a ter uma visão: havia aquela mesma sensação de tempo em suspensão, de espaço indefinido. Achou melhor ficar onde estava; ao menos por um tempo. Não acreditou que conseguiria fazer todo o trajeto até a cozinha. Além disso, não se lembrava mais do que estava indo pegar lá.

Olhou por cima do ombro. Era uma subida até o seu quarto, uma verdadeira escalada; só de pensar ficou cansada. Parada no corredor, olhando para trás na direção do quarto, tomou consciência de que havia alguém do lado de fora da casa. De onde estava, podia ver as escadas, um lance de degraus descendo para o térreo. A porta da sala estava aberta — devia ter esquecido de fechá-la quando botou Charlie para dentro — e podia ver o tapete azul-turquesa no *hall* de entrada e, além, a porta da frente, branca. Se abaixasse a cabeça só um pouco, poderia ver o alto da porta com seus dois estreitos painéis de vidro fosco. Uma parte do vidro estava escura. Alguém estava lá, do lado de fora.

Ao se mover para trás, sentindo a parede fria contra as palmas das mãos, contra os ombros, viu a portinhola de correspondência começar a se abrir. Permaneceu nas sombras, o corpo imóvel, a respiração rasa. Os olhos de um estranho espiavam para dentro da casa. Teria ouvido ela caminhar pelo corredor? Estava olhando para as escadas? *Será que ele podia ver seus pés?* Tentou escutar algum som vindo dele, mas nada. A casa rangia e estalava. Afinal, ouviu o ruído da portinhola da correspondência caindo de volta no lugar.

Não estava certa de quanto tempo tinha antes de abandonar a segurança oferecida pela parede e fazer o caminho de volta pelo corredor. Deveriam ter sido pelo menos uns dez minutos; tempo suficiente, pensou, para a forma escura desaparecer por trás do vidro. No quarto, nada tinha mudado. Cortina de seda vermelha, velas queimando. Charlie Moore e sua latinha de Old Holborn...

— Não vou lá fora de novo — disse ela.

Charlie levantou os olhos. O rosto dele tinha afinado, como acontece com quem passou por uma longa doença. Seus olhos estavam com uma cor estranha, entre castanho e cinza, cores de capas de chuva.

— Como você está? — perguntou.

— Bem — disse ela, afundando-se nas almofadas. — Tinha alguém na porta.

— Tudo bem. Ele já foi.

— Quem era?

— Não sei. Era um cara grande. — Charlie estava rodando um isqueiro na palma da mão. — Estava usando uma daquelas jaquetas de náilon de bombeiro.

— Um cara grande? — Ela não imaginava quem poderia ser.

— Talvez estivesse na casa errada — disse Charlie.

— Talvez — disse ela, que tentava pensar. — Ele olhou pela fresta da correspondência.

Charlie pôs um cigarro enrolado na boca e acendeu.

— Ele viu você?

— Acho que não.

Um silêncio caiu, quebrado apenas pelo ruído distante de um alarme contra roubo. Ela começava a achar difícil falar. O ar estava denso como neblina, os cantos do quarto estavam desaparecendo.

— Aquele jornalista — disse Charlie depois de um tempo — já falou com você?

— Jornalista?

— Aquele meu amigo. Pedi que ele investigasse aquele refrigerante de que você falou.

— O telefone tem ficado desligado. Tom...

Charlie concordou com a cabeça.

— Talvez eu deva dar o número do seu trabalho para ele.

Glade ficou calada por um instante.

— O homem na porta — disse ela, lentamente —, você acha que era ele?

— Não. Ele não sabe onde você mora. — Charlie fez uma pausa. — Ele me disse que estava tendo problemas para descobrir alguma coisa. A empresa que faz o Skwench! é americana, as pessoas que trabalham lá assinam um contrato prometendo não revelar qualquer coisa que possa prejudicar a empresa. É como um voto de obediência. — Charlie se virou para olhar para ela. — Ele acha que eles estão fazendo algo ilegal.

— É mesmo — espantou-se ela. — O quê?

— Ele não entrou em detalhes. Queria ver você primeiro, tem muita coisa para perguntar.

Glade desabotoou a blusa e a tirou, subindo em seguida na cama e escorregando para debaixo das cobertas.

— Não vou dormir — disse. — Só queria deitar um pouco. Você se importa?

— Não, não me importo.

— Você pode deitar aqui também, se quiser.

Charlie pensou no assunto. Pôs o cigarro no cinzeiro e desamarrou as botas. Ficou meio sentado, meio deitado, ao lado dela, em cima das cobertas, com os ombros encostados na cabeceira.

— É uma sensação gostosa — disse ela —, não é?

Ele fez que sim com a cabeça.

Ficaram deitados lado a lado, a janela aberta, as cortinas de seda vermelha balançando. Ficaram ali quietos pelo que pareceu ser uma hora. No entanto, o tempo parecia parado no quarto. Encasulado. Como se na verdade estivessem numa cápsula flutuando em algum lugar alto na escuridão.

— Glade? Você está acordada?

— Estou. Só não estava conseguindo falar, só isso.

Mais tarde, viu algo piscando à sua esquerda e virou-se, achando que deveria ser algum novo efeito da droga sobre ela. Mas era Giacometti, o gato. Havia subido na cornija da lareira e se aninhado entre a chaminé e as quatro velas, um espaço ínfimo, e a estava encarando com seus olhos redondos e amarelos, totalmente inexpressivos. Ela achou inexplicável, miraculoso, que pudesse estar tão calmo. Porque ele tinha pegado fogo. Todo o seu lado esquerdo estava queimando e ele não parecia se importar, ou mesmo notar. Só estava parado lá, olhando para ela. Estendeu o braço para tocar no ombro de Charlie.

— O gato está pegando fogo — disse ela.

Charlie pulou da cama. Depois de ficar ali deitada quieta por tanto tempo, Glade quase tinha se esquecido que existia movimento. Tinha com certeza se esquecido de que era possível se mover tão rápido. Tinha ficado sem fôlego só de ver Charlie atravessando o quarto.

Giacometti também estava assistindo. Ele viu Charlie usar a mão para apagar as chamas. Mas não se moveu. A fumaça subia até o teto e o quarto se encheu do cheiro acre de cabelo queimado. Mas ele não se moveu. Só quando Charlie andou de volta para a cama e se sentou na beirada, o gato saltou suavemente para o chão, como caindo de um telhado, e fez o caminho até o tapete sob a janela. Uma vez lá, começou a lamber uma de suas patas dianteiras, cada movimento de sua língua, exato, medido e atento. Ele não parecia estar machucado nem achar que algo incomum havia acontecido. Não mostrou qualquer interesse no pedaço do seu lado esquerdo enegrecido pelo fogo.

No domingo à noite, assim que chegou do trabalho e entrou em casa, Glade viu Sally de pé no alto da escada, falando ao telefone. Sally tapou o bocal e mexeu a boca, sem fazer som, formando as palavras *É ele*.

— Quem? — perguntou.

Sally revirou os olhos. *Tom*.

— Eu não estou em casa.

— Acabei de dizer que você chegou.

Quando Glade a encarou, não acreditando no que estava ouvindo, Sally sussurrou.

— Achei que vocês tinham voltado a se falar.

Glade subiu as escadas suspirando.

— Sinto muito — disse Sally, com uma voz áspera. De repente, soava ferida, quase zangada, como se fosse tudo culpa de Glade no fim das contas.

Glade pegou o telefone e sentou no chão, com as costas escoradas na parede. Tom. Mas de dois meses tinham se passado desde o fim de semana em Nova Orleans, mas ela ainda não se sentia preparada para falar com ele. Segurando o telefone no colo, olhou pelo portal à sua frente para a sala de estar. O aquecedor a gás com suas finas e deformadas barras de metal, o tapete puído, as fotos de estranhos espiando por trás do vidro empoeirado. Olhou a sala do jeito que Tom deve tê-la visto em sua primeira visita — um lugar malcuidado, esquálido, quase em abandono. Cautelosamente, levou o telefone ao ouvido.

— Alô?
— Meu Deus, Glade, é você? — A voz que ela tinha esquecido, ou pelo menos na qual tentava não pensar. Havia calor nela, luz solar. Uma sensação de segurança. — Eu tenho tentado falar com você — disse ele. — O telefone estava com defeito ou algo assim?

— Talvez — respondeu ela —, eu não sei.
— Não sabe? Glade, como você pode não saber?

Ela lutou para escolher as palavras:
— Tenho andado ocupada.

Não era verdade.
— Aquele quadro que você me deu — disse Tom — está pendurado no meu quarto.

Ela acenou com a cabeça. Sim, o quadro.
— Ficou bonito.
— Fico feliz.
— Sabe, eu gostaria que a gente pudesse se ver outra vez — disse Tom.

De repente, ela precisou se concentrar.
— Achei que a gente tinha combinado de não se ver mais. — Falou cuidadosamente, como se estivesse repetindo uma fala que tinha decorado. — Achei que tínhamos concordado.

— Glade — disse ele —, você não pode levar tudo tão a sério.

Então ela notou a ausência de eco na linha. Não havia aquele vazio, nem demora; nenhuma das dificuldades costumeiras ao se conversar através do oceano. Sentiu o pescoço quente e úmido, e tirou o cabelo de cima dele com a mão livre.

— Onde você está?
— Em Londres. — Ele disse o nome do hotel. — E estava pensando em passar aí.

Tinha de fazê-lo mudar de idéia. Rápido. *O que ele diria?*

— Tenho muita coisa para fazer agora...
— Glade, são quase uma da manhã.
— Eu já falei, ando muito ocupada. — Esperou que falasse mas ele não o fez. — Talvez amanhã — disse ela.
— Estou indo embora amanhã.
— Que tal no café da manhã?
— Café da manhã? — Tom riu sem vontade. — Meu Deus, Glade, OK. — Ele lhe deu o número do quarto insistindo em que ela chegasse até às nove.

Após desligar, Sally apareceu na entrada da cozinha, segurando um cigarro na vertical num dos cantos da boca.

— Você se saiu bem — disse.
— Foi?

Sally fez que sim com a cabeça.

— Você lidou com ele muito bem.

Glade não estava tão certa. De repente, sentiu pena de Tom, sozinho em seu luxuoso hotel cinco estrelas em Knightsbridge.

— Essa cor não lhe fica bem.

Glade olhou para seu vestido de seda laranja.

— Realmente não combina nem um pouco. — Tom inclinou a cabeça para um lado, como se fizesse uma avaliação objetiva dela. — Talvez, se você tivesse um bronzeado...
— Eu gosto — disse em voz baixa.

Tom balançou a cabeça.

— Não é você.

LOUÇA BRANCA

Quando chegou ao hotel naquela manhã, Glade pediu ao recepcionista que ligasse para Tom e dissesse que ela estava esperando no restaurante. Foi idéia de Sally. Não vá ao quarto dele, tinha dito. Você sabe o que vai acontecer, se for lá. E peça para alguém chamá-lo no quarto. Se ligar pessoalmente, ele vai fazer você mudar de idéia. Glade ficou grata pelo conselho: não queria ir ao quarto de Tom, e jamais conseguiria pensar sozinha numa maneira de evitar isso.

Como tinha imaginado, Tom não ficou muito satisfeito em ver seus planos alterados. Estava carrancudo quando chegou, e continuou assim desde então. Brigou com o garçom por ter trazido ovos mexidos secos demais.

— Pedi ovos molhados. Molhados. Sabe o que significa? No meu país significa úmidos. Eu queria ovos moles. Esses aqui estão secos, duros. — O garçom se inclinava, piscando, balbuciando desculpas, com os olhos embaçados e levemente marejados, como se fosse se debulhar em lágrimas a qualquer momento.

— E o café está fraco. Como é que as pessoas conseguem acordar por aqui bebendo uma merda dessas? Talvez elas não acordem. Deus do céu! — Tudo isso numa voz normal mas cortante. Como garçonete, Glade já tinha encontrado algumas vezes pessoas que se comportavam como Tom. Elas a apavoravam. Ficou encarando seu prato até ele acabar, olhando como se estivesse interessada, quando tudo o que pensava era *louça branca, louça branca*. Imaginou se uma pergunta inofensiva mudaria o humor dele. Levantou a cabeça.

— Para que você queria me ver?

Tom se recostou na cadeira e fixou nela um olhar longo e sardônico.

— Eu só queria ver você, Glade. Não tinha nenhum motivo especial.

— Oh.

Embora já estivessem comendo, ela olhou o cardápio novamente. Quando pediu Skwench! para acompanhar o desjejum, Tom olhou para ela, sacudiu a cabeça e disse:

— Agora você está ficando mexicana.

Não entendeu o que ele quis dizer com isso. Mas, de qualquer forma, não fazia diferença já que eles não tinham Skwench!. Então ela pediu um chá.

— O que você tem feito? — Tom pegou um pedaço de torrada e a examinou.

— Nada especial. Só trabalhando.

Ele começou a falar sobre um caso no qual tinha se envolvido recentemente, algo sobre fraude de impostos numa escala inimaginável.

— E aquele homem — ela interrompeu —, o tal que você encontrou na Venezuela?

— Colômbia — Tom sorriu. — Ele pegou prisão perpétua.

Em sua cabeça, Glade imediatamente libertou o homem. Ela o viu emergir de uma pequena porta num alto muro cinzento e caminhar para a inebriante luz do sol americano. Quando já estava numa distância segura, a prisão explodiu atrás dele. Viu as chamas subirem aos céus.

— Na verdade, aconteceu uma coisa — disse ela.

Tom olhou por trás de uma garfada de ovos mexidos, que agora, presumivelmente, estavam úmidos o bastante.

— O que foi?

— Sabe o meu gato?

Sim, ele sabia.

— Bem — disse ela —, ele pegou fogo.
— Seu gato pegou fogo?
— É. E sabe o que aconteceu depois?
Tom a encarava.
— Nós tivemos que apagá-lo — disse. — Apagar o gato.
Ela começou a rir. Derramou um pouco de chá e seu guardanapo caiu no chão. Logo, estava gargalhando incontrolavelmente, e a visão de Tom, perplexo a princípio e depois irritado, fazia com que não conseguisse parar.

No meio daquela semana, Glade estava fatiando pão de azeitonas para o almoço quando o telefone tocou. Betty tinha saído para comprar verduras e gelo, e o *maître* estava lá em cima no escritório; Glade teve que atender. Era Charlie, ligando de um telefone público no sul de Londres. Perguntou se o jornalista tinha entrado em contato com ela. Respondeu que não. Charlie murmurou alguma coisa encoberta por sua respiração. Depois disse:
— Preciso ver você. Esta noite, se possível.
Glade debruçou-se sobre o bar olhando para a rua ensolarada lá fora. Quando uma bicicleta passou, os raios das rodas brilharam. A onda de calor ainda durava. Ela sugeriu um encontro no jardim de rosas de Regent Park, que era um de seus recantos favoritos no verão. Charlie pareceu aprovar a idéia.
— No jardim das rosas — disse ele —, às sete e meia.
Depois, enquanto enchia com manteiga pequenos potes de louça, não conseguiu deixar de pensar que sentiu uma tensão na voz de Charlie, uma tensão que não era familiar. Ao longo do horário do almoço, aquele som forçado permaneceu em sua cabeça. Achou difícil manter a atenção no que

estava fazendo. Quando a mulher com os grandes brincos de ouro quis saber o que tinha na sopa de *confit* de pato, ela teve um branco.

— Pato... — disse ela, e depois não soube continuar.

— Bem, isso é óbvio — resmungou a mulher.

Glade teve de pedir que Betty fosse até a mesa e desfilasse os ingredientes para a freguesa — *cavolo nero*, feijão-branco desidratado, cenouras, e tudo mais.

Não muito tempo depois, passou por outra situação embaraçosa, desta vez com um homem sentado perto da janela. Ele estava no final dos cinqüenta ou começo dos sessenta, vestido convencionalmente num *blazer* azul-marinho e calças cinza. Assim que o viu, teve certeza de que o conhecia; embora não se lembrasse como ou de onde. Pensou que deveria tê-lo servido recentemente. É, era provavelmente um freguês regular. Ao passar por sua mesa, sorriu e perguntou como estava ele, mas recebeu de volta um olhar com tal desinteresse, com uma ausência de reconhecimento tão completa, que percebeu que devia ter-se enganado. Na mesma hora, por sorte, um homem mais jovem chegou na mesa. O homem de *blazer* se levantou dizendo:

— Aí está você, James. — E ela pôde sair de fininho, sem ser notada.

Afinal, seu turno acabou. Caminhou pelo Soho e por Oxford Street, aproveitando o sol, o alvoroço das multidões. Às cinco e meia, parou num *pub* em Great Titchfield Street, onde pediu um gim-tônica duplo. Pela hora que se seguiu, ficou ali sentada, deixando a tensão sair do corpo. Enquanto bebericava o drinque, pensou no amigo de Charlie, o jornalista. Pegou-se imaginando um escritório, com grandes corredores e lâmpadas fluorescentes. Aquele cheiro de aquecedores que acabaram de ser abertos: o ar sufocante, pesado. Viu o jornalista correndo para uma porta, que tremeu quando ele bateu. Era um homem pequeno e um pouco agitado, usando um terno marrom com camisa de malha mostarda por dentro. Quando ele desapareceu pela porta, fechando-a silenciosamente atrás de si, ela ficou de fora, sozinha no corredor.

Terminou o drinque e deixou o *pub*. Em vez de andar para o norte, na direção do Regent Park, resolveu dar uma volta fazendo um caminho mais comprido. Em Portland Place, as ruas eram quietas, quentes e mortas, como os cômodos de uma casa que ficou fechada no verão. Ela continuou indo para oeste. Em Marylebone High Street, entrou num pequeno supermercado e comprou uma baguete, queijo francês e uma garrafa de vinho branco. Ao passar pelo refrigerador, reparou em meia dúzia de brilhantes latas cor laranja. Abriu a porta e pegou três. "Skwench-se!", murmurou, seguindo pelo corredor em direção à caixa.

Às sete e meia, estava atravessando o parque. Não chovia há semanas e a grama tinha uma aparência ressecada, ela cedia e estalava sob seus pés como palha. O jardim de rosas estava verde, quase luxuriante em comparação. Adorava a fragrância que se respirava lá — o modo com que ela a hipnotizava, fazendo com que nos movêssemos cada vez mais devagar. Sempre se via alguém curvar-se sobre uma rosa e daí simplesmente parar com a cabeça levemente abaixada; como se estivesse tentando escutar um som. Depois de um tempo, a pessoa recuava, olhava para o céu, em transe, transformada. Ainda que em agosto as rosas já estivessem em flor, com as pétalas amarronzadas nas pontas, como se tivessem sido mergulhadas em café.

Encontrou Charlie com as mãos nos bolsos, sentado num

banco de madeira. Sorriu para ele, mas percebeu que alguma coisa o estava preocupando. Dava para ver em sua testa, retesada, e na palidez de seu rosto. Apesar do tempo, ele parecia frio.

Sentou no chão na frente dele e desembrulhou as provisões que tinha trazido.

— Um piquenique — exclamou ele. Mas sua voz não tinha vida, soou oca, melancólica.

— Qual o problema, Charlie?

Ele suspirou.

— Não tenho certeza.

Pegou a garrafa de vinho branco, que abriu com o saca-rolha de seu canivete suíço. Começaram a comer. Num banco próximo, que ficava sob um arco coberto de voluptuosas rosas chá, um casal se beijava.

— O jornalista — disse Charlie e depois parou.

Glade olhou em volta.

— Que é que tem ele?

— Ele ainda não te ligou, não é?

— Não.

— É disso que eu tinha medo. — Charlie bebeu vinho do gargalo e lhe ofereceu a garrafa. Ela recusou com a cabeça. Os olhos dele vagaram para o alto das árvores. — Não consigo entrar em contato com ele. Já tentei no trabalho, em casa...

Glade franziu a testa. Toda vez que pensava no jornalista, via o homem de terno marrom e camisa de malha amarela sumindo por uma porta. Mastigou pensativamente um pedaço de pão. Por trás do ombro de Charlie, o casal continuava se beijando.

— Ninguém parece saber onde ele está. — Charlie pegou a garrafa de novo e bebeu. — Se ele estivesse fora a trabalho, eu saberia. Ele teria me dito. — Olhava a grama agora. Quando levantou a cabeça, suas pupilas estavam dilatadas. — Alguma coisa está acontecendo.

Ela riu. Não pôde evitar.

— Estou falando sério — disse ele.

— Mas, Charlie...

— Eu quero que você tenha cuidado, só isso. Tenha cuidado.

— Cuidado? — perguntou. — Com quê?

Ele olhou para a escuridão invasora.

— Não sei.

Pouco depois, ela notou que o banco onde os amantes estiveram sentados estava vazio. Na mesma hora, lembrou-se daquele homem que almoçou no restaurante, o homem com o *blazer*, e percebeu que embora não o conhecesse, realmente já o tinha visto antes. Durante os dois dias em que permaneceu na clínica de pesquisa do sono. Era um dos dois pesquisadores em pé na entrada de seu cubículo, e que tinha recuado, surpreso, quando ela acordou. Não admira que não a tivesse reconhecido. Era só mais uma das milhares de pessoas que usara em sua pesquisa.

Ela estava prestes a contar a Charlie sobre a coincidência quando ouviu um rugido vindo de baixo dela, de dentro do chão. Não podia imaginar o que fosse. Olhou para Charlie que parecia igualmente perplexo. Então, de repente, houve um sibilar e algo a atingiu. Ela se levantou de um pulo, sacudindo o vestido. Era água. O sistema de irrigação tinha sido ligado e a água jorrava em grandes jatos curvos sobre as roseiras.

Ela gritou de susto quando a água a acertou pela primeira vez. Mas enquanto a água continuou caindo sobre ela, tão fria e violenta contra a pele, como um tapa, continuou gritando cada vez que recebia um jato. Tentou se desviar, encontrar um lugar em que a água não a alcançasse, mas o sistema era eficiente demais. Cada centímetro quadrado do gramado parecia coberto pelos jatos.

Afinal, tiveram de juntar as coisas e correr através do jardim de rosas e pelo portão até a rua. Pararam sob um poste de luz, encharcados até os ossos, sem fôlego e tremendo.

Aí, olharam um para o outro e começaram a rir.

A COR DA VIDA REAL

Às oito da noite, um sino de igreja tocava em algum lugar distante, através do vale, quase no limite de seu campo de audição. Cansada depois da longa jornada para o norte, Glade se escorou no portão e bocejou. O sol já havia sumido por trás dos morros, mas seus raios ainda se espalhavam como um leque no céu, uma abóbada de brilho violeta sobre ela, fazendo seus braços parecerem bronzeados. No caminho de volta para casa, num dia daquela semana, tinha parado em frente a uma casa em Notting Hill, observando o jardim viçoso e reservado, a sala vazia mas repleta de uma calorosa luz dourada. Como sempre, foi invadida por um sentimento que não entendeu. Não era inveja. Ela não gostaria de viver numa casa como aquela. Não, era mais parecido com nostalgia. Como se tivesse havido um tempo em que aquele era seu lugar. Como se ela tivesse se permitido uma rara espiada em algum canto distante de sua memória. Parada na calçada do lado de fora da casa, percebeu que seu pai não telefonava há mais de um mês. Decidiu fazer uma visita. Levaria comida e cozinharia para ele. Faria uma surpresa. Ele ficaria contente.

Ela levantou a tranca de ferro do portão e este se abriu gemendo. Então, enquanto atravessava o terreno, percebeu que nenhuma das luzes do *trailer* estava acesa. Seu coração se acelerou. Talvez ele já estivesse dormindo. Talvez ele estivesse fora. Sentiu o desapontamento se instalar. O céu pareceu aumentar de repente, expandir-se. Não imaginava aonde ele poderia ter ido. Sabia muito pouco sobre a vida que levava quando ela não estava lá. Como passava o tempo. Quem ele via, se é que via alguém. Ficou ali parada, olhando o perfeito retângulo do *trailer* contra a escuridão da cerca. Seus olhos vagaram para cima, para os últimos retalhos iluminados de nuvem, finas formas vermelhas num fundo cor de malva. Lembrou-se da Páscoa que passaram juntos no ano anterior. O pai havia escondido ovos de chocolate no terreno para ela encontrar, só que tinha feito isso muito bem. Quando finalmente os achou, haviam sido atacados por animais. Alguns tinham sido completamente devorados até que sobrassem só uns pedaços retorcidos de papel laminado brilhante.

Ela atravessou o campo rumo ao *trailer*. Podia ouvir a própria respiração, rápida e curta, e percebeu que estava correndo. Naquele momento percebeu que algo tinha mudado. Ao segurar a maçaneta, não se surpreendeu ao encontrar a porta trancada. Espiou pela janela, lá dentro tudo parecia como sempre — tudo arrumado, mas um pouco confuso, os objetos cobertos por uma sutil camada de poeira. Pelo menos, ele não tinha se mudado. Estaria tentando ligar para ela da cabine telefônica? Seria possível uma coincidência tão grande? Naquele exato momento, pensou, ele estaria voltando pela estrada, amaldiçoando o fato de ter andado mais de quatro quilômetros para nada. Então seus olhos a localizariam, sentada nos degraus. Como se simplesmente discando um número tivesse aberto uma fenda pela qual ela tivesse chegado ali. Pegou a bolsa e tirou uma lata de Skwench!, que abriu e bebeu. Tremeu ao sentir o gosto, mas tomou até o fim. Abriu outra.

O céu havia desbotado e as árvores, escurecido. Uma hora devia ter-se passado. A escuridão começava a pregar peças em seus olhos. Viu o portão abrir-se mais de uma vez. Formas apareceram; não só seu pai mas Charlie, Betty, do restaurante, e até Sally James. Finalmente, levantou-se e caminhou lentamente através do campo. Mas em vez de fazer o caminho de volta para a estrada, seguiu na direção da casa da fazenda. Alguns ramos de plantas brilhavam discretamente na cerca viva. Passou por telheiros silenciosos, o ar cheirando a adubo e feno. Junto da casa, ela hesitou. Havia uma janela perto da porta dos fundos. Podia ver sombras atrás das cortinas. Nunca tinha falado com o Sr. Babb, o fazendeiro. Nem sabia qual era a aparência dele. Mas, pelo menos, alguém estava em casa.

Uma senhora de idade atendeu a porta. Ela enxergava mal e tinha o cabelo ralo.

— Estou procurando meu pai — disse Glade. — Ele mora ali no *trailer* — disse, apontando para o campo.

A mulher se virou e chamou por cima do ombro.

— Harry?

Glade ouviu um arrastar de pés de cadeira em chão de ladrilho. A porta se abriu um pouco mais e um homem com mais de cinquenta anos apareceu por trás da mulher, limpando a boca com as costas da mão. Tinha as pálpebras irritadas de alguém que tinha acabado de acordar de um sono profundo.

— Você é filha de Spencer? — perguntou.

Glade concordou com a cabeça.

— Sim.

— Ele está no hospital.

De repente, sua garganta doeu como se ela tivesse gritando. Sentiu que alguém a levava pelo braço.

— Melhor você entrar — disse a mulher.

Ela acomodou Glade na mesa da cozinha e serviu chá numa xícara amarela. Enquanto o Sr. Babb terminava seu jantar de rosbife frio e batatas cozidas, ela contou a Glade o que sabia. Tinha acontecido na noite de domingo. Estava indo para os telheiros quando reparou numa peça de roupa caída no meio do campo. Achou que devia ter sido arrancada do varal pela ventania. O vento do norte tinha soprado forte naquele dia. Só quando estava bem perto percebeu que era o Sr. Spencer, do *trailer*.

— Se ele não estivesse usando aquela camisa branca — disse —, eu nunca o teria visto.

Ela chamou o Sr. Babb, que carregou o Sr. Spencer até a casa, e de lá ligaram para a ambulância. Foi um ataque cardíaco. Nada de muito sério. Mesmo assim, ele ficaria no hospital por alguns dias, só por segurança.

— Ninguém me avisou — disse Glade baixinho.

— Tentaram ligar para você do hospital — disse a mulher — mas ninguém atendia.

Glade sentiu as faces rubras. Ficou olhando a xícara, lascada na borda. Talvez também tivesse sido roída por animais.

— Tinha uma música tocando — disse o Sr. Babb, de repente.

A mulher olhou para ele.

— Música?

— Você não se lembra? Lá fora aquele dia.

— Flamenco — disse Glade.

O fazendeiro e a mulher se viraram para ela, como se uma névoa tivesse entrado de súbito na cozinha e a encoberto.
— Flamenco — repetiu. — É espanhol.

Aquela noite, ela dormiu no *trailer*. Estava escuro demais para encontrar alguma coisa entre as posses de seu pai, mas se agarrou ao travesseiro que tinha o cheiro dele, um cheiro ao mesmo tempo seco e doce, como pó para pudim. Depois de terminar seu chá, perguntou ao Sr. Babb onde ficava o hospital, pensando em ir até lá em seguida. A mulher respondeu primeiro, dizendo que o hospital ficava a uns quarenta quilômetros de distância. Então o Sr. Babb balançou a cabeça. Ele achava que eram uns quarenta e cinco quilômetros e, de qualquer forma, o horário de visitas já teria acabado. Glade ficou olhando o fundo da xícara vazia. Aquele calor repentino passou por ela de novo e sentiu como se a mesa estivesse desaparecendo debaixo dela. Pesquisou o cômodo, procurando algo familiar e confiável. O velho tanque de pedra, a espingarda encostada num canto, a geladeira com listras de lodo. Os olhos brigaram rapidamente com as cortinas e suas faixas repetitivas de cinza e marrom e amarelo. Pela porta meio aberta, ela podia ver sacos de grãos empilhados num corredor soturno de paredes e teto pintados de verde.

O Sr. Babb abriu a gaveta da mesa, puxando-a toda, até que o delicado puxador de latão se enterrou em sua barriga. Seus dedos moveram-se desajeitadamente entre objetos amontoados lá dentro. Afinal, puxou uma argola de metal cinza com chaves de todos os tamanhos e formatos. Com elas, poderia destrancar o *trailer*, anunciou. Mas se ela estivesse preocupada em dormir lá sozinha, seria bem-vinda para usar o quarto vago. Glade agradeceu, dizendo que ficaria bem no *trailer*, que se sentiria mais perto do pai. Hesitou antes de perguntar se poderia ligar para o hospital. O fazendeiro e a mulher trocaram olhares, por um momento o ar pareceu emaranhado, até que ele concordou lentamente, ficando de pé. Abriu o aparador ao lado da porta da cozinha e tirou de lá uma bolsa plástica de supermercado. De dentro da bolsa, puxou um reluzente telefone rosa-claro, um modelo antigo, com disco em vez de teclas.

— Assim ele não fica empoeirado — explicou a mulher.
— O Sr. Babb odeia poeira, não é? — disse ela, olhando para o fazendeiro que segurava o telefone na mão esquerda, agarrando-o por cima, com os dedos esticados, como se carregasse uma pequena tartaruga ou um caranguejo.

Ele não respondeu enquanto girava para o lado e abaixava repentinamente, conectando o fio numa tomada na parede. Com o rosto ainda vermelho do esforço, pôs o telefone em frente de Glade. A mulher deu o número do hospital, e os dois olharam avidamente para ela enquanto discava. Conversou com a enfermeira do andar onde estava seu pai. De acordo com ela, ele já estava dormindo e passava bem. Poderia visitá-lo de manhã, entre dez e meio-dia.

Ela se deitou na cama do pai, com as luzes apagadas e as cortinas fechadas. Podia sentir a escuridão ao seu redor como um peso, uma presença. Era como se exercesse uma pressão nas paredes, e o *trailer* fosse frágil como uma casca de ovo no punho fechado da noite. Depois de uma hora, teve que acender uma vela, encaixando-a numa garrafa de uísque vazia que encontrou ao lado da cama. *O que aconteceu, Glade? O que aconteceu?* A voz do pai vinha de algum lugar no alto, de cima do telhado. Lembrou-se de como sua mãe, certa vez, tinha quebrado uma vasilha e os cacos de louça se espalharam pelo chão. Ela gritou, palavras ásperas, e bateu a porta da cozinha. Seu pai ficou ali com a cabeça abaixada, como se a punição tivesse apenas começado. *O que aconteceu?* Tentou se hipnotizar olhando para a chama da vela. Um vento forte atacou do alto, sacudindo as paredes. O mundo virou água; cercas, árvores e grama sibilando como a arrebentação numa praia de seixos. Lá fora, no campo, o jornalista montava guarda, a caderneta de notas brilhando na mão. Usava de novo o terno marrom, a camisa de malha amarela por dentro, e do bolso de cima do paletó saía um lenço dobrado em triângulo, o que era uma sutil referência à montanha, claro, um jeito de tentar dizer que estava do seu lado. E, de repente, soube a verdade. Charlie estava errado em se preocupar. O jornalista a encontraria. Talvez não naquela noite. Mas viria. Ela falaria e ele a escutaria. Tudo seria esclarecido. E com esse pensamento, o vento cresceu novamente encobrindo todos os outros sons. E sua respiração foi ficando profunda, e ela dormiu.

Encontrou o pai numa enfermaria com outros sete homens. Quando a viu, ele se sentou, ajeitando as cobertas e sorrindo, como se ela fosse alguém que tivessem dito que deveria agradar. Mas ela o tinha visto antes, por uma fresta nas cortinas, o rosto magro e vazio, quase desabitado. Mesmo agora, enquanto se instalava numa cadeira ao lado da sua cama, achou que os ossos apareciam muito claramente sob a testa: podia ver as extremidades, os pontos de junção.

— Glade — disse ele, virando para os lados, como a incluir os outros homens: — Minha filha. — Eles voltaram à vida repentinamente, acenando e sorrindo ao mesmo tempo, como marionetes.

— Papai... — murmurou ela, em tom de reprovação.

— Desculpe. Mas eles são caras legais.

Pegou a mão dele, que ficou observando, como se não pertencesse a ele.

— Como você está?

— Vou sobreviver. — Falou acompanhado do que esperava ser um sorriso jocoso, embora seus olhos parecessem assustados.

— Parece que tentaram me ligar — disse ela. — Mas meu telefone não estava funcionando.

— Tudo bem, os Babb cuidaram de mim.

Ela não conseguiu se forçar a perguntar como ele acabou caído no meio do campo. Em vez disso, simplesmente se agarrou na mão dele e a estudou. Quando criança, costumava sentar em seu colo e olhar a mão dele até conhecê-la de cor. As unhas ovais, as veias saltadas. O sinal cinza-escuro, em forma de estrela, no polegar esquerdo, ao qual ele sempre se referia, bem-humorado, como sua tatuagem (um garoto tinha furado aquele dedo com uma caneta-tinteiro no tempo da escola).

— Eu dormi no *trailer* na noite passada — disse ela.

— Foi? Você não ficou com medo?

Ela negou com a cabeça.

— Eu cheguei ontem. Quis fazer uma surpresa. Eu não sabia. — Fez uma pausa. — Não sabia de nada disso.

— Desculpe, Glade.

— Eu vou cozinhar para o senhor. Olha só — disse, enfiando a mão na mochila, de onde tirou meia dúzia de sacos de papel marrons. Pôs seu conteúdo ao longo da cama. Havia comprado verduras e legumes no mercado de Portobello Road na véspera: tomates, abóbora, abobrinha, pimentões, rabanetes. Espalhados pela colcha do hospital, as cores pareciam dolorosamente reluzentes, quase sobrenaturais. A cor da vida real. Observou enquanto ele estendia a mão, os dedos acariciando fracamente as superfícies brilhantes. Lágrimas toldaram a visão dela por um momento, mas achou que ele não chegou a notar.

— Como você me achou? — perguntou o pai.

— Fui até a casa da fazenda. — Ela piscou e depois esfregou o olho com as costas da mão. — Eles me deram uma xícara de chá. Foram muito bons comigo.

— Foram bons para mim também. — Seu pai olhou para o nada, recordando.

Glade desejou poder desanuviar a atmosfera, fazê-lo rir.

— Sabe? — disse. — Eles guardam o telefone numa sacola plástica.

— É mesmo? — disse seu pai, virando-se e olhando para ela. — Eu não sabia.

— É para não pegar poeira. — Ela fez uma pausa. — Eles iriam odiar seu *trailer*.

— Acho que sim — disse vagamente. — Ah, bem... — E seus olhos se perderam na parede atrás dela.

Uma enfermeira surgiu e disse a Glade que seu pai precisava descansar. Glade recolheu as compras e as arrumou na mesa ao lado da cama, pensando que os tons de vermelho, verde e amarelo poderiam animá-lo. Antes de ir, pegou a mão dele novamente e prometeu que voltaria assim que pudesse. Talvez até largasse o emprego; por algumas semanas, pelo menos. Então poderia ficar com ele, tomar conta dele. Nesse meio tempo, ligaria todos os dias para saber como estava. Estava olhando para ela agora, e embora os olhos estivessem sem foco e sem cor, sabia, pelo fraco aperto que deu em sua mão, que tinha entendido e estava grato.

Quando saiu do ônibus naquela noite se descobriu desejando que houvesse alguém ali para encontrá-la, ou sorrir para ela.

Só sorrir, ou talvez apenas olhar. Mas não havia ninguém, e quando chegou à plataforma do metrô em Victoria Station as lágrimas corriam de seus olhos. "O que está errado comigo?", pensou. "Estou sempre chorando." Pelo menos, tinha a sensação de que estava sendo tocada: dedos imaginários descendo gentilmente por suas faces, através dos lábios, pelo queixo.

Pegou o trem até Paddington e fez uma baldeação. Metrô no domingo à noite. Algumas pessoas bêbadas, outras cochilando. Observou um homem olhar dentro de um saco de papel e tirar dele, cuidadosamente, uma caixa. Aninhado dentro de isopor amarelo-claro estava um hambúrguer com as costas sardentas como as de um sapo. O homem o segurou com as duas mãos e o virou de um lado a outro, procurando o melhor ângulo de abordagem. Sua boca se abriu ao máximo, seus olhos se estreitaram. Mais parecia estar se encolhendo de medo, como alguém que acha que vai apanhar. Então enfiou os dentes no pão, libertando um cheiro quente e ácido no vagão. Ocorreu a Glade que não comia nada desde o hospital; e mesmo assim, lá só tinha comido uma maçã e um pedaço esponjoso de bolo. Mas estava tão cansada que até sua pele doía. Não conseguiria entrar numa lanchonete, não agora. Não até de manhã. Tirou da bolsa a caderneta de notas e uma caneta. Começou a fazer uma lista. *Palitos de peixe*, escreveu. Fez uma pausa e depois anotou *Tintura de cabelo*. Só conseguiu pensar nisso. Em algum ponto depois de Royal Oak, ela caiu no sono. Teve sorte em não passar da sua estação.

Eram dez da noite quando abriu a porta da frente. Entrou e ficou parada um momento. Música alta enchia o ar dentro do apartamento e achou difícil respirar. Ao chegar ao alto da escada, viu Sally descendo o corredor em sua direção, usando sandálias de salto alto e um biquíni preto e branco novo em folha. Na porta do quarto dela, uma maleta esperava com as alças caídas.

— O que é que há? — perguntou Glade.

— Estou saindo de férias — respondeu Sally. — Grécia. Não te contei?

Glade balançou a cabeça.

— Acho que não.

— Duas semanas. — Sally abraçou as próprias costelas. — Mal posso esperar.

Glade largou sua mochila no chão e encostou na parede, uma das mãos tocando o lábio inferior.

— Vou sentir sua falta — murmurou.

Percebeu que se tivesse dito isso uma semana atrás não teria sido verdade. Mas subitamente tinha a impressão de que nada resistia à sua presença. Era só pensar em alguma coisa e esta desaparecia. Ela se sentiu como dinamite, mas não tão poderosa.

— Vou sentir sua falta — repetiu.

Sally não estava ouvindo. Entretida, olhava para o biquíni enquanto levantava os braços e punha a perna direita na frente da esquerda, como faria uma modelo.

— E aí, que tal?

Glade entrou em seu quarto e fechou a porta em seguida, girando a chave. Houve um silêncio e então ouviu Sally tentando a maçaneta.

— Glade?

Glade parou, no meio do caminho entre a porta e a janela. Suas mãos se fecharam em punhos apertados, que pressionou contra os quadris. Nem ocorreu a ela acender qualquer das luzes. O poste lá fora enchia o quarto com uma brilhante luz alaranjada.

— Sem aditivos artificiais — disse.

Ficou parada na escuridão, escutando. A voz era a sua e ainda assim parecia vir de fora dela.

— Natural — continuou. — Totalmente natural.

Aquela voz de novo. A sua.

— Glade, o que está acontecendo? — Sally tentou a maçaneta de novo. — Há algo errado?

Glade continuava olhando a janela.

— Skwench-se! — disse em voz alta.

E aí sorriu.

PERFEITO

Na manhã de terça, Glade acordou com o ruído estridente do telefone tocando. Esperou para ver se Sally atenderia, mas se lembrou de que ela havia viajado para a Grécia na véspera. Saiu cambaleando da cama rumo ao corredor. Sentada no chão ao lado do telefone, pensou no prédio com corredores e luzes fluorescentes. Viu o homem de terno marrom correndo em sua direção...

Lentamente, levou o telefone ao ouvido.

— Glade? É você, querida?

Era sua mãe, ligando da Espanha. Com os olhos ainda meio fechados, Glade podia ver a touca de natação da mãe, branca e decorada com flores azuis e amarelas, e suas unhas do pé, com esmalte escarlate levemente lascado. Imaginou que deveria ser uma lembrança de anos atrás, quando a família foi de carro até Biarritz nas férias.

— Eu soube do seu pai. Você acha que eu deveria voltar? — A voz de sua mãe soava baixa e nebulosa, equilibrando-se no limite do melodrama.

— Não é necessário — disse Glade.

— Você o viu? Ele está bem?

— Sim, está tudo bem. Ele está confortável.

Sua mãe falou por um tempo sobre como era estúpido morar num *trailer* no meio de lugar nenhum, especialmente na idade dele. Aí, abruptamente, sem qualquer elo de ligação, mudou o assunto da conversa para Gerry e o novo apartamento. Dizia não fazer idéia se um dia o lugar ficaria pronto. Não havia um fim para as obras que precisavam ser feitas...

— Eu estive com ele no hospital no domingo — disse Glade, interrompendo-a. — Ele está confortável.

Na outra extremidade do telefone, na Espanha, houve um súbito silêncio, uma certa confusão, e Glade pensou naquela hora nos desenhos animados, quando alguém corre para além da beirada de um precipício e cai.

— Sei — falou —, você já me disse isso.

Quando acabou de falar, Glade andou pelo corredor até a cozinha. O relógio fazia tique-taque, a louça suja de Sally ainda estava empilhada na pia. A luz do sol desenhava um pálido megafone no assoalho. Havia o vazio, o silêncio espantoso que um movimento frenético deixa para trás ao ir-se embora. Sally não tinha acordado com o despertador na manhã de segunda. Mal teve tempo de pegar o avião.

Sentada junto à mesa, Glade usou o indicador para varrer migalhas até formar uma pilha. Tinha sonhado com a casa em Norfolk, onde crescera. Seu pai estava sentado numa sala do andar térreo com pilhas de livros à sua volta; a luz estava tingida de verde pela hera crescendo em volta da janela. As roupas dele estavam encharcadas. Ela tentava convencê-lo a vestir roupas secas, mas ele não prestava atenção. Estava muito agitado e não parava de falar. Seus olhos brilhavam na obscuridade e, cada vez que gesticulava, gotas d'água voavam de suas mãos como pedaços de bijuteria. Num outro sonho, ela estava pagando um drinque para Tom num bar de hotel. Pegou o drinque, que era rosa-claro, uma espécie de coquetel de frutas — mas ele não conseguia mais encontrar o caminho de volta para onde estava. De repente, tinha uma série de coisas para fazer. O tempo passou, o cenário mudou. Ela não deixava de lembrar que Tom a esperava no bar. Estaria imaginando aonde ela teria ido. Continuava carregando o drinque dele para todo lado e não conseguia deixar de notar que o gelo estava começando a derreter...

Virou-se na cadeira para abrir o refrigerador e se confrontou com vinte e quatro latas de Skwench!, algumas guardadas em pé, outras deitadas. Na porta, encontrou uma lata de comida de gato pela metade, três quartos de uma barra de chocolate ao leite embalada em papel prateado e um vidro de pepinos em conserva. Pegou uma das latas de refrigerante e deu uma olhada. Estavam promovendo um concurso, que se encerrava em 31 de agosto. Propunham criar um *slogan* com até quinze palavras, em três frases ou menos, nas quais se diria por que uma pessoa gostava tanto de Skwench!. Caso tivesse a idéia escolhida, o vencedor poderia escolher o prêmio. Viajar de primeira classe para Los Angeles e se hospedar por duas semanas numa luxuosa casa de praia em Orange County, com transporte gratuito e ingressos para a Disneylândia. Ter uma piscina construída no próprio quintal, no formato do ponto de exclamação de Skwench!, com seções: uma comprida e funda para os adultos; a outra, na forma do pontinho, seria rasa, ideal para as crianças. Os azulejos, claro, seriam cor de laranja. Glade balançou a cabeça. Não era uma pessoa capaz de imaginar *slogans*. Não se achava capaz de ganhar prêmios, nem mesmo as roupas de banho e bolsas de praia de Skwench! que se ofereciam aos perdedores.

Ela comeu quatro pepinos e acabou com o chocolate, depois abriu uma lata de Skwench!. O gosto não era bom. Bebeu dois ou três grandes goles e derramou o resto na pia. O líquido sibilou enquanto descia pelo ralo, como se estivesse com raiva. Jogou a lata vazia no chão, onde várias outras já estavam largadas. Sua pele começou a formigar, sua visão pareceu borrar. Por um instante, achou que poderia estar doente. Teve de ficar ali parada, com a cabeça baixa e as mãos escoradas na bancada de aço inoxidável da pia. Podia sentir a friagem contra as palmas das mãos.

Quando sentiu-se melhor, botou a chaleira no fogo. Atravessando a cozinha até a janela, viu de relance seu reflexo no pequeno espelho em cima da pia, um borrão colorido ao mesmo tempo estranho e familiar. Ela voltou, aproximando-se do espelho cautelosamente, como se ele fosse alguém dormindo. Depois de chegar do trabalho na noite anterior, tinha pintado o cabelo. As instruções na embalagem diziam: *deixe por vinte minutos e então enxagüe completamente.* Mas ela não podia conceber que vinte minutos fossem suficientes, e então deixou o produto por três horas e meia. Havia umas manchas em sua testa e perto da orelha esquerda, mas de um modo geral havia feito um bom trabalho.

— Pelo menos, alguma coisa deu certo — disse.

Voltou à mesa. Lá fora, o céu estava branco e arenoso, formado de incontáveis partículas diminutas, como sabão em pó. A batida do relógio, as horas se esticando na frente dela. Havia muito no que pensar — e nada nunca acontecia. Lágrimas esperavam por trás de seus olhos. Durante dias, ela pareceu caminhar pelos corredores do prédio do jornal. Olhou em todas as salas, mas não encontrou ninguém que pudesse ajudá-la. Chamou e chamou. O prédio engolia cada som. O homem no terno marrom, o jornalista, onde estava? Ele seria capaz de dar sentido a tudo?

Naquele exato momento, a campainha tocou. Primeiro um toque curto, o segundo um pouco mais longo. É isso. Tinha que ser ele. Que *timing* perfeito!

CINCO

MINADEW BRAKES

Uma semana havia se passado desde o almoço em Marble Arch e, mesmo que as instruções datilografadas mencionassem a palavra *urgência* mais de uma vez, Barker não tinha feito nada. Ele não conseguia mover-se além das palavras. Várias vezes por dia, consultava o documento que tinha recebido de Lambert na esperança vã de que algo tivesse mudado, algum tipo de alquimia tivesse acontecido dentro do envelope enquanto não estava olhando. Agora, já conhecia as duas páginas de cor, o que, ironicamente, dava ao serviço uma aura imutável, como se fosse um mandamento, gravado em pedra.

Ele se recostou. O envelope estava na mesa, meio escondido por um volume de *A história dos francos*, do historiador Gregory de Tours. Pelas portas do *pub*, que estavam abertas, podia ver o sol batendo, a luz impiedosa clareando as cores de prédios, pessoas, carros. De vez em quando algum homem de meia-idade usando terno olhava para o lado, para dentro da obscuridade do bar. De vez em quando, um caminhão gemia ao frear no sinal de trânsito em Crucifix Lane. Dentro do *pub*, na TV, uma corrida de cavalos tinha acabado de começar. Meia dúzia de homens estava no bar com cigarros queimando nos dedos, os olhos fixos na tela. A garota — Glade Spencer — parecia um alvo tão improvável que ficava imaginando se não haveria alguma confusão, algum erro. Pela centésima vez, olhou a fotografia. (Depois de tê-la rasgado em pedaços no primeiro dia, tinha cuidadosamente colado tudo de novo com fita durex e agora parecia que ela estava sendo vista através de um pára-brisa de carro.) Vinte e três anos de idade, tamanho 40, solteira. Garçonete. Não conseguia ver nela uma ameaça, por mais que tentasse.

— Gostosa.

Olhou ao redor e viu Charlton Williams sorrindo ao seu lado.

Charlton apontou para o bar.

— O mesmo de novo?

— Claro.

Enquanto Charlton ia pegar as bebidas, Barker guardou a foto e o envelope no bolso. Não queria que Charlton ficasse sabendo do serviço, ele e sua língua comprida. E ainda assim lhe ocorreu que talvez Charlton já soubesse. Ray poderia muito bem ter mencionado a coisa, casualmente, uma maneira de dizer a Charlton que continuava em contato, continuava no jogo. Afinal, ele deve ter ligado para Charlton para conseguir o telefone de Barker. *Você me disse que Barker estava duro, certo? Então eu tenho que ajudá-lo, não é? O quê? Charlton? Você ainda está aí, amigo? Não estou ouvindo.* O rosto de Barker se retorceu de irritação enquanto imaginava a conversa. Ray e seu celular de merda.

Mas a cabeça de Charlton parecia estar em outras coisas. Assim que sentou com as bebidas, começou a falar de uma certa mulher que andava lhe dando trabalho.

— Shelley — disse ele. — Você encontrou ela, não foi?

Barker fez que sim com a cabeça. Uma manhã dessas, ela tinha entrado na cozinha usando o robe de chambre de seda preta de Charlton. Cabelos ruivos, alta, bons ossos. Tinha algo de Marti Caine nela. Pediu um cigarro para Barker, ele não tinha. "Sorte minha", resmungou, soando tão amargurada que imaginou que ela estava falando de alguma outra coisa — algo em que estivesse metida, o jeito que estava levando a vida. Abriu umas gavetas, espalhou garfos e facas. Aí voltou para cima.

— Você não trepou com ela, trepou? — Charlton o olhou com suspeita através dos aros dos óculos. Bebia vodca. Seus olhos estavam turvos, e a testa brilhava levemente de suor. Já devia ter bebido um pouco antes.

Barker negou com a cabeça.

— Eu a levei para jantar — prosseguiu Charlie — em lugares bacanas, você sabe. Comprei jóias, aquela pulseira de ouro. Teve até um fim de semana em Paris... — deu um gole na vodca. — Eu dei de tudo para ela, e aí, sabe o que ela disse?

— O quê?

— Que estávamos ficando muito íntimos. — Charlton se recostou na cadeira. — Você acredita nisso? — Pegou sua bebida, mas quando a mão fechou em torno do copo, ele a deixou lá, apenas olhando. — Pensei que era justamente isso que as mulheres queriam. — Balançou a cabeça, suspirou tragicamente e então se levantou. — Tenho que ir.

— Está indo para onde?

— Norte de Londres, Highbury.

— Que tal uma carona?

— Por que não? — Charlton botou a mão estabanada no ombro de Barker. — Pra falar a verdade, estou precisando de companhia.

Enquanto passavam por Bermondsey na direção da ponte, Charlton falou mais da viagem para Paris. Tinham comido ostras. Champanhe e tudo mais. Devia ter custado umas quinhentas pratas. No mínimo quinhentas libras.

— E o que ela diz? *Estamos ficando muito íntimos.* Como alguém pode ficar muito íntimo? É disso que se trata, não é? — Ele suspirou de novo. — Quem é que sabe? Quem diabos sabe?

Atravessando o rio, Charlton ficou quieto por alguns instantes. Então virou para Barker.

— E você?

— Eu o quê?

— Você está com alguém, não está? — Charlton se sacudiu num risinho. — Eu vi aquela fotografia que você estava olhando. — Tentou mexer no bolso de Barker, que empurrou sua mão. O Ford Sierra oscilou. Na faixa ao lado, alguém acionou a buzina.

Charlton enfiou a cara pela janela.

— Babaca! — gritou.

De volta ao carro, disse:

— Mas a garota, ela era gostosa. — Deu a Barker um olhar furtivo. — Como você faz, Barker? Qual o segredo?

— Você não sabe do que está falando — disse, cruzando os braços.

— É mesmo? — Charlton fez o carro escorregar para um desvio, acertando por pouco dois homens que passavam de bicicleta. — Tenho que tirar o chapéu, Barker. Ela tem o quê, vinte e um anos?

Enquanto seguiam para o norte pelas ruas escuras e desertas da cidade, Charlton se virou para ele de novo.

— Quase esqueci, me pediram que avisasse você.

— Avisar o quê?

— Sobre o apartamento.

Barker não sabia o que dizer. Seus olhos se moveram até fixar as formas desfocadas dos prédios atrás do rosto de Charlton.

— Eu falei seis meses, se lembra? E eles estão dando mais dois meses para você sair. Dois meses, me parece bem generoso. — De uma hora para outra, Charlton soava bem menos bêbado.

Naquele instante, Barker percebeu que deveria ter-se tocado do que ia acontecer. Na semana anterior, Charlton havia ligado pedindo que ele supervisionasse a instalação de um sistema de porteiro eletrônico com vídeo. Na hora, Barker não pensou no assunto. Era só um novo badulaque de segurança, e provavelmente Charlton levaria algum na venda do equipamento. Mas, pensando agora, percebeu que, claro, o apartamento estava sendo ajeitado para novos inquilinos em potencial. Possivelmente uma empresa o estava alugando. Os jornais andavam cheios de notícias sobre homens de negócios que se mudaram para prédios ao sul do Tâmisa. Olhando os lábios pálidos de Charlton, seu cabelo de quebra-cabeça, Barker poderia tê-lo espancado até a morte ali mesmo no carro. Tinha transformado o apartamento. Limpado, pintado. Tomado posse. E agora era escorraçado dele. Toda vez que ele construía algo, a vida vinha desmantelar. Virou-se e olhou pela janela. Não tinha nada. Nunca tivera. Estavam esperando num sinal de tráfego. Na calçada ao lado, havia um prédio de escritórios feito de vidro e mármore. Pareceu a Barker que o prédio estava muito longe, que a distância entre o lugar onde estava e o edifício era intransponível. Para sua surpresa, percebeu que a raiva tinha se consumido. A tensão que a causou tinha se rompido dentro dele. Como uma embreagem que se quebrou. Aperta-se esperando resistência e o pé vai direto até o chão. Não se pode passar a marcha.

— Você aproveitou bem — disse-lhe Charlton. — Serão sete meses sem aluguel...

Barker não agüentava escutar mais.

— Você pode me deixar aqui?

— Aqui? — Charlton olhou pelo pára-brisa. — Tem certeza?

Ele encostou. Barker abriu a porta e saltou. A cidade girava em volta dele como líquido descendo um ralo. Um súbito cheiro de fritura. Viu que tinham parado em Pentonville Road, a meio caminho da montanha. Os cafés e lojas de jogos de King's Cross ficavam à sua direita, uns cinco minutos de caminhada. King's Cross. A estação da linha Hammersmith & City. Afinal de contas, era estranhamente conveniente. Quase como se tivesse planejado.

Charlton gritou algo sobre segunda-feira. Mas Barker não ouviu, não respondeu. Enquanto olhava o Ford Sierra prateado misturar-se ao tráfego, pensou em Jill. Parado na calçada, disse o nome dela em voz alta. *Jill*. Tinha pensado muito nela nos últimos dias. Jill num vestido preto com bolinhas brancas, a alça do sutiã aparecendo. Era sempre Jill, nunca nenhuma das outras. Ela era como alguém que morreu, mas não tinha ido embora. Ele via a claridade misteriosa, a presença de um fantasma que não podia repousar. Ainda havia algo que precisava ser feito e só ele poderia fazê-lo. Era sua responsabilidade.

Ao chegar na estação, pegou a escada rolante para entrar no metrô. Passou pelos sem-teto, os sem-trabalho, placas penduradas nos pescoços como amargas paródias de jóias. Agora era ele mesmo. Os túneis azulejados ecoavam com o som das pessoas correndo. Teve uma sensação de pânico, desespero. Tudo se fechava ao seu redor. Ficou parado na plataforma tentando manter a mente vazia. Olhou o mapa na parede, contando o número de estações entre King's Cross e Latimer Road.

Olhou uma garota apertada em *leggings* azuis andar até a máquina de chocolates. Depois de pôr as moedas, abaixou-se para alcançar a abertura por onde saía o doce. Então se virou em busca de um trem. Nunca tinha gostado de mulheres magras, mas tinha algo nessa moça, algo que o forçou a olhar. Usava um casaco de couro com gola de pele falsa e botas que subiam pela batata da perna, com saltos altos e quadrados. Curiosamente, ela carregava uma sombrinha. Chovera umas poucas vezes naquele verão. Ele a tinha visto do lado de fora da estação, parada perto dos trilhos. Estava conversando com um negro, seu rosto próximo do dele, como se os dois estivessem planejando uma conspiração. Provavelmente, o homem era um cafetão. Afinal, estavam em King's Cross. Para onde ela estaria indo agora? Algum hotel barato em West London? Algum apartamento no subsolo com cortina de rede nas janelas e uma lâmpada colorida no teto?

O trem parou. Esperou até que ela escolhesse um vagão e a seguiu. Ela sentou com as pernas cruzadas. Ele a observou de onde estava, da barreira de vidro que ficava junto às portas. Ela arrumou a franja usando a janela como espelho, depois mexeu na bolsa de camurça preta e tirou um batom, que passou nos lábios, correndo-o pela boca pelo menos uma dúzia de vezes, a cabeça perfeitamente imóvel, o rosto ocupado, sem expressão. Seus olhos eram de um azul-cinzento claro, uma cor que em mostruários de tinta seria chamada de "ardósia fria" ou "surpresa do alvorecer". Não tinha certeza do motivo pelo qual a estava observando tão detalhadamente. Talvez fosse porque tinha de identificar uma garota naquela tarde. Talvez porque estivesse carregando a descrição de uma garota no bolso do casaco. *Como você faz, Barker? Qual o segredo?* Ele deu um riso curto, zombeteiro, quase inaudível.

Deixou o metrô em Latimer Road, meio que esperando que a moça com os *leggings* azuis saltasse também, mas ela ficou em seu lugar, ajeitando a franja de novo com dedos nervosos. Se fosse a foto dela no envelope, ele sentiria o mesmo? Poderia tê-la seguido até algum lugar escuro? Poderia ter feito o que foi contratado para fazer?

Latimer Road. Era um lugar onde nunca tinha estado. A rua do lado de fora da estação do metrô parecia fria, apesar do sol que brilhava; as vitrines das lojas estavam cobertas com grades de segurança, lixo empilhado pela calçada. Um velho passou rápido usando calça marrom de boca larga e uma camisa aberta no peito. Uma cicatriz aparecia em sua barriga, a pele levantada e pálida. Ao norte, Barker identificou as pilastras de concreto do elevado. Encaminhou-se naquela direção. O rugido dos carros vindo do alto soava raivoso, mas sob controle, como vespas presas num pote de vidro. Abriu um guia de ruas e checou o caminho. Então começou a andar.

Não muito tempos depois se viu numa área que servia a uma casa de dois andares, com tijolos vermelhos. Hortênsias azuis e rosas brotavam no pequeno jardim. Não havia ninguém por ali. Um carro da polícia hesitou num cruzamento e depois seguiu adiante. Certa vez, quando Barker tinha pouco mais de trinta anos, tinha sido parado e revistado em Union Street. Acharam um par de tesouras no bolso de trás do seu *jeans* — tesouras do seu pai — e balançaram-na à frente do seu rosto.

— Eu sou barbeiro — disse.

— E eu sou Julio Iglesias — respondeu o policial. O nome não significava nada para Barker. "Julio Iglesias", o policial repetiu enquanto seu colega, lá atrás, dava uma risadinha. "É um cantor famoso. Espanhol. Trepou com três mil mulheres." O que, é claro, significava que não acreditavam nele. Barker foi acusado de posse de arma branca e forçado a pagar uma multa. De novo o azar dos Dodds. Levantando os olhos, viu uma mulher de meia-idade parada na calçada. Usava um vestido florido e segurava uma bolsa de compras feita de palha. Suas pernas eram muito brancas. Quando passou por ele, ela virou o rosto na direção oposta. As casas de tijolos vermelhos, a mentalidade pequena, a quietude. Sentiu-se vagando pelos subúrbios. Poderia até estar de volta em Plymouth.

Afinal, viu-se em frente à casa de Glade Spencer. Tijolos vermelhos, como todas as outras. Esperava coisa melhor. Mas não sabia por quê, ou por que se preocupava com isso. De algum modo, no entanto, a casa parecia de mau gosto, menos do que ela merecia. Sabia que ela morava no primeiro andar, dividindo o apartamento com uma garota chamada Sally James. A janela no primeiro andar estava aberta, embora as cortinas permanecessem fechadas. Não sabia bem como interpretar isso. Significava que alguém estava em casa? Ficou olhando a janela até lhe doer o pescoço. Em todo esse tempo, nenhum som veio de dentro da casa. Tirou o suor da testa; o calor só parecia aumentar o silêncio. Abrindo o portão, andou até a porta da frente. Não conseguia ver através dos painéis de vidro fosco. Então se abaixou e olhou pela abertura da correspondência. Estava fresco na casa, vários graus mais frio do que do lado de fora. Podia ver um saguão estreito; as paredes brancas, o tapete de um turquesa barato. Do lado direito havia uma porta, que estava fechada. A porta do outro apartamento. À sua frente, podia ver outra porta, meio aberta, e, além dela, um lance de escadas. Devia levar até o apartamento onde Glade Spencer vivia; e se a porta estava aberta, era presumível que sim, havia alguém em casa...

Ouviu alguém tossindo. Olhando sobre o ombro, viu um cão levantando a perna junto a uma árvore. O homem segurando a coleira do cão o espiava furtivamente. Desconfiado. Olhou em volta. Afinal de contas, havia uma série de razões válidas para ele estar bisbilhotando uma casa. Mesmo assim, reconheceu, para qualquer passante, ele deveria parecer alguém prestes a cometer um crime. Mesmo que não houvesse nada para esconder... Aí lembrou-se do homem que apareceu em seu apartamento uns meses atrás; o pai de Will Campbell. E se ele fingisse estar procurando um amigo? Seria plausível, acontecia o tempo todo. Procurou nos bolsos e encontrou uma esferográfica e um velho bilhete de metrô. No verso do bilhete escreveu o nome do irmão, Gary, e o endereço da casa em frente. Atravessou a rua. O mesmo tipo de cerca, as mesmas latas de lixo de plástico preto. Os mesmos painéis de vidro fosco na porta. Tocou a campainha e esperou. Através do vidro viu uma figura andar em sua direção. A porta se abriu revelando uma corrente de segurança. Uma velha mostrou a cara pela fresta.

— Sim?
— Gary está?
— Gary?
— É.

— Não tem ninguém chamado Gary aqui.

Barker olhou o bilhete em sua mão, depois recuou e olhou o número na porta.

— Ele me deu este endereço por telefone. Eu anotei. — Mostrou o bilhete à mulher.

Ela o pegou e olhou. Sua mão tremia um pouco. Atrás dela, a casa parecia suspirar, um hálito azedo e úmido. Ela balançou a cabeça e devolveu o bilhete:

— Você deve ter anotado errado.

Barker olhou para a rua silenciosa e ensolarada. Como o pai de Will Campbell, não parecia inclinado a ir embora.

— Melhor você tentar nas outras casas — disse a mulher.

Estranho. Ela estava dando as deixas, a estratégia.

Ele concordou.

— Desculpe incomodar.

Ela fechou a porta.

Viu a figura da mulher se encolher e deformar através do vidro fosco. Podia relaxar agora. Se a polícia o incomodasse, saberia o que dizer. Mostraria ao policial o bilhete, afirmaria estar procurando um amigo. Podia até chamar a velha para confirmar sua história, se fosse preciso.

Depois de trabalhar como leão-de-chácara por tantos anos, imagina-se que se está acostumado a ficar parado esperando. Mas não é preciso paciência quando se trabalha numa casa noturna; pelo menos não esse tipo de paciência, já que seu tempo é sempre preenchido. Há que se ler os rostos, prever se alguma coisa vai dar errado. É preciso ser um clarividente da violência, ver antes que ela realmente aconteça. E quando começa, põe-se um fim na coisa. Na porta de uma casa noturna, algo está sempre acontecendo ou prestes a acontecer. No lado de fora da casa de Glade Spencer era justamente o inverso. Ele ficou parado na rua por três horas e meia, e foram provavelmente as três horas e meia mais lentas de toda a sua vida. Em algum momento, um movimento na janela chamou sua atenção, o vislumbre de uma forma branca, mas era só um gato. Sabia até seu nome. Giacometti. Se havia um gato na casa, pensou, era correto achar que Glade Spencer não tinha viajado. Ou mesmo que tivesse, não demoraria. A força da presença do gato fez com que ele esperasse mais uma hora.

O gato o encarou com seus olhos amarelos.

Nada aconteceu.

Por fim, virou-se e desceu a rua. Tinha a nítida impressão de que Glade só apareceria depois que fosse embora. Respirou fundo e deixou o ar sair aos poucos. Era uma noite adorável, uma brisa soprando gentilmente contra suas costas. De vez em quando, via uma nuvem brilhar sobre os telhados. Uma nova energia fluiu através dele agora que estava em movimento. Em St. Mark's Road, viu um táxi passar e vislumbrou cabelos louros na janela. Seria ela? Parou, observando o táxi piscar as luzes de freio enquanto reduzia para fazer o retorno. Virou à direita, em Chesterton Road. Se estivesse levando Glade Spencer, certamente teria tomado a esquerda.

Em Ladbroke Grove, comprou um bilhete para a Ponte de Londres. A viagem de metrô foi longa e hipnótica, cheia de atrasos inexplicáveis. Abrindo o livro, Barker leu um trecho sobre a guerra entre Clóvis, um famoso rei merovíngio, e Alarico, rei dos godos. Aconteceu em 507 d.C. Depois de matar Alarico em combate, Clóvis passou o inverno em Bordeaux. No ano seguinte seguiu para Angoulême, lugar que pretendia reconquistar. Como tinha o Senhor ao seu lado, as muralhas da cidade caíram no momento em que pôs os olhos nela. Angoulême era sua. Barker fechou o livro. Se ao menos as coisas pudessem ser fáceis assim. Ou talvez fosse porque ele não tinha ninguém ao seu lado.

Já tinha passado das nove da noite quando chegou no seu apartamento. Passando a porta, encostou-se na parede, as luzes ainda apagadas, os cômodos no escuro. Do fim do corredor vinha um brilho pálido, quase fosforecente, luzes da cidade filtradas pela janela da cozinha.

Domingo à noite.

Acima do som de pessoas gritando ao longe, acima da sirene fantasmagórica em Commercial Road e do ronco de um avião ganhando altitude, podia-se ouvir a voz de Charlton Williams. *Você aproveitou bem, afinal de contas.*

No dia seguinte, Barker esperou na frente da casa de Glade Spencer por quase cinco horas. As árvores que se alinhavam na rua tinham sido podadas — a folhagem tinha sido cortada, apenas cotocos dos galhos haviam restado — e não conseguiu encontrar uma única sombra. Podia sentir o sol em seu rosto, pescoço, braços. Nos filmes, o detetive sempre tinha um carro. Ele estacionava na frente da casa e fumava incontáveis cigarros. De manhã, acordava desmazelado atrás do volante, barba por fazer, remelento. Aí, justamente quando ele estava bocejando, a porta da frente se abria e sua presa aparecia convenientemente. *Filmes.* Ocorreu a Barker que não tinha realmente um plano. Não tinha clorofórmio. Não tinha uma corda. Não tinha uma arma. Estava esperando até vê-la e, quando isso acontecesse, saberia. Mas não viu ninguém. Notou que alguém tinha fechado a janela e aberto as cortinas. E a certeza de que mudanças assim podiam acontecer o sustentou durante as horas entediantes e desconfortáveis. Num certo momento, espiou pela fresta da correspondência só para ter o que fazer. Uma porta estava aberta e a outra, fechada. Como antes. Quando pôs o ouvido na abertura e escutou dentro da casa não registrou nenhum ruído; nem rádio, nem TV, nem passos, nem água correndo. Algumas vezes, tirava o bilhete de metrô do bolso e olhava. Algumas vezes andava um pouco pela rua, tentando acreditar na ficção que tinha inventado na véspera, mas sem muita convicção. Imaginou que, àquela altura, já teria levantado suspeitas na vizinhança. Mas não ligava mais. Às três da tarde não agüentava mais. Sua pele formigava, como se tivesse sido levemente escovada com urtiga. O lado de fora de seus antebraços estava rosado, e o lado de dentro ainda branco, o que o lembrou de um churrasco na casa de Jim alguns anos antes, todos muito bêbados, as lingüiças meio cruas. Decidiu caminhar até a feira em Portobello Road, da qual tinha ouvido muito falar mas que não conhecia. Depois das horas que passou em silêncio, sozinho, o aglomerado das pessoas o surpreendeu. Abrindo caminho em meio à multidão, ele viu barracas com pilhas altas de broches, torneiras, sapatos. Entulho, na verdade. Lixo. Em pouco tempo já tinha visto o bastante. Andou para longe do mercado de pulgas, através das ruas estreitas que o rodeavam. Por fim, chegou na ponte de Notting Hill. Com grande sensação de alívio, desceu o lance de escadas para dentro da fria e sombria atmosfera do metrô, seguindo a placa que indicava District e Circle Line, direção leste.

Parou próximo à extremidade da plataforma, a ponta de suas botas tocando a faixa amarela. O próximo trem passaria em sete minutos. Olhando para cima, reparou nos painéis de vidro reforçado no teto. Acima do vidro havia uma árvore, a folhagem sem cor e borrada. De vez em quando, o vento empurrava os galhos, fazendo com que batessem no vidro. Bocejando, olhou os galhos que se abaixavam até o vidro, levantavam, abaixavam de novo. Havia alguma coisa de relaxante naquilo; também algo de familiar, embora não imaginasse o que poderia ser. Nada a ver com a estação em si. Nunca tinha estado em Notting Hill.

Aí, ao abaixar os olhos, o ar parou em sua garganta. Lá, em pé a sua frente, na plataforma do lado oposto, para quem ia na direção oeste, estava a garota que procurava. Nem precisava olhar a fotografia. A pele perfeita, o cabelo louro brilhante. Era ela. Usava uma saia preta até o tornozelo que grudava em seus quadris e uma camiseta laranja. Carregava uma bolsa de couro. Embora soubesse suas medidas, ela era mais alta do que tinha imaginado, com pernas mais compridas. Seu coração se arremessava contra as costelas. O que deveria fazer?

Antes que pudesse decidir, o trem dela entrou na estação. Imagens piscavam pelas janelas em movimento, o rosto de perfil olhando para o lado, ao longo da plataforma. Suando, levantou os olhos para o teto, como numa súplica. As folhas escurecendo o vidro. As folhas. Naquele instante, decidiu deixá-la ir. Não havia motivo para correr e tentar segui-la no trem. Não havia pressa. Afinal, sabia onde vivia, onde trabalhava. Podia encontrá-la quando quisesse. O documento que tinha recebido de Lambert era sua garantia. E agora, uma coincidência tinha dado vida ao documento. Era um bom sinal, mas não mais do que isso. Só alguém desesperado tentaria se aproveitar daquele encontro. Enquanto o trem deixava a estação, ele a viu procurando alguma coisa na bolsa, e ao mesmo tempo levantando uma mão para prender atrás da orelha levemente protuberante os cabelos que caíam.

Por alguns momentos ele sentiu necessidade de apenas estar perto dela; pegar o próximo trem indo na mesma direção, trilhar o mesmo caminho. Mas depois, tão de repente quanto surgiu, a necessidade desapareceu. Para as pessoas que o vissem correndo de uma plataforma para outra, pareceria apenas alguém que tinha ido para o lado errado. Pensariam que era um turista, um estúpido estrangeiro. Não, ele pegaria seu trem como tinha planejado, o trem que chegaria em um minuto. Quanto à coincidência, ele não tinha necessidade dela, não tinha uso para ela. Podia ignorá-la. Seria muito mais profissional, pensou, agir como se nada tivesse acontecido. Além do mais, não seria de certa forma excitante pegar o trem para o leste e sentir a cidade se expandir entre os dois enquanto viajavam em direções contrárias?

O metrô deixou a estação e mergulhou na escuridão do túnel. Ouviu a voz de Jill ao telefone. *Talvez pudéssemos passar o domingo juntos...* Ele a tinha conhecido numa festa em Saltash, garrafas vazias de cidra alinhadas rente às paredes. Na semana seguinte, tinha ligado para ela, convidado para sair. Ela disse que gostaria de pegar a barca para o monte Edgcumbe. Poderia parecer estranho, disse, mas nunca tinha estado lá, não desde que era criança. Combinaram de se encontrar às dez e meia num café em Admiral's Hard, uma rua estreita que funcionava como ponto de embarque, as pedras do calçamento descendo direto para a água.

Tomaram o desjejum no café: ovos quentes, torradas com manteiga derretida, canecas de chá forte. Notou que ela tinha apetite, e aprovou isso. Pela janela, podia ver emaranhados de algas marinhas nas pedras da rua, largadas pela maré que descia.

— Tudo bem com você? — perguntou ela, debruçando-se na direção dele.

Ele fez que sim com a cabeça. Tinha largado o trabalho às duas e meia da noite anterior e depois jogado umas partidas de sinuca com Ray Peacock. Só tinha ido dormir às quatro.

— Você está cansado. — Ela abaixou os olhos. — Deveríamos ter marcado para depois. No fim da tarde. Nem pensei.

— Jill — disse ele, pondo a mão nas dela.

Ela o olhou do outro lado da mesa, a cor dos olhos parecendo se intensificar e clarear ao mesmo tempo, como se ao tocá-la tivesse iniciado alguma reação química.

Ainda não a conhecia bem àquela altura. Ainda achava que ela era uma coisa, quando, na verdade, era completamente diferente. Da primeira vez que se viram, na festa, ela tinha tomado uns drinques. Além disso, era uma mulher voluptuosa, com seios grandes, quadris largos, boca grande e coxas grossas, o que contribuiu para a impressão que teve de estar diante de alguém ousada e confiante. Como poderia ser diferente, pensou, com um corpo daqueles? Claro que não podia estar mais enganado. Demorou meses até que percebesse o quanto era tímida, quantas dúvidas carregava consigo. Por exemplo: ela era capaz de ficar do lado de fora de uma loja por vinte minutos esperando ter coragem para entrar — ou, às vezes, depois de vinte minutos, simplesmente desistir e ir embora.

Depois do café da manhã, pegaram a barca até Cremyll, um trajeto curto que atravessaria o rio Tamar. Ele a seguiu até um banco de madeira branco no fundo da barca. Enquanto os motores roncavam e a barca deslizava para longe do atracadouro, Jill virou o rosto para a luz do sol, fechou os olhos e suspirou. Sentado ao lado dela, ele admirou o cabelo preto caindo para os ombros e a forte coluna branca de seu pescoço.

— Bonito dia — murmurou ela.

Quando abriu os olhos de novo, percebeu que ele estivera observando e virou o rosto para o lado, rapidamente, fingindo se interessar pelos prédios da Marinha que ocupavam o litoral.

O monte Edgcumbe era um trecho de terra costeira repleto de árvores, cercado de água por três lados, o que o fazia parecer uma ilha. Ao desembarcar, foram primeiro na loja de suvenires, depois vagaram ociosamente pelos jardins, passaram por fontes e casas de veraneio, saindo num largo caminho de pedras que percorria o limite do parque. Sentaram junto ao quebra-mar, cujas pedras estavam aquecidas pelo sol. Difícil acreditar que estavam em setembro. Perto deles, uma cerca viva de azevinho formava uma parede de mais de seis metros perfeitamente aparada por algum jardineiro meticuloso. De longe, parecia ter rachaduras como alguns tipos de queijo ou mármore.

Mais tarde, na frente de um templo, encontraram um homem com cabelos brancos desarrumados que disse ser fotógrafo. Estava tirando fotos das árvores, disse com uma voz estranhamente ansiosa. Eles concordaram, embora não entendessem por que ele fazia isso e não estivessem com disposição para perguntar. No final, ele correu na frente deles resmungando alguma coisa sobre a luz. Seguiram a trilha, que os levou morro acima, passaram por moitas de hortênsias rosas e azuis, depois por um bosque, e subiram de novo até uma campina. A grama era alta e tremia ao vento, desbotada pela longa exposição aos elementos da natureza. Vários cedros espalhavam seus galhos inflexíveis e lisos contra o céu. Respirando forte por causa da caminhada, descansaram nas ruínas de uma torre que tinha vista para Plymouth Sound. Observaram navios passando pela ilha Drake em direção ao cais. Enquanto ficaram ali, encostados nas paredes arruinadas e cobertas de hera, nuvens encheram o céu a oeste. Quando se levantaram para andar, novamente uma garoa suave estava caindo. Os cedros de repente ficaram escuros.

— Eu esperava que a gente pudesse passar em Minadew Brakes. — Jill abriu o folheto que tinha comprado na loja e lhe mostrou o lugar no mapa. Estavam quase na metade do caminho para lá.

Seguiram adiante, através do campo aberto e depois entre as árvores. Gradualmente, a garoa se tornou chuva e logo estava tão forte que eles mal podiam ouvir a voz um do outro. Embora as árvores formassem uma espécie de teto sobre a trilha, mesmo assim estavam ficando ensopados. Não tinham escolha além de voltarem sobre seus passos. Ele viu o desapontamento no rosto dela, fazendo com que ficasse parecendo torto.

— A gente volta outro dia — disse ele. Embora suspeitasse, já então, que isso nunca aconteceria.

— Minadew. Eles acham que significa rocha negra. — A voz dela quase perdida no ruído da chuva.

Sob uma grande faia, com grossas gotas de chuva explodindo por entre as folhas, ele pôs os braços em volta dela e a beijou. Ela apertou o corpo contra o dele, até que Barker pôde sentir todo o seu formato. Ele encontrou um lugar onde o chão não estava muito molhado e esticou o casaco para que ela sentasse. Ela se deitou, a saia grudada às coxas, os olhos brilhando com uma luz estranha, perplexa. Deitou ao lado dela, meio que cobrindo seu corpo. Sob as roupas, o corpo dela era quente como pão recém-saído do forno.

— Eu não tenho proteção — disse ele, depois de um tempo.

Ela se virou de lado, mexeu na bolsa e lhe entregou uma camisinha. Ele a olhou surpreso. Era o começo dos anos oitenta, antes de a AIDS virar assunto em toda a Europa. Era raro ver uma mulher com preservativo.

— Nunca tinha andado com isso antes — disse ela. — Só hoje.

Ele acreditou, e ficou lisonjeado.

Enquanto estavam ali deitados juntos, viu o fotógrafo passar correndo, com seu cabelo desgrenhado grudado na cabeça, o tripé embrulhado em plástico verde, o que fazia lembrar uma peça de artilharia.

Um domingo, anos atrás. A beleza dela.

Agora, a beleza muito diferente de uma garota que ele tinha visto pela primeira vez na vida. Uma garota cuja foto carregava com ele para todo lugar, como um homem apaixonado.

Uma garota que nem sabia que ele existia.

Deixou a estação da Ponte de Londres e virou à direita, à direita de novo, até uma rua que ficava sob a ferrovia. O sol brilhava dentro do túnel, uma luz quase rançosa, revelando poeira e lixo. Uma jovem andou rápido vindo em sua direção, a sombra jogada à frente dela como um curinga que iria ganhar de qualquer carta que ele puxasse. Imaginou que estivesse com medo dele — suas roupas escuras, sua cicatriz. Nem olhou quando deu um passo ao lado, pisando na sarjeta, para deixá-la passar. Reparou que ela estava murmurando mais baixo que o som da respiração. Preces. De modo que nada aconteceu com ela.

À luz do dia, na outra ponta do túnel, ele parou um instante para acostumar a vista. Fim de tarde, o sol caindo num claro céu azul. Ele seguiu, através de um conjunto residencial. Bloco A, Bloco B. Gritos de crianças de uma janela aberta no primeiro andar, um gato deslizando por baixo de uma cerca.

Um atalho para casa.

ATUALIZE-SE

Barker abriu a janela da sala para poder ouvir a chuva caindo no jardim três andares abaixo. Depois de semanas de tempo quente e seco, a chuva soou pouco familiar, exótica. A TV estava ligada num programa humorístico qualquer. Não estava realmente assistindo, a cabeça em algum outro lugar. Quase nem ouviu quando tocaram na porta da frente. Era tarde, mais de onze. Em Plymouth, as pessoas sempre passavam sem avisar, esperando que você estivesse em casa. Mas não em Londres. Aí se lembrou de Pentonville Road em plena luz do sol e Charlton gritando algo sobre segunda-feira. Não podia nem pensar que fosse Charlton. Não estava com paciência.

Pegou o controle remoto e apertou a tecla de MUDO. Viu um comediante levantar as sobrancelhas, mexer a boca até ficar redonda como um O, e aí sorrir convencido. A campainha tocou de novo. Barker desligou a TV, saiu para o corredor e ligou o novo porteiro eletrônico, com vídeo. A pequena tela piscou; uma imagem granulada, em preto-e-branco. O homem do restaurante libanês apareceu. Lambert, como ele dizia se chamar. Bem, talvez não fosse uma surpresa. De certo modo, Barker achou que estava esperando por isso. Atrás dele havia dois homens, apenas em parte visíveis. Ombros. Uma orelha.

Cabelo. Lembrou do que Andy, o cara que instalou o sistema, tinha dito. *Só existem dois tipos de gente que usam isso. Os ricos e gente como você*. E aí acrescentou: *Sem querer desrespeitar nem nada...*

— Dodds?

Lambert estava perto demais da câmera. Os lados de seu rosto escapavam para a escuridão. Parecia um peixe. Ou um avião.

— Você está aí, Dodds?

— Que foi?

— Gostaria de falar com você. Ter uma pequena conversa.

— Tem dois caras com você.

— Bem, eu dificilmente viria aqui sozinho. Você viria? Não nesta vizinhança. — Lambert sorriu, ganhando uma aparência abominável. Sua boca repuxava-se nos cantos. Não tinha queixo. — Eu só queria conversar com você. Mostrar um vídeo.

— Que vídeo?

Lambert mostrou uma fita:

— Achei que você poderia se interessar. Que poderia ajudar.

Barker recuou, pensando.

— Seria bom se você nos deixasse entrar agora — disse Lambert. — Estamos ficando molhados aqui fora.

Barker apertou o botão do porteiro eletrônico e observou o alto das cabeças dos três homens passar sob o olhar fixo da câmera. Depois, só escuridão e o ruído da chuva. Tinha cerca de um minuto e meio antes que batessem na porta. Foi até a cozinha e abriu a gaveta onde guardava as facas. Não gostava de gente que usava facas. Mas não era hora de refinamentos.

Ouviu três pares de pés soando nas escadas. Foi até a porta, a faca na manga esquerda, sentindo a lâmina contra o lado de dentro de seu pulso. Embora desconfiasse de que algo assim aconteceria, não tinha se dado ao trabalho de se preparar. Imaginou o quão ruim seria.

Quando abriu a porta, Lambert estava encarando a porta. Os dois homens permaneciam atrás dele, passando as mãos pelos cabelos, sacudindo a água de seus casacos.

— Desculpe deixar vocês esperando lá fora. — Barker ouviu a própria voz. Não parecia estar se desculpando. — Mas tenho de ser cauteloso.

— Todos temos — disse Lambert.

Os três passaram por ele apartamento adentro.

— A sala é à esquerda — disse Barker enquanto fechava a porta.

Foi atrás deles. Já estavam sentados quando chegou; Lambert na poltrona junto do aquecedor a gás, os outros dois no sofá. Todos os três pareciam estranhamente confortáveis, como se estivessem em casa. Estavam olhando para o aquecedor, como se houvesse um fogo de verdade queimando, e Barker de repente pensou no inverno — cortinas fechadas, uma fileira de pequenas chamas cor de malva.

— Alguém quer uma cerveja? — perguntou.

Lambert levantou os olhos, mas não disse nada. Os outros dois não tiveram qualquer reação.

Barker foi a até a cozinha e pegou cerveja. De volta à sala, nada mudara. O ar tinha um cheiro forte de tecido molhado.

— Então, qual é o vídeo? — perguntou ele. — Algum novo lançamento?

Lambert se inclinou para a frente, cotovelos sobre os joelhos.

— Temos um problema — disse.

ATUALIZE-SE

Barker esperou.

— Já se passaram duas semanas e nada aconteceu. Duas semanas desde que você recebeu o envelope...

— Estou trabalhando nisso. — Barker levou a garrafa à boca e bebeu. Ocorreu a ele que estava segurando uma arma na mão. Imaginou se Lambert percebia isso.

— Você leu o material?

— É claro.

— Falava em urgência, se bem me lembro.

Barker fez que sim com a cabeça.

— Duas semanas. — Lambert levantou os olhos e formava um vazio entre suas mãos.

— Também falava em discrição — respondeu Barker. — Se bem me lembro.

Percebeu algo passar pelo olhar de Lambert, invisível mas mortal, como eletricidade na água: uma suspeita de que não estava sendo levado a sério, de que estavam zombando dele. No futuro, seria mais fácil lembrar de Lambert. Pela primeira vez, Barker estava preocupado. Sabia em que tipo de situação estava. Só se encontrava um homem como Lambert uma vez. Dois encontros, quase uma impossibilidade. E, com certeza, nunca haveria um terceiro.

— Ela viajou para o norte — disse, defendendo-se. — Me pegou de surpresa.

No sábado de manhã, tinha seguido Glade até a estação rodoviária de Victoria, coisa que não esperava, e aguardou no meio da confusão enquanto ela comprava uma passagem para Blackburn. Quando tentou conseguir um lugar no mesmo ônibus, descobriu que estava lotado. Haveria outro em duas horas, disseram; mas isso não serviria, não mesmo. Foi obrigado a observar das sombras enquanto o ônibus passou

balançando, com a garota fora de alcance, talvez para sempre, seu rosto lacrado atrás de uma chapa de vidro fumê.
— Ela já voltou — perguntou Lambert.
Barker fez que sim com a cabeça.
— Voltou ontem.
— Você tem vinte e quatro horas.
Lambert se levantou da poltrona e foi até o vídeo. Ao mesmo tempo, um dos homens no sofá tirou do bolso um canivete de cabo perolado, abriu a lâmina e começou a entalhar algo na mesinha de centro.
— Você põe no zero, não é? — perguntou Lambert. — Para ver um vídeo?
— Não nesse aparelho — disse Barker. — Nesse aparelho você aperta o três.
— Velho, não é?
Barker concordou.
— Você precisa se modernizar — disse Lambert. — Atualize-se.
Botou o cassete na abertura e pegou o controle remoto. Sentado de volta na poltrona, segurou o controle à sua frente e apertou o 13. O homem que não estava escavando com o canivete na mesa abriu o casaco e recostou a cabeça, fixando os olhos na TV.
A tela piscou, ficou em branco, em seguida uma sala apareceu. Papel de parede listrado de amarelo e laranja. Nenhum tapete no chão de tábuas. Meia janela visível. Barker achou que do lado de fora parecia ser propriedade pública, podia ver um prédio de apartamentos e algumas árvores feias. Um homem de seus quarenta anos estava sentado no chão, com as mãos acorrentadas ao aquecedor. Costeletas pretas, nariz mole. Barker achou que ele parecia um dos homens que tra-

balhavam no ferro-velho em Tower Bridge Road. O som era ruim, mas Barker podia ouvir a voz do homem. Implorando.

— ...não precisa isso.... porra, não precisa...

Provavelmente não era ele quem decidia.

Um segundo homem entrou em cena. Estava usando *jeans* e um agasalho cinza, e tinha uma espécie de visor no rosto, do tipo que soldadores usam. Barker ouviu um súbito rugido, furioso mas controlado. A princípio não entendeu. Então viu a mão do homem segurando um lança-chamas, o cone soltando uma chama de azul quente.

— O engraçado é que o nome dele é Burns — disse Lambert. — Ele é de... — fez uma pausa e olhou para o homem que mexia na mesa de Barker. — De onde ele é?

— Aberdeen, na Escócia — disse o homem sem levantar os olhos.

Barker assistiu a Burns ajustar a chama até ficar pequena e intensa. O rugido aumentou. O homem acorrentado ao aquecedor sacudia a cabeça de um lado para o outro, como um cachorrinho excitado. Continuava falando, mas não parecia nenhuma língua conhecida. Burns se abaixou e aplicou a ponta da chama na mão direita do homem. A pele pareceu encolher. Depois escureceu e começou a borbulhar. O homem estava gritando, o rosto se afastando da câmera. Uma veia saltava em seu pescoço, grossa como um dedo médio. Barker pensou em Bruce Springsteen. Gostava de Bruce Springsteen. Aquela canção sobre ser sempre escuro no fim da cidade era boa. Algumas vezes, o homem gritava até perder totalmente o fôlego. Mas sua boca continuava aberta. Baba escorrendo dos cantos, pingando no queixo.

— Ele era um jogador de sinuca — disse Lambert. — Bastante bom, aliás. Muito conhecido. — Falou com o homem do canivete de novo: — Ele venceu Hurricane Higgins uma vez, não foi?

O homem fez que sim com a cabeça. Depois, inclinando-se para a frente, soprou aparas de madeira sobre a mesa. Até agora já tinha completado três caracteres: um 2, um 4 e um H.

No vídeo, o escocês estava olhando para a câmera, perguntando o que fazer em seguida. Deveria passar para um olho, por exemplo? Barker não ouviu a resposta.

Duas mãos entraram em cena e começaram a tirar as calças do homem. Ele gritava com voz estridente, voz que não parecia mais sua. Alguém estava explicando a ele que aquilo não era tortura, era punição, e, sendo punição, não havia como evitar. Deveria passar por ela, enfrentá-la. Barker teve a impressão de que era Lambert quem falava. A voz tinha aquele mesmo tom anônimo, aquele mesmo jeito fácil de esquecer. A essa altura, as calças e cuecas do homem tinham sido tiradas. Sua camiseta levantada, revelando uma barriga protuberante e uma fina trilha de pêlo escuro. A imagem foi se fechando lentamente até mostrar só a cabeça do homem enchendo toda a tela.

— Achamos que seria um tanto desagradável mostrar a coisa toda em detalhes — explicou Lambert. — Um tanto — fez uma pausa — gratuito.

A agonia do homem era tanta que seu rosto parecia ter mudado de forma. Por fim, ele desmaiou, o queixo afundando no peito. Numa das mãos, uma queimadura preta, um tendão aparecendo...

Então, de repente, estavam vendo um homem com cabelo armado estilo anos setenta. Estava de pé num escritório com as calças arriadas. Uma garota com os peitos de fora ajoelhada à sua frente. Ele segurava o pau com a mão direita e ela o lambia.

— Sim — dizia ela, quando a boca estava livre. — Oh, sim. Dê para mim. Sim.

Lambert se levantou.

— Desculpe — disse. — Devemos ter usado uma fita velha. — Ele apertou STOP e desligou a TV. Caminhou até o vídeo, debruçou-se e apertou EJECT. A fita escorregou para fora.

— Você o mataram? — quis saber Barker.

— Não. — Lambert pareceu incomodado com a idéia, quase ofendido. — Mas dificilmente ele vai trepar com alguém. — Botou a fita de volta na caixa e a fechou. — Também não vai mais jogar sinuca.

Barker viu os dois homens se levantarem do sofá e saírem da sala. Ouviu a porta da frente se abrir. Lambert pôs a fita no bolso do casaco.

— Amanhã a essa hora — disse.

Vinte minutos depois, Barker carregou a mesinha de centro pelas escadas e a deixou na calçada. A chuva continuava firme. A rua estava reluzente e vazia.

A mesa foi parar numa pilha de lixo na esquina. Sabia que não ia demorar para alguém reparar nela. Não ia demorar para notarem a inscrição entalhada nela. 24 HORAS. Imaginou o que fariam com ela.

19 HORAS

Eram quatro da manhã quando a chuva diminuiu. Barker estava deitado de costas com a cabeça virada para a janela. A luz do poste batia inclinada na parte de cima da cama iluminando suas mãos. Tinha sonhado com Jill, que de algum modo era também a garota da fotografia. Ele a tinha visto pelo vídeo do porteiro eletrônico, na tela granulada, a noite lambendo as extremidades de seu rosto. Sua pele tão branca que poderia haver uma lâmpada atrás do desenho fino do seu rosto. Ela falou com ele — ou ao menos seus lábios se moveram — mas a voz se perdeu num temporal de interferência. Ele rolou para o lado, os olhos ainda abertos. Seus pesos brilhavam num canto do quarto. O tapete parecia cinza-escuro.

Claro que tinha mentido para Lambert. De várias maneiras. Desde que tinha visto Glade Spencer pela primeira vez, na estação do metrô, houve incontáveis oportunidades de realizar sua tarefa. O único motivo que ocorria para não ter feito nada ainda era que estava esperando uma revelação de como deveria proceder. Por exemplo, há quase uma semana, na terça-feira, tinha sentado ao lado dela no ônibus, à noite. Era uma e meia da manhã, e ela estava voltando do restaurante onde trabalhava para casa. Em certo momento, ela segurou os cabelos com as duas mãos e os jogou para trás dos ombros. Numa corrente luminosa, eles esbarraram no encosto do banco da frente e pareceram parar no ar na frente dele, bem perto de seus joelhos. Quando o ônibus balançou numa curva, ele esticou o braço para se firmar e esbarrou nela com as costas da mão direita. Ele a tocou e ela nem percebeu. Estava perto assim. Mas ainda não tinha feito nada.

Na quinta-feira seguinte, ele a seguiu até uma festa em Covent Garden. De onde estava, na portaria do prédio em frente, podia ouvir a música; ou pelo menos as notas do baixo. Olhou as janelas abertas e depois o céu além delas. De vez em quando, um cigarro fumado pela metade vinha caindo até a rua. Ficou parado na portaria até os joelhos e quadris doerem. Finalmente, ela saiu para a calçada com duas outras garotas. Um estrago. Ela as beijou e acenou, e foi na direção oposta, para oeste, rumo ao Soho. Usava um minivestido. A princípio, Barker achou que fosse prateado, mas quando chegou perto, percebeu que era feito de cacos de espelho. Refletia uma versão estilhaçada de tudo em volta dela. Ela esperou num sinal de trânsito, e ele observou enquanto passava de verde para vermelho. Mais tarde, em Bayswater Road, ela parou na frente do néon de um hotel, e girou lentamente, bêbada, na luz laranja. Parecia estar fascinada com o efeito. Um homem gritou para ela da janela do carro. Nas sombras, Barker se enfureceu, mas Glade nem pareceu notar. Ela tinha esse curioso ar ausente, que lhe dava a aparência de estar sempre sozinha, mesmo quando parada numa rua cheia de gente. Isso deveria tornar o trabalho dele mais fácil — afinal, só teria de tornar essa ausência definitiva — e, no entanto, ela existia em um lugar tão completamente seu que ele não encontrava uma maneira de se aproximar. Embora já a tivesse tocado, ela permanecia intocável. Ainda assim, se algo acontecesse com ela, estaria pronto para ajudar. Seria o estranho que estava só passando. Quando se virasse para agradecer, não estaria mais ali.

    Ele a seguiu rumo ao oeste, para Notting Hill, onde ela ficou parada por um bom tempo na frente de uma grande casa branca, e daí para o norte, através de Ladbroke Grove. Ele a seguiu, sem ser notado, ao logo de todo o caminho até sua casa. Demorou quase uma hora e meia. Mais tarde, percebeu que a tinha levado em casa. Embora não tivesse filhos — e não teria, não mais — sentiu-se em relação a ela do modo como imaginava que um pai sentiria, uma emoção ao mesmo tempo intensa e desastrada, difícil de nomear. Parecia ter uma espécie de orgulho dela. Era impensável que alguém lhe quisesse causar algum mal.

    Mesmo assim, lá estava ele com dezenove horas restando. Olhou para o relógio na mesinha-de-cabeceira. Estava certo, dezenove horas. Aí o escocês chegaria com seu lança-chamas. E depois, quando a agonia acabasse, um outro pegaria o serviço. Dormiu aos pouquinhos, a mente invadida por planos que, inevitavelmente, falhavam. Afinal, às quinze para as seis, ele se levantou e acendeu a luz. Piscando, apalpou o caminho até a sala. Ela ainda estaria dormindo, o cabelo louro espalhado no travesseiro.

    Levantou pesos por vinte minutos. Seu sangue acordou. Pela janela aberta, podia ouvir caminhões freando em Crucifix Lane. Tomou um banho e se vestiu. Não havia alvorecer, nenhuma cor no leste, só o clarear gradual do céu. A ausência de tempo ruim o surpreendeu. Acendeu o fogo e fritou *bacon*. Seis e vinte cinco. Observou suas mãos passando café no bule esmaltado lascado. Era terça-feira. Tentou pensar em quarta-feira, e descobriu que era impossível.

Às dez para as sete, ele trancou a porta do apartamento e desceu as escadas. Todas as provas tinham sido destruídas. Havia queimado o documento de Lambert numa bacia de metal, no telhado fora da cozinha. O ar frio espalharia as cinzas pelos jardins estreitos atrás da casa. Uma espécie de funeral... Sorrindo sombriamente, saiu para a calçada e fechou a porta da rua. Na mão, levava um pequeno pacote endereçado a Harold Higgs. Tinha rabiscado um bilhete ao patrão, explicando que fora forçado a partir de repente, por razões pessoais. Juntara setecentas libras, o que seria suficiente para pagar por uma operação no quadril. Dizia a Higgs para esquecer a previdência social e conseguir um plano de saúde, quanto mais cedo melhor. O pacote tinha ainda duas cartas, já endereçadas. Pedia a Higgs que as colocasse no correio, registradas. Uma continha quinhentas libras e um bilhete de duas linhas: *Charlton — uma coisinha para te ajudar com aquela ruiva. Barker.* A outra, para sua mãe, tinha tomado um pouco mais de tempo. Dizia para ela gastar o dinheiro que estava mandando em algo que gostasse. Talvez uma TV nova. Ou mobília. Assinou dizendo que sentia saudades. Quando chegou na esquina, enfiou o pacote na abertura da caixa de correio. Esperava ter posto selos suficientes, não queria todo aquele dinheiro extraviado. Mas não podia esperar o correio abrir e também não podia ficar andando com aquele pacote, que poderia cair em mãos erradas.

Desceu a Morocco Street, que era sem saída, e cruzou o terreno baldio, transformado em lixeira, que ficava no final dela; daí cruzou um conjunto residencial e fez a volta por trás do Guy's Hospital. Era um caminho estranho até a estação, mas queria ter certeza de que não estava sendo seguido. O que ia acontecer era coisa privada, sem testemunhas. Ouviu um relógio bater sete horas, as notas vibrando no ar frio, vítreo.

Dezesseis horas.

Esperando no metrô da Ponte de Londres, com a hora do *rush* começando, pensou novamente em Glade, sua blusa laranja, sua comprida saia preta grudada aos quadris. Na aparência que tinha quando a viu pela primeira vez.

O primeiro encontro, uma coincidência. Ramos escuros batendo no teto de vidro. Fragmentos da imagem dela pelas janelas do trem. E depois a distância entre eles aumentando quando deliberadamente a deixou ir...

Antes de sair do apartamento naquela manhã, ligara para Jill. Era a primeira vez que tentava fazer contato em mais de um ano. Uma mulher atendeu. A mãe dela. Perguntou se Jill já tinha acordado.

— Quem é? — perguntou ela.

— Barker Dodds.

— Oh.

Ela nunca o tinha aprovado, queria coisa melhor para a filha. Não teria ficado surpreso se ela tivesse dito que Jill estava viajando, compreenderia se mentisse. Mas em vez disso, depois de certa hesitação, ele a ouviu baixar o telefone e chamar o nome de Jill. Pela janela da cozinha, viu as instruções de Lambert queimando. Viu como as chamas pareciam lamber o ar ao redor das bordas da bacia. Deve ter esperado alguns minutos. Então ouviu passos, fracos a princípio, depois cada vez mais sonoros.

— Barker?

19 HORAS

A voz parecia a mesma de sempre. Era estranho como o som de uma voz podia preencher um abismo. Como se os últimos quinze meses nunca tivessem acontecido.

— Como você está, Jill?
— Bem. Cansada — ela bocejou.
— Você está trabalhando?

Ela sorriu. Você podia ouvir alguém sorrindo.

— A mesma merda de empresa de construção...

Sorriu também. Ela estava falando da boca para fora. Adorava seu emprego.

— Já promoveram você?
— Ainda não. Talvez no fim do ano.

O fim do ano. Como parecia longe. Tão distante quanto a Idade Média, sobre a qual ele andava lendo. Na verdade, de alguma forma, a Idade Média agora parecia mais próxima, menos misteriosa.

— Barker?
— Sim?
— E quanto a você? O que anda fazendo?
— Nada demais.

No silêncio que se seguiu, ele ouviu o ruído de um isqueiro barato sendo aceso e levado ao cigarro, o leve beijo dos lábios se afastando do filtro depois da tragada. Ela sempre tinha gostado de fumar enquanto falava ao telefone.

— De qualquer forma — disse ele —, eu só queria falar com você.
— Gentil de sua parte.
— Bem, eu tenho que ir.
— Você vai me ligar de novo? — Parecia estar dizendo que gostaria que ele ligasse, mas ao mesmo tempo que não queria pressioná-lo a fazer nada. Talvez, também, para seu

próprio bem, não podia correr o risco de dizer isso abertamente.
— Não sei — foi o melhor que ele pode dizer.
O silêncio caiu entre eles novamente. Ele podia ouvi-la respirando, quase o mesmo som de quando alguém sopra uma labareda para pegar fogo.
— Você munca me procurou — murmurou ela. — Eu achei que procuraria.
Ele não falou por alguns segundos. Não conseguia.
— Barker, você está aí?
— Eu sempre penso em você, Jill — disse afinal, e desligou.
Ela não podia ligar de volta, claro; não sabia o número. Provavelmente nem sabia que ele tinha se mudado para Londres — e se em algum momento descobrisse, já teria ido embora.
Levou um susto com o metrô se arremessando estação adentro. Por um momento, tenha se esquecido de onde estava.

A Linha Norte. Um pungente cheiro de cinzas e borracha queimada, um cheiro de fios em curto-circuito...
O telefonema para Jill. Não tinha certeza de ter sido uma boa idéia. A hesitação na voz dela, a generosidade. Mais uma vez ele teve de enfrentar a sensação de que a responsabilidade era dele: uma inabilidade, uma falta, alguma falha da parte dele que não sabia explicar, nem para si mesmo. Encarou as pessoas sentadas à sua frente, como se tentando passar adiante uma parcela da culpa. Um homem magro num terno de risca de giz levantou-se de repente e andou até o fim do vagão. Agora o banco em frente estava vazio e Barker podia

se ver refletido na escura janela de vidro, a testa repuxada e cheia de sulcos, as órbitas dos olhos cheias de sombra até as bordas. Uma imagem distorcida, mas que não parecia irreal.

Trocou de trem na estação de Elephant & Castle. Arrastado por uma horda de passageiros, se viu confinado ao fundo de um vagão, só com espaço disponível acima da cabeça. Encarava a orelha de um homem uns poucos centímetros à frente — cheia de pêlos claros, o lóbulo parecendo um remendo malfeito, deformado. O homem parecia estar tentando mover uma das mãos ao longo do corpo, mas o vagão estava tão cheio que ele tinha dificuldade até para abaixar o braço. Afinal conseguiu, e a mão apareceu no pequeno espaço sob seu queixo. A mão se abriu cautelosamente, revelando dois confeitos de chocolate. Eles rolaram pela palma, primeiro para um lado, depois para o outro, lembrando Barker daqueles joguinhos irritantes em que você tenta encaixar pequenas bolas prateadas em buracos ainda menores e aí mantê-las lá. Quando chegavam na estação de Charing Cross, o homem abaixou a cabeça e pegou os confeitos com os lábios, jogando-os dentro da boca. Então se virou e abriu caminho até a porta.

Quatro paradas depois, Barker mudou de novo, para a linha Hammersmith & City. O trem estava um pouco mais vazio. Naquela hora do dia, quem tinha emprego estava indo na direção do centro. Ele deveria estar indo trabalhar também, é claro, mas essa idéia tinha apenas remotamente passado por sua cabeça, como a luz que vem de uma estrela distante. Nem tinha pensado em ligar para a barbearia, embora soubesse que Higgs sentiria sua falta. Um telefonema seria muita distração. Além do mais, sua carta chegaria logo. Enquanto isso, ele se sentia tomado por uma espécie de confiança, uma surpreendente falta de responsabilidade. Sentia-se como se estivesse voando no piloto automático. Quando os obstáculos surgissem, os ajustes seriam feitos. Ele não se envolveria realmente.

O que estava muito bem para ele. Embora já tivesse um plano, não fazia idéia de onde ele surgira ou mesmo se funcionaria. Planos dependem de sua capacidade para prever o imprevisível. Você tem que preparar o terreno, abrir caminho para qualquer eventualidade. Ele tinha o relatório sobre Glade Spencer, e a tinha observado, seguido — e o quanto ele realmente sabia? Era bastante possível que tivesse subestimado as dificuldades da tarefa que o aguardava. Talvez estivesse vivendo numa fantasia. No final das contas, deveria esperar momentos de violência. Teria que causar medo. Bem, não seria a primeira vez. E daí? Deveria contar a verdade a ela? Se o fizesse, como iria reagir? Daquele ponto em diante, estava entrando em território desconhecido.

Parado do lado de fora da estação em Latimer Road, consutou o relógio. Pouco menos de catorze horas lhe restavam. Olhou em volta. Um gato preto se espreguiçava embaixo de um carro estacionado, os olhos brilhantes como lantejoulas. Uma mulher bem vestida saía de uma papelaria empurrando um carrinho de compras vazio. Havia um cheiro de esgoto. Uma súbita irritação tomou conta dele: levantou uma das mãos, agitando-a na frente da testa, como se espantasse uma mosca.

Andou em direção ao norte, fazendo o trajeto entre a estação e a casa dela o mais rápido possível. Às oito e trinta e cinco, virava a esquina da rua. Perfeito. Uma das garotas já teria saído para o trabalho, a outra estaria acordando. Acima da sua cabeça, um avião se movia lenta e mecanicamente em direção ao aeroporto que ficava uns vinte e poucos quilômetros a oeste. O céu cinzento estalava à sua passagem. Era isso. Andou até a porta da frente e tocou a campainha. Pouco depois, ouviu os passos dela na escada. Através do vidro fosco, viu-a flutuando em sua direção, sua identidade disfarçada, distorcida, reduzida a padrões abstratos de formas e cores.

Não houve nenhum olhar desconfiado que aparecesse por uma fresta na porta aberta com cautela. Em vez disso, a porta se abriu inteira, puxando ar para dentro da casa, e lá estava ela, Glade Spencer, parada à frente dele. Ela o olhou e sorriu.

— Achei que era você — disse.

Ele ficou parado, inseguro, completamente perplexo. Uma sensação estranha. Era como se estivesse usando um daqueles antigos escafandros de mergulho — um capacete que parecia um aquário de peixinhos dourados, um par de pesadas botas de sola de chumbo.

— Entre — disse ela. — Estava esperando você.

Ela fechou a porta atrás dele e o conduziu por um lance de escadas. Ele a seguiu, reparando nos pés descalços, na bainha puída do roupão. Na metade da escada ela parou e olhou para ele por cima do ombro.

— Sabe, você é completamente diferente do que eu imaginava. — Notou a confusão no rosto dele e riu. — Desculpe, acho que estou sendo rude.

Ela o levou através de um corredor estreito até o quarto. Ele reconheceu a janela, as cortinas vermelhas. O quarto dela. Não resistiu e foi até a janela. Olhou através da cortina, para a rua lá embaixo. Tinha ficado ali, observando a casa por tantas e tantas horas que sentiu como se tivesse deixado uma marca no ar. Podia ver seu próprio fantasma parado na calçada de pedras lá embaixo. Aquele olhar desconcertado, que podia ver agora no espelho. Um homem e uma situação impossível. Um homem com todas as possibilidades contra ele. Alguma coisa parecia ter mudado desde a tocaia, há apenas alguns minutos, embora não pudesse identificar o quê.

Voltou ao centro do quarto e olhou em volta. Um lareira de tijolos com um resto de cinzas pálidas lá dentro. A cama de casal desarrumada. Podia ver a forma da cabeça dela ainda desenhada no travesseiro de cima, uma marca oval no algodão. Por fim, seus olhos encontraram os dela. Ela sorria. Percebeu que ainda não tinha falado com ela. As palavras pareciam ter desertado dele.

— Imagino — disse ela — que você tenha uma teoria...
Não fazia idéia do que ela estava falando.

Ela deu um passo à frente e sua voz amaciou, como se estivesse falando com alguém retardado ou frágil.

— Talvez não seja o lugar apropriado — disse ela. — Talvez devamos ir para algum outro lugar.

Parecia saber exatamente o que ele tinha em mente. Tudo o que tinha de fazer era concordar. Podia ser tão simples assim?

— Bem — disse ela —, o que você acha?

SUPERECONÔMICOS

— Acho que você está certa — disse Barker. Havia ficado tanto tempo sem falar que limpara a garganta antes. — Devemos ir para outro lugar.
— Onde?
— É longe.
— E como vamos para lá?
— De trem.
Nada disso a perturbou. Nem um pouco. Ela até parecia satisfeita.
— Preciso levar alguma coisa?
— Um agasalho, acho.
— Só isso.
— É.
A facilidade da negociação o enervou. Ela não parecia ter dúvidas sobre quem ele era e quais suas intenções. Quem achava que era? Eis uma pergunta que teve de se esforçar para não fazer — mas achou que se escutasse com atenção, ela forneceria a resposta. Mas ele tinha tantas perguntas, algumas bem básicas. Queria saber sobre o cabelo dela. Por que tinha tingido? E por que logo de laranja? Mas não podia se arriscar. Isso significaria que já a tinha visto antes, que a conhecia, e, jul-

gando pelo que ela já tinha dito, era a primeira vez que se encontravam.

De repente, ela levou a mão até a boca.

— Esqueci do fogão. — Ela correu para fora do quarto. Antes que pudesse segui-la, voltou ainda correndo. — Você quer chá?

Ele olhou o relógio. Nove e vinte. Quase meia hora tinha se passado desde que entrara pela porta da frente. O tempo estava se acelerando. Ele viu ponteiros de relógio girando, páginas de uma folhinha sendo arrancadas e voando como folhas num temporal.

— Temos tempo? — perguntou ela.

— Sim, temos.

Ele ficou junto à janela enquanto ela lavou duas xícaras na pia. Não conseguiu deixar de notar as manchas grudentas na mesa, a poeira e o lixo no chão. Ficou surpreso que vivesse no meio de tanta bagunça. Observou-a abrindo uma caixa de saquinhos de chá. Usou um em cada xícara e os jogou na pia depois que tinham sido esvaziados.

Num certo momento ela se virou para ele, o vapor da chaleira passando por seu rosto.

— Estou tão feliz que você tenha vindo — disse. — Charlie estava muito preocupado com você.

Charlie? Ele produziu um sorriso. Continuava sem ter idéia de quem ela achava que ele fosse, mas achava que se continuasse tocando a coisa, tudo ficaria mais fácil — muito mais fácil do que ele poderia ter imaginado. Enquanto ela falava, tentava segurar a língua e aparentar que estava ouvindo coisas das quais já sabia.

Ela parou na frente do guarda-roupa, uma das mãos no quadril, a outra cobrindo um canto da boca. O barulho abafado dos cabides sendo mexidos, o espreguiçar de roupas sendo descartadas sobre a cama. Ela não conseguia escolher o que usar. Era ainda mais lenta do que Jill, que costumava levar uma hora para se vestir. Talvez por causa dessa estranha, tortuosa sensação de familiaridade — na verdade, uma espécie de nostalgia — ele nem tentou apressá-la. Em vez disso sentou-se de costas para a janela e bebeu o chá, que já tinha esfriado há tempos. Sentiu o sol entrar no quarto e tocar seu ombro. Aos poucos foi se sentindo relaxado. Tanto, aliás, que quando ela finalmente apareceu, usando uma saia preta e uma jaqueta *jeans*, e dizendo que estava pronta, foi pego de surpresa e, por instantes, se sentiu desapontado.

Sim, tinha sido fácil no apartamento, e andar pela rua tinha sido igualmente fácil. Mas quando entraram na estação do metrô, ela mudou. Começou a resmungar baixinho e suas palavras, quando conseguia ouvi-las, não faziam sentido. Na plataforma, tentou conversar, acalmá-la, mas ela parecia estar ouvindo alguma outra coisa. Havia um zumbido no ouvido dela, ou melhor, um assobio que a incomodava. Mais adiante na plataforma, um guarda se virou lentamente em sua direção, inexpressivo mas curioso. Barker desejou ter-se lembrado de pegar um táxi. O que eles precisavam no momento era estar longe dos olhos do mundo, invisíveis.

Na estação de Baker Street, uma mulher de meia-idade entrou no vagão. Tinha um corte de cabelo de pajem, o que só realçava a aspereza de suas feições. Barker farejou encrenca assim que a viu. É assim com certas pessoas. Observou enquanto ela sentava bem na frente deles. Observou seus olhos que vagavam dele para Glade. Não pareceu se assustar com o tamanho das tatuagens que tinha ou com sua cicatriz no na-

riz. Na verdade, ela não pareceu notar. Só ficou ali recostada, atenta, até perguntar.
— Algum problema, minha filha?
Glade encarou a mulher e balançou a cabeça.
— Não sei o que a senhora está dizendo — murmurou. — Não consigo ouvir.
A mulher se virou para Barker.
— Ela está doente?
— Ela está bem — respondeu ele. — Só nos deixe em paz.
— Tem certeza? — A mulher olhou para Glade de novo. — Ela não me parece bem.

Barker levantou os olhos para o teto. Nenhum canto, só metal fazendo uma curva. Cor de creme. Brilhante. Em voz alta, disse:
— Por que a senhora não cuida da porra da sua vida?

Várias pessoas se mexeram em seus assentos, mas ele sabia que ninguém ia interferir. Isso não acontece na Inglaterra.

A mulher recuou no assento, os olhos fixos em algum horizonte imaginário, os lábios pálidos, apertados. Barker ficou satisfeito. Agora sim. Se ao menos tivesse sido pago para acabar com ela. Pensando melhor, teria feito o serviço de graça.

Finalmente, chegaram em King's Cross. Segurou Glade pelo braço.
— É a nossa parada.

Ela o encarou estreitando os olhos e depois concordou. Era um hábito dela, o que o fez imaginar se tinha algum problema de vista.

Enquanto saíam do vagão, Barker olhou em volta e viu a mulher os observando pela janela. Ela se lembraria de tê-los encontrado. Diria:
— Eu bem que percebi algo estranho. — Mas então seria

tarde demais. E então se culparia. Se ao menos tivesse feito alguma coisa. Sentiria culpa, muita culpa. Mas depois do que havia feito ainda agora, Barker não podia dizer que estava com pena dela.

Na estação, foi até o guichê e pediu dois bilhetes unitários até Hull. O homem da bilheteria disse que seria mais barato comprar de ida e volta. Supereconômicos, como os chamou.

— Mas eu não tenho certeza se vamos voltar — disse Barker.

— Ainda assim sai mais barato. Mesmo que vocês nunca voltem. — Observou Barker pacientemente, esperando que ele entendesse.

— Supereconômicos — murmurou Glade sobre o ombro dele. — Eu gosto do nome.

Barker olhou para ela, que acenou com a cabeça e desviou os olhos dele, lançando olhares para as pessoas na fila. Era pequena e esbelta. Os cabelos cor de laranja. Virou para o homem no guichê.

— Tudo bem — disse. — Dois Supereconômicos.

Com os bilhetes na mão, atravessou a estação até o setor de embarque. O trem para Hull só partiria em quarenta e cinco minutos. Com Glade se comportando de maneira estranha, achou que seria mais sensato embarcarem no último minuto. Na estação, no meio de tanta gente esquisita e desajustada, todos os vadios, uma garota murmurando coisas desconexas não chamaria atenção.

Glade puxou sua manga.

— Você tem dinheiro?

— Sim, tenho — respondeu. — Por quê?

— Me arranja algum?

— Para quê?

— Queria uma coisa para beber.

— Eu trago para você.

Ela olhou para ele com esperteza, um meio sorriso, como se estivesse tentando enganá-la, e ela tivesse percebido.

— Melhor ir junto — disse ela. — Eu mostro para você.

Ela seguiu até as lojas e foi até o canto onde ficavam os refrigerantes. Observou enquanto ela olhava pelo vidro do refrigerador, os olhos pulando de uma fileira de latas para outra.

— Isso — disse ela, apontando.

— Skwench!? — E lembrou-se de ter visto as mesmas latas laranja largadas no chão da cozinha dela.

— Eu quero seis — disse ela.

— *Seis?* — Ele olhou para ela por cima do ombro.

Fez que sim com a cabeça.

— Estou com sede.

Olhou o rosto dela, que tinha uma determinação, uma seriedade, que se costuma ver em crianças. E percebeu naquele momento que seria impossível negar alguma coisa a ela.

— Seis — repetiu ela. No caso de ele não ter ouvido. Ou ter esquecido.

Abriu o refrigerador, pegando seis latas de Skwench!, que levou até o caixa.

— Espero que seja suficiente. — Ela olhava ansiosamente para as latas, como se estivesse fazendo algum tipo de cálculo.

— Se você beber tudo, nós compramos mais.

A moça do caixa sorriu para Glade com indulgência.

— Talvez você devesse comprar a fábrica.

— Como é? — perguntou Barker.

A caixa se virou para ele.

— Você sabe, como no anúncio.

Barker não tinha idéia do que a moça estava falando.

SUPERECONÔMICOS

Pegou o troco e levou Glade para fora da loja. O murmúrio de vozes, o ruído distante de uma enceradeira. Por um desconcertante momento, ele imaginou que podia ver os sons flutuando no ar sobre sua cabeça, como pássaros. Glade parou e enfiou a mão na sacola plástica que estava carregando. Tirou uma lata de Skwench! e a abriu; completamente imóvel, bebeu rapidamente. Seus olhos se congelaram, seu corpo estranhamente desconectado, em suspensão. Como se engolir o efervescente líquido laranja exigisse cada grama de concentração que pudesse reunir.

Com vinte minutos ainda para esperar, ele a levou para passear ao longo da plataforma. Andaram lado a lado, sem pressa. Observou outros passageiros passarem oscilantes com malas pesadas, um ombro mais alto que o outro. Na parte da frente do trem, encontraram um vagão vazio. Sentaram no fundo, perto da porta automática. Ninguém no assento do lado oposto. Embora Glade tivesse sossegado desde que compraram os refrigerantes, não tinha como saber o que faria a seguir. Ela já tinha aberto a segunda lata. Estava bebendo mais devagar agora, enquanto olhava pela janela.

— Estamos em Paddington? — perguntou ela.

— Não, estamos em King's Cross.

— Não podíamos ir por Paddington?

— Para o lugar aonde vamos não há como ir por lá — explicou.

Ela olhou para fora, para o espaço aberto e mal iluminado da estação. Uma de suas mãos descansava no braço da cadeira, segurando a nova lata de Skwench!. Levantava a outra mão de tempos em tempos, e percorria o contorno da orelha direita, um gesto que ele lembrava de ter visto na primeira vez que a encontrou.

— Havia uma montanha em Paddington — disse ela depois de algum tempo. — Não sei se você reparou...
Ele negou com a cabeça.
— É uma outra história que você poderia investigar — disse ela. — Outro mistério... — e suspirou.
Ele a observou, o rosto virado para a janela, os olhos perdidos no espaço, e, mais uma vez, imaginou o que ela poderia ter feito para atrair a atenção de uma pessoa como Lambert. Lembrou de Lambert sentado no restaurante perto de Marble Arch, as mãos sobre a toalha de mesa rosa-clara, a folhagem iluminada de um verde nada natural atrás da sua cabeça, e de repente sentiu-se grato por ter sido escolhido. De uma maneira curiosa, era uma bênção; um alívio. Se não fosse ele, seria algum outro cara, e ele conhecia alguns deles. Não era o tipo de gente que deveria ter permissão para chegar sequer perto dela. Seu trabalho, agora percebia isso, era mantê-los longe. Bem longe. De certa maneira, poderia dizer que a estava protegendo. Olhou o relógio. Em menos de onze horas, Lambert estaria chegando em seu apartamento com o escocês e uma câmera de vídeo. Barker recostou-se em sua cadeira. Estaria bem longe quando isso acontecesse. Os dois estariam.

De forma quase imperceptível, o trem começou a deslizar para fora da estação. A leve luz do sol se espalhou pelo vagão. Passaram por uma cabine de sinalização ferroviária com a pintura descascando, os flocos brancos caídos como pétalas quebradiças entre as moitas e pedras. Passaram por pesadas redes de cabos elétricos, por um operário com uma pá equilibrada no ombro, por um alto muro de tijolos cor de faia. Casas estavam visíveis contra o céu. Suas fachadas cor de creme, seus telhados lustrosos de telhas cinza-escuro. Partes de Londres que nunca conhecera, cujos nomes ignorava...

SUPERECONÔMICOS

Glade se mexeu na cadeira, o rosto próximo à janela, a mão fechada em punho sustentando o queixo.

— Não — disse ela, suavemente. — Não há montanhas aqui. — Levou a lata aos lábios e bebeu. Nem parecia sentir o gosto da coisa que estava mandando para dentro. — Bem... — ela disse — foi há muito tempo.

O trem ganhou velocidade, pulsando de forma ritmada.

Foi há muito tempo. Garrafas de cidra vazias alinhadas ao longo do rodapé, cômodos sem mobília, música alta. Ray tinha levado Barker numa casa em Saltash. Foram pela Tamar Bridge, barras de luz e sombra se alternavam movendo-se através do carro. Ainda podia ver Ray com sua calça preta de algodão e sua camisa de seda vermelha preguada na frente.

— Que tipo de festa é? Coisa elegante?

Ray olhou para ele:

— Por quê?

— Porque você está parecendo um garçom espanhol, é por isso.

— Um dia desses — disse Ray — você ainda esgotar minha paciência.

Barker deu de ombros e acendeu um cigarro.

Tinha como norma não ir a festas — era muito parecido com estar trabalhando —, e quando entrou pela porta da frente naquela noite e viu duas garotas de minissaia tentando arrancar os cabelos uma da outra, quase virou as costas e foi embora. Mas Ray não deixou:

— Espera uns cinco minutos pra ver se melhora, tá bem?

— Melhora o quê? — perguntou Barker. — A briga?

Pegou uma cerveja, bebeu metade num gole só e subiu as escadas. No andar de cima, na porta do banheiro, encontrou um DJ que conhecia. O DJ tinha pó. Barker estava a fim? Não, não estava.

— Frita o cérebro — disse.

O DJ encostou os dedos indicadores na cabeça e fez um som de Bês e Zês, depois riu e saiu.

Dez minutos depois, Barker olhou por uma porta meio aberta e viu uma mulher dançando. Estava escuro no cômodo, só uma lâmpada barata, de quarenta watts, num canto, e a luz que vinha da rua; as janelas não tinham cortinas, nunca viram cortinas. Ainda se lembrava da música que estava tocando, uma velha canção dos Temptations, Temptations autêntico, antes de Eddie McKendrick sair do grupo. Ela estava dançando com um baixinho que balançava para a frente e para trás como um joão-teimoso — não importa quantas vezes você bate nele e nem com que força, ele sempre volta ao lugar. Barker esperou até que ela ficasse de frente para ele e então a chamou:

— Vem cá um instante.

A música tinha mudado, tocava Smokey Robinson, e embora ela continuasse dançando, estava olhando para ele, tentando entender o que dizia.

Acenou para ela:

— Vem cá.

Ela se inclinou e falou no ouvido do baixinho, depois se afastou dele e caminhou olhando para baixo. Era bonita, de longe. E mais ainda de perto, os cabelos pretos caindo nos ombros, a boca grande, um corpo desajeitado e voluptuoso. Achou que já a tinha visto antes — embora não fosse usar uma fala gasta como esta. Mas tinha, em Herbert Street. Ela estava saltando de um carro estacionado no meio da ladeira. Alguma coisa na falta de jeito dela o excitou. Em plena luz do sol, seu vestido preto parecia gasto, como se tivesse sido lavado vezes demais, e a brancura de suas pernas aparecia através das finas meias pretas. Ele abaixou o copo e olhou por cima do ombro dela.

— O cara com quem você está dançando... — disse.
— O que é que tem?
— Ele é muito baixo.

Ela não sabia o que pensar, se ria ou se sentia insultada; e o rosto permaneceu perfeitamente equilibrado entre as duas possibilidades, como um gato andando em cima da cerca.

— Ele não é seu marido, é?
— Não sou casada.
— Você vai embora com ele?

Ela balançou a cabeça.

— É só um amigo.

Ele fez uma pausa — mas aí reparou que ela estava esperando que dissesse mais alguma coisa.

— Você não devia dançar com um cara baixinho como aquele — disse. — Alguém bonita como você... Não combina.

Ela manteve a cara séria, como se ele estivesse lhe dando um conselho, mas ambos sabiam que era só papo.

— Eu trabalho em casas noturnas — continuou ele. — Vejo gente dançando o tempo todo. Sei o que combina.

Uma música acabou, outra começou. Ela olhou para o amigo, que estava na janela bebendo um drinque, e, depois de um tempo, seus olhos voltaram-se para Barker novamente, um sorriso brilhando abaixo da superfície, como um tesouro à vista dentro d'água.

— Mas você não é baixinho — disse ela. — É?

Três semanas depois, ela se mudou para a casa dele. Trabalhava de dia, numa empresa de construção local, e ele trabalhava na Union Street, seis noites por semana, portanto não se viam tanto quanto gostariam. Ela chegava em casa às seis da tarde, meia hora antes de ele sair para o trabalho. No momento em que ela pisava em casa, ele começava a despi-la — a blusa branca crespa com uma plaquinha de identificação, a saia azul-celeste até os joelhos. Faziam sexo ali ao lado da porta, sobre os folhetos e o resto do lixo que chegava pelo correio. Naquele mesmo ano ela engravidou. No entanto, queria fazer um aborto. Só tinha vinte e dois anos e acabado de conseguir o primeiro emprego decente de sua vida. Não queria largá-lo, não ainda. E, afinal, tinha dito, eles não estavam exatamente com pressa, estavam? Ele falou que seria difícil esquecer a criança — um comentário que agora parecia agourento, profético —, mas ela não mudou de idéia e no final das contas ele concordou, porque a amava.

Olhou pela janela suja do trem. Campinas passavam. Depois, uma fileira de casas. Depois, mais campinas.

Nunca deveria ter concordado. Não, nunca. Se existisse uma criança, ela não conseguiria partir tão facilmente. Se existisse uma criança, ele não conseguiria deixá-la ir.

— Não me sinto bem.

Glade tinha falado. Sua pele parecia estar fria e úmida, como se uma febre tivesse tomado conta do seu corpo. Latas de Skwench! rolavam estupidamente pela cadeira vazia ao lado dela, fazendo um som miúdo e oco cada vez que colidiam. Contou seis delas, todas vazias.

— Você bebeu tudo?

Ela concordou com a cabeça.

— Acho que vou vomitar.

Ele a levou pela porta automática para a área entre seu

vagão e o seguinte. Teve de sustentá-la, se não ela cairia. Podia sentir suas costelas sob a camiseta, a curva do seio direito tocando as costas do pulso dele através do tecido fino. Não era uma coisa em que deveria pensar. Deixou-a num banheiro vazio e fechou a porta.

Parado junto à janela, pôde ouvi-la vomitando. Parecia água sendo jogada fora de um balde. Pensando em nada, olhou a paisagem passando. Afinal, a porta abriu e ela apareceu, os lábios arroxeados, o cabelo laranja emaranhado, grudado na testa.

— Está melhor?

— Um pouco.

Olhou para dentro do banheiro. Ela não tinha acionado a descarga e o vaso de aço inoxidável estava cheio de um espumante líquido alaranjado. Como se ela apenas tivesse esvaziado ali uma lata. Ele apertou a descarga com o pé. O líquido desapareceu num rugido maligno.

De volta à sua cadeira, ela começou a balbuciar de novo.

— Glade?

Seus olhos se moveram, mas ela não parou. O balanço do trem, as latas rolando.

— Glade! — Ele se inclinou e a agarrou pelo pulso. Ela olhou para suas unhas lascadas e nós dos dedos deformados, aí os olhos subiram até o antebraço tatuado com espadas, bandeiras e cobras entrelaçadas. Finalmente, estava olhando na altura dos olhos dele.

— Olhe pela janela — disse.

Ela fez como ele mandou.

— O que você vê?

— Não sei — murmurou ela, estreitando os olhos. — Tudo está meio... meio alaranjado...

— Não tem nada alaranjado lá fora — disse ele, apertando a pressão no pulso. — Você está escutando? Absolutamente nada cor de laranja.

— Não?

— São campinas. Campos verdes.

— Campinas. — Seu lábio inferior tremeu.

— Meu Deus! — Desesperado, ele enfiou uma das mãos brutalmente nos cabelos. O que achava que estava fazendo? O elo entre os dois era só uma fantasia, um pensamento otimista, tão reluzente e vazio como as latas que continuavam rolando de um lado para o outro.

— Eu estou tentando — disse ela. — Tentando mesmo.

Ele se recostou e pensou um pouco.

— Ali onde estão os campos — disse. — Costumavam existir árvores. Você consegue imaginar?

Ela se virou para a janela, olhos arregalados, pálpebras escuras e molhadas.

— Era assim... — continuou — tudo cheio de árvores. Carvalhos, freixos, espinheiros...

— Quando foi isso?

— Centenas de anos atrás. Na época dos romanos. — Olhou para fora. — Um livro que li dizia que um esquilo poderia atravessar o país de uma ponta a outra sem nunca tocar no chão.

— É mesmo?

— Era assim, naquela época.

— Devia ser bem bonito.

Virou-se para ela de novo e viu que estava chorando.

— De vez em quando eu vejo coisas — disse. — E não sei se estão mesmo lá ou não. Algumas vezes são sons. Não sei por quê. — As lágrimas jorraram por seu rosto em linhas finas e rápidas. — E tem o refrigerante. — Pegou uma das latas com a mão trêmula. — Eu não quero beber, realmente não. Me faz mal.

Estava chorando forte, agora. Ele se sentou à frente dela com as mãos abaixadas. Não achava que poderia tocá-la novamente. Seu pulso ainda se lembrava do volume do seio dela. Sentia o lugar exato sem precisar nem olhar. Como uma queimadura.

— Glade — disse baixinho, inutilmente.

O choro fazia tremer seu corpo inteiro.

— Está tudo bem?

O condutor apareceu ao lado do cotovelo de Barker. Era um homem de uns sessenta anos, com veias brilhando no nariz como pequenos filamentos púrpura. Barker percebeu que ele era diferente da mulher no metrô. Não era do tipo que interferia. Só queria saber se podia ajudar.

— Ela só está chateada — disse. — Vai estar bem num minuto.

— Neste caso, talvez eu pudesse conferir suas passagens...

O velho parecia cauteloso, quase se desculpando, e Barker achou que sabia a razão. Durante a maior parte de sua vida, Barker pareceu alguém que viajava sem bilhete. E se você pedisse um, ele xingaria. Ou o ameaçaria. Ou puxaria um canivete e começaria a rasgar os assentos. Entregou os dois Supereconômicos ao velho, que os picotou e devolveu.

— Baldeação em Doncaster — disse o velho, tocando a ponta do boné e se movendo trem abaixo.

Quando Barker saiu para a plataforma em Hull, duas horas depois, achou que podia sentir o cheiro do mar do Norte, uma mistura de alga apodrecida, siri e motor de traineira. Um homem de jaleco varria o chão da estação, os movimentos da vassoura lentos e regulares, como se tentasse hipnotizar a si mesmo. Dois porteiros estavam parados na entrada da sala de espera vazia, em uniformes que não caíam bem, lustrosos nos punhos e cotovelos. Um grupo de adolescentes estava encostado na máquina de refrigerantes, um deles mastigava a unha do dedão, outro puxando forte a última tragada de um cigarro.

Barker pegou Glade pelo braço e a levou na direção da saída, seguindo uma placa com a palavra TÁXIS. Quando passaram por uma bancada de telefones públicos, Glade estacou.

— Preciso fazer uma ligação — disse.

— Agora não — respondeu Barker.

Ela olhou o relógio.

— Tenho que ligar para o restaurante e dizer que não vou hoje. Também tenho de ligar para o hospital...

— Que hospital?

— Meu pai está no hospital.

Barker balançou a cabeça:

— Não temos tempo.

— Não vai demorar. De qualquer jeito, já sei o que vão dizer...

— Então, para que se dar ao trabalho? — Ele a puxou pelo braço, mas ela continuava resistindo.

— Mas eu também queria falar com Charlie.

— Quem é Charlie?

— Charlie — disse. — Ele é seu amigo.

Barker hesitou, mas só por um segundo.

— Eu já disse, não temos tempo — disse ele, puxando seu braço de novo. — Talvez mais tarde — disse, só para mantê-la quieta.

SUPERECONÔMICOS

Esperaram na fila por um táxi. O ar em Hull era úmido e grudento, e Barker sentia uma ponta de irritação. De tempos em tempos, Glade espiava os telefones por cima do ombro.

— Ia dar tempo — murmurou.

— Esses telefones não aceitam moedas — disse. — Você ia precisar de um cartão.

Ela olhou para ele desconfiada.

— Era verdade — perguntou — aquela história dos esquilos?

Ela esperou até o táxi desencostar do meio-fio e então disse que estava com fome. Não tinha comido nada até agora, apenas dois pepinos em conserva e um pedaço de chocolate. Ele a olhou com atenção tentando descobrir se ela estava mentindo e decidiu que não estava. Na verdade, pensando bem, não era uma má idéia. Gostaria de comer alguma coisa, e, com certeza, umas cervejas não cairiam mal. Além do mais, se ele concordasse, talvez ela se esquecesse da história de telefonar.

Ele se reclinou para a frente e pediu ao motorista que os levasse a um restaurante, algum lugar sossegado.

— Tudo aqui está sossegado nessa hora do dia — disse o motorista.

Dez minutos depois, pararam na porta de um restaurante com fachada brilhante de vidro fumê. O Tandoori alguma coisa. Era bom e barato, disse o motorista. Ou pelo menos é o que ele tinha ouvido.

Eram seis e meia em ponto quando entraram. Uma dúzia de mesas vazias, cobertas com impecáveis toalhas brancas, imaculadas. Barker parou logo na entrada, hesitante. Podia ouvir o zumbido do ar-condicionado, o borbulhar do aquário no bar. De repente, vindo de lugar nenhum, um indiano se dirigiu ansiosamente para ele, os olhos brilhando. Só por um momento, Barker sentiu a necessidade de se defender, derrubar o indiano com um golpe de braço, sem esforço, poético. Imaginou o homem voando pelo ar, aterrissando silenciosamente no meio dos reluzentes jogos de talheres e das flores artificiais. Ray ficaria orgulhoso.

— Podemos sentar em qualquer lugar, certo? — perguntou.

— Sim, senhor.

Conduziu Glade até uma mesa no canto. Assim que sentou, ela abriu o cardápio, os lábios se movendo enquanto lia a lista de pratos, o rosto manchado de verde e púrpura por causa das luzes coloridas no teto. Um garçom perguntou o que gostariam de beber. Barker pediu uma cerveja. Glade pediu Skwench!, mas o garçom respondeu que não tinham. Ela se contentou com água.

— Você não bebe? — perguntou Barker.

Ela pensou na pergunta por um instante.

— De vez em quando — respondeu. — Quando estou feliz.

Barker olhou para a toalha de mesa. Parecia que ou ele sabia demais ou de menos. A conversa dos dois era sempre vaga.

O garçom veio e anotou os pedidos num bloco.

— É um lugar agradável — disse Glade sorrindo para o garçom.

O garçom fez uma mesura.

Ela virou-se para Barker:

— Obrigada por me trazer.

Não conseguiu pensar em nada para dizer. Então, ficou olhando os peixes feios e melancólicos nadando entre as algas no aquário. Uma voz feminina saía de uma caixa de som sobre a cabeça dele. Imaginou que alguém considerasse aquilo cantar. Quando olhou para Glade de novo, ela tinha pegado uma flor de seda do vaso de metal e examinava as pétalas.

— Achei que você fosse me fazer perguntas — disse ela.

Ele tentou manter um rosto inexpressivo.

— Deve haver coisas que você queira saber.

— Coisas que eu quero saber — repetiu ele pensativamente, assentindo com a cabeça.

Ela o olhou com um sorriso fraco.

— Imagino que você não queira apressar as coisas — disse. — Você deve ter os seus métodos. — Abaixou os olhos e examinou a flor que estava segurando. — Você guarda as coisas de cabeça — levantou os olhos de novo — ou toma notas?

— De cabeça — respondeu.

Ela fez que entendeu.

— Eu não vi você anotar nada. — Parou para pensar. — A não ser que tivesse sido quando eu não estava olhando... — O sorriso dela cresceu, tornando-se travesso, quase sedutor. Quando ela fazia isso, ele tinha que esvaziar a cabeça e se concentrar no plano.

A comida chegou. Embora dissesse que estava com fome, ela comeu muito pouco. Ficou mexendo no *curry*, revirando com o garfo como se procurasse alguma coisa que tinha perdido. Quando terminaram, pediu ao garçom que chamasse um táxi. Em menos de cinco minutos, um carro encostava lá fora. Barker pagou a conta e seguiu Glade até a calçada. Abriu a porta para ela e a observou se instalar no banco de trás. Sentado ao lado dela, deu ao motorista o nome de um *pub*.

— É em Hessle, não é? — perguntou o motorista. — Perto da ponte?

Barker concordou com a cabeça.

— Acho que é isso mesmo.

Olhou Glade, mas ela não parecia estar prestando atenção. Estava sentada quieta ao lado dele, examinando as mãos enquanto a luz da rua batia nelas. Pela primeira vez, reparou que ela não usava nenhum tipo de enfeite, nem mesmo um anel, e achou isso estranho numa garota tão bonita.

Rodaram pelo centro da cidade — ruas mal iluminadas que o lembraram da vida inteira. Viu as lanchonetes e as casas noturnas. Viu as garotas amontoadas na frente de um bar. Viu as áreas embaixo dos postes, entre os prédios, os lugares onde começam as brigas. Pensou nos sons que fazem os punhos e as garrafas. Um carro de polícia passou deslizando ao seu lado, branco com uma faixa laranja, como alguma coisa saída do aquário do restaurante.

Então todos os prédios desapareceram, e só havia as faixas de grama surrada acompanhando a estrada, cercas surgindo ao longe. Distante na escuridão, podia ver a fileira de luzes alaranjadas que marcava a presença de um cruzamento ou auto-estrada...

Pararam num estacionamento vazio, a não ser por uns poucos carros alinhados na frente de uma pequena parede de tijolos. Barker saiu primeiro, Glade esperou enquanto ele pagava. Ela segurava os cotovelos e tremia um pouco. Ele podia ouvir as vozes e os risos no *pub* lá atrás. Tomaria mais uma bebida, mas não podia se arriscar. Não, esgotara sua cota de lugares públicos. Seu coração parecia esmurrar as costelas. Umedeceu os lábios.

— Não vamos ao *pub*? — perguntou Glade.

Virou-se e a encarou. Não se surpreenderia se descobrisse que ela podia ler sua mente. Seus olhos pareciam os de uma vidente. Tinha aquela mesma aparência estranha e alheia. Talvez fosse por isso que parecia tão calma quando ele apareceu em sua porta. Talvez soubesse que ele estava chegando.

Mas, de repente, ela mudou de atitude.

— Achei que você disse ao motorista que estávamos indo para um bar.

— E eu achei que você não conseguia ouvir nada — disse ele — com aquele zumbido nos ouvidos.

— É mais um borbulhar. — Ela cutucava uma pedra com a ponta da bota. — Aquilo vem e vai.

— Muito conveniente.

— Então, não vamos tomar um drinque?

— Não.

— Por quê?

Exasperado, ele esvaziou os pulmões num sopro e se afastou dela, com os punhos apertados. Podia sentir as veias pulsando nas costas das mãos. Jogou a cabeça para trás e olhou o céu. Não tinha nada lá. Nem lua, nem estrelas. Nem Deus. Só ar, o ar de setembro. O cheiro levemente amargo das folhas.

Encarou a garota de novo.

— Já deu uma boa olhada em você?

Ela abriu bem os olhos.

— O que você quer dizer?

— Talvez pudéssemos ir — disse ele —, se você não agisse como uma maluca.

— Eu não estou maluca.

— Não?

— Não — respondeu ela. — Pergunte ao Charlie.

Charlie de novo.

— Você conhece Charlie — disse ela. — Ele é seu amigo.

Mandou você me procurar. — Olhou para o *pub*. — Talvez tenha um telefone lá. Que aceite moedas.

Foi tomado de súbita fúria, achando que ela poderia estar escarnecendo dele. Como um relâmpago, que ilumina lugares escuros por um instante. Não gostou do que viu. Lentamente, andou na direção dela, que não se moveu. Examinando seu rosto, não encontrou qualquer sinal de malícia ou mentira. E também nenhum sinal de medo. Claro que não significava que ela não fosse culpada. Talvez simplesmente não imaginava que ele poderia machucá-la.

Deu um passo para trás e enfiou as mãos nos bolsos.

— Não vamos ao *pub* — disse. — E ponto final.

— Mas eu estou com sede...

— Então quer que eu compre mais seis latas para você e depois fique assistindo enquanto vomita. É isso?

Ela olhava para o chão. O vento jogou seu cabelo contra o queixo; na escuridão do estacionamento, ele parecia ter recuperado sua cor natural.

— Estou com sede — disse baixinho.

Ele a segurou firme pelo braço e a afastou do bar. Desta vez ela não reagiu.

— Você deveria estar me ajudando — disse ela.

Ele decidiu não falar. Embora não estivesse com sede, sentia a garganta seca.

— Todas essas coisas que eu não entendo... — disse. — Você deveria ter uma explicação para me dar...

Ela olhava em frente, o rosto pálido e brilhando.

— E depois tudo vai fazer sentido — disse ela. — Tudo vai ficar bem. — Virou-se para olhá-lo. — É por isso que você está aqui.

Ele parou de prestar atenção.

Andaram por um caminho mal iluminado até chegarem numa entrada de carros. Postes iluminavam a passagem, fazendo uma curva longa e preguiçosa. Postes altos e cinza, com pescoços compridos como criaturas de outro mundo, e luzes levemente ovais dispostas aos pares, como olhos. Uma paisagem sobrenatural. E ao longe, acima das árvores, ele podia ver luzes vermelhas, seis ao todo. Sentiu a pele da nuca se retrair.

A ponte.

Glade estava balbuciando de novo, palavras que não faziam sentido para ele. Perguntou como ela se sentia. Não respondeu. Na verdade não esperava resposta. Tinha a sensação de que agora ambos estavam falando para si mesmos. Imaginou se não tinha sido assim o tempo todo.

Você nunca me procurou. Achei que procuraria.

À deriva, sua mente voltou para Jill, como se ela fosse seu porto seguro. Ela sempre tinha duvidado dele, achado que seu amor era maior do que o dele por ela. Lembrava-se de que em uma das primeiras vezes em que dormiram juntos, ela havia tocado a tatuagem em seu peito, de leve, só com as pontas dos dedos. *Deve ter significado muito para você.* Do ponto de vista dele, a tatuagem era como um número — 317537 —; e ele achava que isso era adequado pois durante um tempo seus sentimentos por Leslie foram como uma prisão.

— Não — disse ele. — Eu não sabia o que fazia naquela época. Tomei uns drinques, fiz uma tatuagem... — disse, balançando a cabeça.

Jill se recostou nos travesseiros. Se ele tivesse dito que sim, ela ficaria magoada. Mas é claro que ia dizer que não a incomodava também. Significava que tinha se casado com Leslie e agora, uns anos depois, isso não significava mais nada. Tinha mostrado a Jill uma falha em seu caráter; uma falta de constância, uma leviandade, a demonstração de sua incapacidade. E, de qualquer forma, ela não acreditava nele. Algumas mulheres sempre se acham menos importantes do que a mulher que veio antes — e você não consegue convencê-las de que isso não é verdade. Está no olho do observador. Como beleza, ou anorexia.

No dia em que Jill entrou na clínica para fazer o aborto, ele caminhou pelo litoral em Plymouth Sound. O mar a seus pés, vagaroso, verde-claro. O céu repleto de nuvens cor de grafite e chumbo. Tinha chovido e num momento, só por alguns segundos, um jato de sol escapou por trás das nuvens e transformou o chão molhado num lençol de metal reluzente. Olhando para oeste, Barker quase ficou cego. Mais adiante, reparou num carro estacionado em perpendicular na calçada. Dentro, dois adolescentes compartilhavam um cigarro. Música martelava pela janela aberta. Perto dele, à beira-mar, um homem estava sentado num banco de madeira, com um par de binóculos pendurados no pescoço. Daí as nuvens cobriram o sol novamente, o litoral ficou frio, varrido pelo vento — e Barker estava só. O velho com os binóculos e ele — isso era tudo. Lembrou-se da sensação de caminhar, os pés na calçada, a respiração se perdendo no vento, mas não conseguia se recordar do que estava pensando naquele momento. Talvez não pensasse em nada.

Um carro passou, uma corrente de ar.

Uma garota ao seu lado, murmurando.

— É para onde vamos? — perguntou.

Uma torre com duas pontas na extremidade norte da ponte se destacava da escuridão ao redor, como se fossem chifres de algum animal monstruoso, luzes vermelhas piscando, jóias encravadas no osso.

Baker concordou:

— É.

Percebeu que se entrassem na ponte pela estrada principal, teriam que passar por uma cabine de pedágio. Achando mais sensato ficar fora de vista, ele levou Glade por uma curva para uma estrada menor, de duas pistas. Seguiram por uma passarela, seus passos ecoando.

Pouco depois, chegaram a uma placa dizendo ESTACIONAMENTO DE HUMBER BRIDGE. Barker parou, olhou ao redor. Dois ou três caminhões, mas nem sinal dos motoristas. O vento aumentou. As árvores plantadas para separar dois setores do estacionamento eram açoitadas pelo vento forte, as folhas coloridas de amarelo por causa da estranha e fraca luz dos postes.

Os dois viram a cabine telefônica ao mesmo tempo. Glade se virou para ele, os lábios entreabertos, os dedos segurando o queixo. Que mal podia fazer agora que estavam quase lá?

— Pode ir — disse ele, dando-lhe um punhado de dinheiro trocado. Ela discou o número e ficou olhando a escuridão, mordendo o lábio. Estava tão perto dela que podia sentir o cheiro de seus cabelos.

Quando o hospital atendeu, ela pediu a enfermaria 15. Barker ouviu apenas a metade de cá da conversa que se seguiu:

— Como ele está? É mesmo? Na quinta-feira? Diga que eu o amo.

Seu pai estava dormindo e não podia falar com ela. Enquanto Barker esperava, leu o pequeno folheto no quadro em cima do telefone. Instruções, avisos. Códigos. Você podia ligar para as ilhas Falklands deste lugar perdido no mundo. Podia ligar para o Zaire.

— Como ele está? — perguntou Barker quando ela desligou o telefone.

— Está se recuperando — disse ela, franzindo a testa. — É o que sempre dizem.

— Quer ligar para mais alguém?

Ela fez que não com a cabeça:

Saíram da cabine e começaram a andar. Na ausência de carros, as largas setas pintadas no chão pareciam pomposas, absurdas, mas também um pouco sinistras. Às suas costas, as árvores se torciam e farfalhavam ao vento.

— Você podia ter ligado para seu namorado — disse ele, depois de um tempo.

— Eu não tenho — respondeu ela. — Não mais.

— É por isso que você não usa anéis?

— Não, não é. De qualquer modo, ele nunca me deu um anel. Nunca me deu nenhuma jóia. — Ela falou com certo espanto, como se tivesse acabado de perceber o fato.

— O que ele te dava? — quis saber Barker.

— Passagens.

— Passagens?

— Passagens aéreas.

Barker se lembrou e concordou com a cabeça.

— Para Nova Orleans.

— Uma vez. — o Rosto dela flutuou além das encardidas luzes amarelas e também por algum ponto abaixo do dele. Ela pegou no cotovelo dele. — Como você sabe?

Claro que era algo que ele não tinha como saber, mas olhando seu rosto, percebeu que ela não estava nem um pouco desconcertada. Nem tampouco surpresa. Só curiosa. Estava esperando uma resposta, qualquer que fosse. Teve a impressão de que aceitaria quase qualquer coisa que pudesse dizer. Por causa de quem era.

— Alguém deve ter me falado.

Sorriu como se fosse exatamente o tipo de resposta que esperava; ela concordou com a cabeça e continuou andando.

Passaram pelo escritório de Informações Turísticas, que estava fechado. Além do asfalto havia um café, também fechado. Barker notou na porta um cartaz escrito a mão: CAFÉ ABRE ÀS 10:15. A manhã parecia tão distante, inimaginável. Glade parou ao seu lado e encostou o rosto na janela escura.

— Eles vendem geléia — disse e riu.

Quando se sobe a pé numa ponte suspensa, a sensação é de que ainda se tem algum tipo de conexão com a terra firme. Mas aos poucos vai percebendo que trocou um elemento por outro. A terra se foi. De repente, só existe o ar. E, lá embaixo, claro, a água. Como se estivesse esperando. No começo dos anos sessenta, Barker costumava pedalar de noite até a ponte, só ele, um amigo chamado Danny e um garoto mais novo de cujo nome não se lembrava mais. Por anos, ele tinha visto a ponte sendo construída, parecendo formar um pano de fundo de sua infância. Foi emocionante quando finalmente pôde andar até o meio dela, a mente voando com as pequenas e letais garrafas de vinho que Danny costumava roubar no mercado. Olhando para oeste, podia ver a próxima cidade, as luzes dispersas de Saltash e Wearde. Ao longo da margem leste, barcaças escuras flutuavam em arrumados grupos de três. Para o sul, podia ver a água se desviando ao redor das colunas de pedra da velha ponte ferroviária, os padrões na superfície intrincados e circulares, como impressões digitais. Tinha passado horas naquela ponte, sempre de noite, sempre bêbado, e ainda podia lembrar-se dela balançando quando passavam os carros. Havia algo de reconfortante naquele balanço, o fazia recordar uma voz reverberando através de um corpo. No entanto, a ponte era diferente. Sua escala grandiosa. O isolamento.

Para chegar à ponte tinham que subir um lance de escadas de madeira construído sobre uma barragem. Quando estavam no meio da escada, um homem surgiu lá em cima, seu contorno desenhado contra o céu. Estava carregando uma câmera e levando um garotinho pela mão. Barker acenou para ele, mas não disse nada. No alto da escada, virou à direita, passando entre enormes e encrespados blocos de concreto. Parou, esperando que Glade o alcançasse. Por cima do ombro, podia ver a cabine de pedágio, que, de longe, parecia um aquário, homens se movendo lentamente na difusa luz verde-amarelada. Enquanto caminhava, com Glade ao seu lado, o vento foi ficando mais forte, mais incômodo, e ele podia sentir o solo desaparecendo sob seus pés. Embora a ponte pesasse milhares de toneladas, parecia delicada, quase frágil, em vista do interminável vazio escuro que a cercava. Os cabos pesados que subiam esticados na direção das torres, se você os olhava por muito tempo tinha a sensação de estar caindo. Havia um corrimão, mas ele não parecia ser o bastante. Você poderia estar seguro nele, e subitamente ele cederia. Tinha a mesma sensação algumas vezes em sonhos. Nos pesadelos. Às vezes, só o que podia fazer para evitar a vontade de rastejar era fechar os olhos. Olhou para Glade. Estava caminhando um pouco adiante dele, estranhamente ansiosa, como se estivesse a caminho de algo que não podia perder de jeito nenhum. Era impossível prever o que ela faria de um momento para o outro.

SUPERECONÔMICOS

Estavam mais ou menos passando o primeiro terço da travessia.

Uma característica da ponte que o surpreendia era o fato de a estrada estar situada num plano acima da passagem de pedestres. Quando um carro passava, a mancha escura dos pneus ficava bem na altura dos olhos. Achou que isso podia pesar em seu benefício. A princípio, ficou com medo de que alguém parasse. Podia imaginar um estranho bem intencionado se debruçando na janela do carro e perguntando se precisavam de ajuda. Quando respondesse que não, o estranho poderia ficar desconfiado. Podia até relatar o fato mais tarde. Pessoas acham estranho gente andando numa ponte. E claro que se a polícia passasse seria o fim de tudo. Mas como estavam andando abaixo dos carros, e já estava escuro, achou improvável que alguém reparasse neles.

Levaram meia hora para chegar ao meio da ponte. Glade estava falando sozinha, ou talvez estivesse cantando, não sabia dizer; podia ver seus lábios se mexendo, mas não conseguia ouvir por causa do lamento constante e surdo do vento. Ela parecia estar feliz na ponte. De vez em quando, parava para olhar os enormes e curvos cabos de aço e seu rosto se enchia de uma expressão sem fôlego, um tipo de deslumbramento — e ele imaginava como teria ficado seu próprio rosto um quarto de século antes.

Durante todo o caminho ele esteve consciente da grade que se interpunha entre ele e o rio. Ficou avaliando o obstáculo, tentando determinar a natureza das dificuldades. De certa forma, estava decepcionado com a ausência de empecilhos. Esperava algo bem mais desafiador. Mas não havia nenhuma pintura antiescaladas, nenhum arame farpado. Só uma grade de metal de pouco mais de três metros. Além dela, uma borda de uns quatro centímetros de largura. Além disso, nada. Parecia fácil demais. Ficou parado, pensando. O vento rugia em seus ouvidos. O rio esperava lá embaixo. Estaria ignorando alguma coisa?

Virou-se olhando para os dois lados. Nenhum carro, nenhuma pessoa. Segurou Glade pelo braço.

— Nós vamos escalar a grade — disse. — Nós dois.

Seus olhos percorreram a grade.

— Escalar?

Ele fez que sim com a cabeça.

Ela não tinha certeza se conseguiria. A saia, as botas. Ele disse que ajudaria. Faria um degrau para ela com as mãos. E depois a levantaria. Falou para que ela não se preocupasse. Ele estaria com ela.

— Eu costumava trepar em árvores quando era pequena — disse, incerta.

— É a mesma coisa — disse ele. — Exatamente a mesma coisa. — Espiou um lado e o outro. Nenhum carro à vista.

Ajoelhou-se e ela colocou um pé nas mãos dele e segurou a grade. Viu a dobra nos joelhos dela, a longa curva da coxa. Então, quase desistiu. Mas seria apenas uma fraqueza. Não faria nenhum bem a ela. Eles tinham chegado ao fim da linha. Não havia mais aonde ir.

Mesmo assim, ele sentiu um vazio dentro de si, como se todo o ar tivesse sido arrancado de seu corpo. *Nunca mais quero um dia como este.* Sacudindo a cabeça, deu um sorriso amargo. Tudo em que ele pensava agora parecia divertido. Quem se lembraria dele? O homem no guichê da ferrovia? A mulher no metrô? O garçom indiano se lembraria dele? Alguém se lembraria? Seus últimos momentos ficariam nas mãos de estranhos.

SUPERECONÔMICOS

Uma voz o chamou e ele olhou para cima. Glade estava meio sentada e meio deitada no alto da grade. Ela se agarrava com as mãos e joelhos como se estivesse montada em pêlo num cavalo.

— Venta muito aqui em cima — disse ela. — Venta muito.
— Estou indo — disse ele.

Ele se içou até a cerca procurando onde enfiar a ponta de uma das botas. O metal era frio. Sentiu-o ferroar seus dedos. O vento o empurrava com tanta força que por um momento sentiu-se espremido numa multidão.

Já do outro lado, ele a ajudou. Ela escorregou com as costas para a grade, os pés primeiro, os cabelos caindo nos olhos dele. De alguma forma, conseguiu trazê-la para baixo, para junto dele...

Agora, estavam olhando para fora, para a escuridão. As costas contra a grade, as mãos agarrando o metal.

O vento enchia a sua boca cada vez que tentava falar.

Pensou ter ouvido um carro passando. Mas não conseguiu senti-lo no metal da ponte. Não registrou nenhuma vibração. O som de um motor misturado com o vento.

Se era um carro, não os viu. Não parou.

Tentou se concentrar no horizonte, mas era atraído por um movimento, um movimento lento e cego, como alguma grande criatura se mexendo durante o sono. Era o corpo do rio. As correntes se agitavam dezenas de metros abaixo.

— Você está com medo? — ouviu-a perguntar.

Olhou o rosto dela. Pupilas negras, com discos prateados no meio. O cabelo soprado para trás dos ombros se achatava contra o metal pálido da grade. Pensou em palitos sendo sugados para dentro do ralo — e aí ficando presos. Pensou em coisas obstinadas.

— Não — respondeu ele.
— Você parece com medo.
Ele tentou um sorriso.
— E você?
— Não — disse ela. — Só estou com frio, só isso.

SEIS

BUM

— Foram dias tensos — disse Raleigh Connor. — Dias tensos para todos. — Ele andava na frente da janela, os ombros para baixo, as mãos enfiadas nos bolsos da calça. — Entretanto... — virou-se para o interior da sala, sorrindo — fico feliz em informar que nossos problemas acabaram...
Ocupando a cabeceira da mesa, parecia estar esperando algum tipo de reação. Talvez um espontâneo explodir de aplausos, ou murmúrios de apreciação. Pelo menos estaria esperando ver seu sorriso espelhado nos rostos dos subalternos. Mas tudo o que Jimmy pôde sentir foi um alívio na tensão que ocupava o ambiente, como se ar preso estivesse sendo expirado. Olhou para Neil e Debbie. Estavam se reunindo em segredo desde a primeira ameaça de vazamento de informações, em meados de julho. Vinham trabalhando sessenta horas por semana há dois meses. É possível que estivessem exaustos demais. Mesmo assim, alguém tinha que falar alguma coisa.
— São ótimas notícias — disse Jimmy. — Ótimas notícias.
Mas Debbie franziu a testa.
— Você pode fornecer mais detalhes?
— Prefiro não fazê-lo.
A voz de Connor não convidava a mais perguntas. Mas

era uma nuance que Debbie, como de costume, não pareceu registrar.

— Você não acha que temos o direito de saber? — perguntou.

Os lábios de Connor se apertaram.

— O direito? — repetiu ele, ajeitando-se em sua cadeira. — Não. Não se trata de direitos. Trata-se do que é apropriado. — Descansou os antebraços na mesa, os dedos formando calmamente uma pirâmide. — Tudo que precisam saber é o que eu já disse. Não haverá nenhum escândalo, nenhuma exposição. Cuidei disso pessoalmente. Ou, para dizer de uma forma um pouco mais crua... — fez uma pausa: — não fomos pegos. — Afundou a cabeça entre os ombros. Seus olhos se abaixaram só um pouco enquanto os fixava em Neil Bowes. — Ou, como diria seu famoso dramaturgo: "Tudo está bem quando termina bem."

Neil deu um sorriso constrangido. Mas sem provérbio chinês. Não desta vez.

— É evidente que não vamos retomar o Projeto Secretária. — Connor continuou, virando-se para Jimmy. — Seria abusar da sorte. Em todo o caso, acredito firmemente que ele cumpriu seu objetivo de ajudar a estabelecer Skwench! como um sucesso de mercado.

Jimmy concordou com a cabeça.

— Amanhã de manhã — prosseguiu Connor — vou dar uma entrevista coletiva. Há dois anúncios importantes que pretendo fazer. Também acho que é hora de encerrar com o falatório de uma vez por todas. — Pôs uma folha de papel em sua pasta e a fechou. — Agora, se me dão licença...

— Um expresso duplo — disse Jimmy. — É do que eu preciso agora.

BUM

Estava parado no *hall* dos elevadores com Neil e Debbie. Depois das reuniões com Connor, eles costumavam ir ao café da esquina para um rápido encontro *post-mortem*; o nome do lugar, Conversa Fiada, dava o perfeito contraponto de ironia às suas discussões cheias de tensão.

— Eu também — disse Neil.

Debbie não falou nada, mas quando as portas do elevador se abriram, ela seguiu atrás deles. Permaneceu tão distante de Jimmy quanto possível, os braços cruzados à sua frente. Desde que soube que o Projeto Secretária tinha sido idéia dele, dava-lhe o tratamento que se dá a uma mala abandonada no aeroporto. Às vezes, ela o olhava com tanto desprezo que ele tinha a sensação de que poderia explodir. Apertou o T, de térreo. As portas deslizaram até fechar.

— Bem... — disse com um suspiro —, é um alívio, afinal.

— Se for verdade — disse Neil.

— E sobre os tais anúncios? — perguntou Debbie.

— Não sei quanto a vocês — disse Jimmy — mas eu vou ter uma grande promoção.

Neil virou a cabeça:

— Mesmo?

Jimmy riu.

— Vai se foder, Jimmy — disse Neil, sombrio.

— O que você achou do Shakespeare? — Jimmy perguntou.

Debbie o olhou do seu canto.

— O que é que tem? — Neil perguntou.

— Tudo está bem quando termina bem — respondeu. — Shakespeare não disse isso. Ele escreveu. É o nome de uma peça.

— Não é a especialidade dele — falou Debbie, com leve sarcasmo. — Não é um campo que ele domine.

Neil acompanhou os números decrescentes, como se eles representassem uma queda pessoal.

— Então, qual é a especialidade dele?

— Acho que todos sabemos a resposta a esta pergunta — disse Debbie.

— Sabemos? — perguntou Neil.

Naquela noite, Jimmy estacionou o carro em Mornington Terrace e andou em direção ao norte, junto ao muro que separa a estrada da ferrovia. Sempre ficava interessado na cor dos tijolos, um incomum cinza-arroxeado, e em sua textura sutil, um tipo de brilho que se encontra no carvão. Do outro lado do muro vinham o tilintar e o chocalhar dos trens passando e mudando de trilhos. Pensava em seu almoço com Richard Herring. Quando chegou o café, Richard debruçou-se na mesa com uma aparência séria, que assumia conscientemente.

— Andam rolando uns boatos sobre sua empresa.

Jimmy assentiu com a cabeça.

— Sim, eu sei.

— Um tanto bizarros. — Richard o observava de perto.

— Eu sei.

— Nenhuma verdade nisso, imagino?

— Richard! — disse Jimmy. Então, quando o rosto dele não demonstrou qualquer reação, acrescentou: — Claro que não. Não existe qualquer fundamento. Na verdade, vamos dar uma coletiva amanhã. Connor vai fazer uma declaração.

— Você parece perturbado.

— Não estou, Richard. Só estou cansado desse assunto. Não se fala em outra coisa há dias.

Um silêncio caiu entre eles.

Richard terminou o café, descansando a xícara no pires com tanto cuidado que não fez qualquer tipo de ruído. Com os olhos ainda baixos falou:

— Você não vai precisar de mais recibos de cobrança, espero.

De repente, ocorreu a Jimmy que Richard poderia estar gravando a conversa, e embora tenha descartado tal pensamento paranóico imediatamente, resolveu não falar mais nada.

Afinal, Richard se recostou e pegou o guardanapo, limpando a boca.

— Tudo bem, Jimmy — disse rindo. — Não vou contar para ninguém.

Você acaba de perder sua conta, pensou Jimmy. Não hoje. Talvez nem amanhã. Mas perdeu.

Passou pela casa com as quatro motocicletas estacionadas na frente. A janela do segundo andar estava fechada. Ninguém em casa. No final da rua, virou à direita, para Delancey Street. Foi um dia estranho, um dia que tinha levantado tantas perguntas quanto todas as respostas. No meio da tarde, por exemplo, Tony Ruddle parou-o no corredor e disse:

— Sabe o que resolvi enquanto estava viajando?

Claro que Jimmy não fazia idéia. Ruddle tinha um sorriso largo, que revelava suas caóticas fileiras de dentes.

— Resolvi — disse — que vou deixar você cavar sua própria cova.

Quando Jimmy perguntou o que significava aquilo, Ruddle não quis responder. Só ficou ali parado, fazendo que sim com a cabeça e sorrindo, como se estivesse ouvindo uma piada dentro da cabeça.

Andando mais rápido agora, Jimmy virou à direita de novo, seguindo em seu caminho de volta para casa. Não estava mais preocupado com o que Ruddle tinha dito. Era só conversa fiada, veneno, raiva, não tinha substância, nem sentido. Mesmo assim era o tipo de coisa que mexia com você.

Levantando os olhos, viu uma porta aberta mais adiante na rua. Duas pessoas saíam para a calçada. Estavam no meio de uma discussão. O homem estava ficando careca, a camiseta justa realçando o peito de levantador de pesos. A mulher usava óculos escuros. De vestido vermelho e curto, pernas musculosas e bronzeadas e cabelo ondulado, parecia uma espanhola. O homem seguiu em frente, ignorando-a. Mas ela continuou gritando, e quase se podia ver as palavras acertando na nuca dele. Nas costas. Os peitos dela balançavam enquanto andava.

Um dia realmente estranho. Provocante, de alguma forma. Incompleto. Mas as ameaças que se apresentaram pareciam vazias enquanto as notícias importantes eram boas.

Mais tarde naquela noite, Jimmy estava deitado no sofá com a TV ligada e uma vodca com tônica na mão. Tinha começado a assistir ao primeiro jogo de futebol americano da temporada, que gravara na semana passada, quando tocou a campainha. Por um momento não se moveu. A campainha tocou de novo. Olhou o relógio. Dez e quarenta e cinco. Marco, pensou. Ou Zane. Suspirando, botou o drinque de lado e se levantou.

Quando abriu a porta, Karen Paley estava de pé na calçada, meio virada de costas. Já estava indo embora.

— Karen — chamou.

Ela o encarou, quase como se não o conhecesse.

— Você está ocupado? — perguntou.

— Não, não estou.

BUM

Ela parou na janela da sala de estar olhando o jardim. Ele perguntou se queria alguma coisa. Ela negou com a cabeça. De algum modo, o branco de seus olhos parecia branco demais, como se tivesse chorado. Pensou que talvez ela tivesse contado tudo ao marido, e eles brigaram. Atrás dela, o time do San Francisco 49ers avançava pelo campo. Elegantes, impiedosos.

— Desculpe aparecer assim — disse ela.
— Tudo bem.
— É que... aconteceu uma coisa...

Ele sentou no braço do sofá olhando-a. O sensual lábio superior, o cabelo louro jogado para trás das orelhas. Ficou esperando.

— Não me incomodou tanto na hora — disse ela. — Mas depois, eu não sei...

— O que aconteceu? — Pegou a vodca. Na TV, viu um jogador enorme saltar no ar repleto de luz e aninhar junto ao peito a bola que girava.

— Tinha gente morta na piscina...

Ainda olhando a escuridão lá fora, Karen contou que havia câmeras de TV quando chegou para treinar naquela manhã. Achou engraçado. E as outras garotas também. Parecia que o pessoal da TV estava esperando por elas, como se tivessem ficado famosas da noite para o dia. Então fizeram um *show* para as câmeras, acenando e jogando beijos... Mais tarde, ficou sabendo que uma mulher tinha se escondido nos vestiários até fechar a piscina. Em algum momento durante a noite, tinha afogado os dois filhos pequenos e depois se matado. Os corpos foram encontrados pela manhã.

Karen se virou para ele com lágrimas brilhando no rosto.

— Pensei nisso o dia todo — disse — mas de noite ficou pior. Acabou que eu não consegui ficar sozinha...

— Onde está seu marido?
— Em algum lugar nos Estados Unidos, Houston, acho.
— Então ele está chegando perto.
Ela sorriu entre as lágrimas.
— Você deve me achar uma estúpida.
— Não.
— Acho que eu devia ir embora. — Procurou a sua mochila.
— Está tudo bem, Karen — disse ele. — Você pode ficar.
Como ela parecia inquieta, ele a levou para a rua e mostrou a vizinhança; o Hotel Splendide na esquina, a estátua que ficava plantada numa raquítica faixa de grama, a casa onde moravam o homem e a mulher que parecia espanhola. Pararam na ponte da ferrovia e ficaram escutando os trens. A luz vermelha na torre do correio piscava a distância. O céu tinha a cor da cerveja.
— Nossos problemas acabaram — disse ele. Queria ouvir as palavras ditas em voz alta, saber como soavam. Queria acreditar nelas.
Karen estava olhando para ele de um jeito estranho.
— É só uma coisa que eu ouvi hoje. — Ele pegou a mão dela. Podia sentir o osso saltado da parte de fora do seu pulso. Que tocou com seu dedo mindinho enquanto andavam.
Mais tarde, quando voltaram ao apartamento, ela tomou um banho. À uma e meia, foram para a cama, um filme em preto-e-branco piscava na TV.
— Você se importa de me abraçar? — ela perguntou.
Ele sorriu.
— Claro que não.
— Lugar estranho você tem aqui — murmurou.
— Todo mundo diz isso.

— Não, mas eu gosto.

Logo, a respiração dela se tornou mais profunda e ela adormeceu. Ficou olhando para ela, o que podia ver dela: um pouco do cabelo louro, uma mão meio fechada; e se pegou lembrando de uma coisa que Bridget tinha dito uns meses atrás. *Por que você não pode ser bom para mim? Por que você não pode só ser bom?*

Enviados dos maiores jornais do país e de duas estações de TV compareceram à entrevista coletiva na manhã seguinte, mas Raleigh Connor não mostrava o menor sinal de nervosismo ao ocupar o microfone. Começou citando um colega que trabalhara em Washington durante muitos anos. "Se você quiser um amigo em Washington", tinha dito esse colega, "compre um cachorro." Connor esperou até que as risadas cessassem. "Em Londres é pior ainda", prosseguiu. "Você traz seu cachorro e ele o colocam em quarentena por seis meses " Desta vez uma explosão de gargalhadas, mais parecendo um grito, subiu ao teto. De pé num canto da sala, ao lado de Neil Bowes, Jimmy percebeu que Connor tinha a platéia exatamente onde queria. Só em particular Connor relaxava, tornava-se humano — às vezes até divertido —; em público era irretocável, infalível. Naquele momento, Neil Bowes cutucou Jimmy nas costelas, e ele percebeu que não estivera prestando atenção.

— ...portanto é com grande relutância e considerável pesar — dizia Connor — que nós, nossa empresa, aceitamos a demissão de Tony Ruddle. Por quase onze anos Tony mostrou...

Então era sobre isso que Ruddle estava falando no outro dia. Jimmy olhou para Neil, que erguia uma das sobrancelhas.

— Você sabia? — sussurrou Jimmy.
Neil negou com a cabeça.
— ...e aproveitamos a oportunidade para desejar a ele tudo de bom em sua nova vida...
Antes que Jimmy pudesse começar a especular sobre os efeitos que isso poderia ter em sua carreira, Connor fez uma pausa significativa. Quando voltou a falar, sua voz tinha um tom mais baixo, agora soando grave.
— Houve certos rumores circulando nas últimas semanas — disse ele —, certas alegações de impropriedade e má conduta...
Um murmúrio correu a sala.
— Obviamente eu não pretendo validar tais alegações com qualquer tipo de resposta — disse Connor enquanto seus olhos percorriam as fileiras de jornalistas. — A idéia, da forma como se apresentou, é repugnante e antiética. De fato, a idéia é absurda. Tudo que posso dizer é que se a concorrência está recorrendo a esse baixo nível de calúnias, é porque deve andar bastante preocupada...
Um ou dois na platéia riram.
— Tudo que posso dizer — continuou Connor, sorrindo — é que devemos estar fazendo algo certo...
Fazendo algo certo, pensou Jimmy. Grande frase.
Depois da declaração, Connor abriu espaço para perguntas. Os jornalistas foram surpreendentemente benevolentes; pareciam intimidados pela atuação de Connor, todos estavam a seu favor. Mas enquanto Jimmy ia para o fundo da sala, notou um jovem se levantar na platéia. Era mais ou menos da idade de Jimmy. Com casaco cinza da força aérea e rabo-de-cavalo, parecia mais um estudante do que um jornalista.
— Você no fundo — disse Connor.

— Onde está Glade Spencer? — perguntou o estudante.
A sala se agitou como alguém que acabava de acordar de um sono profundo.

— Temo não ter entendido sua pergunta — disse Connor. — Talvez não tenha ouvido direito...

— Você ouviu — resmungou o estudante. E então repetiu a pergunta, a voz mais alta, as palavras ditas pausadamente. — Onde está Glade Spencer?

— Sinto muito — disse Connor —, mas não conheço ninguém com esse nome. — Ele olhou para a saída. Dois seguranças começaram a se mover ao longo da sala. Jimmy viu que um deles era Bob.

O estudante brandia um jornal dobrado.

— Glade Spencer é uma das pessoas inocentes exploradas por sua empresa — gritou ele. — Ela foi usada e **agora está morta**...

Os seguranças o pegaram, cada um por um braço, e o levaram para a porta. Ele continuava gritando por cima do ombro: uma garota estava morta e a ECSC britânica era responsável. Durante a luta, ele deixou cair o jornal. Jimmy foi até lá e o pegou. Ao fundo, ouvia Connor falar sobre os perigos de boatos e fofocas, como isso atraía "todo tipo de malucos".

Fora da sala, Jimmy examinou o jornal. Tinha sido dobrado em quatro, de modo que o quarto superior direito da página nove ficasse para cima. Um pequeno texto sob o título "Notícias em resumo" estava marcado com caneta preta.

Misterioso mergulho de casal — Os corpos de um homem e uma mulher foram encontrados na costa de Lincolnshire ontem. Barker Dodds, de 38 anos, e Glade

Spencer, de 23, foram vistos pela última vez nas proximidades da ponte Humber na noite de segunda-feira. A polícia pede que qualquer um que tenha informações sobre o casal se apresente.

Jimmy teve a curiosa sensação de que já sabia algo sobre o assunto; embora os nomes das pessoas e do lugar não significassem nada para ele. Então se lembrou da história que Karen contou na noite anterior; os corpos na piscina, o afogamento...
Antes de olhar o texto de novo, desdobrou o jornal e viu a data, era de cinco dias atrás.
— O que você tem aí? — perguntou Neil.
Jimmy mostrou o jornal.
— Era do cara que estava gritando. — Esperou até que Neil lesse. — Você acha que ela era um dos nossos?
— Um dos nossos? — Neil lhe deu um olhar ácido. — Como você os chamava? Embaixadores? — Quando Jimmy não respondeu, Neil deu de ombros. — Eu digo o que estou achando. Acho que a coisa toda vai estourar na nossa cara. — Fez uma pausa. — Bum! — disse e foi embora.
Jimmy foi para casa dirigindo lentamente, pensativo, o paletó no assento do carona, as mangas da camisa enroladas. Enquanto esperava num sinal em Maida Vale, viu uma mulher numa janela do primeiro andar, em cima de uma loja. Estava debruçada no peitoril, usando uma combinação bege, a luz morna e dourada do outono colorindo seus cabelos e ombros. Parecia que nada de ruim poderia acontecer a ela. Parecia imune. Para sua surpresa, descobriu que a invejava. Nas últimas horas, tinha a sensação de que as coisas se voltavam contra ele. Sentia-se estranhamente à deriva. Sem âncora. Seus ossos pareciam flutuar dentro do corpo.

De manhã, depois da entrevista coletiva, foi até Connor e o parabenizou por sua atuação. Connor deu sorriso duro e não disse nada; a despreocupação e a calma sempre tão naturais nele agora pareciam demandar um certo esforço. A certa altura, Jimmy respirou fundo pensando que deveria fazer uma pergunta, mas resolveu que não era a hora apropriada. Mas Connor já tinha percebido, claro.

— Você tem algo para perguntar, James?

Jimmy hesitou.

— Glade Spencer...

— Sim? — Connor olhava diretamente dentro dos olhos de Jimmy.

— Quem era ela?

— Quem era ela? — repetiu Connor. — Sinceramente, não sei.

Seu olhar não tinha profundidade, só superfície, e uma superfície dura e brilhante, como algo laqueado ou esmaltado. No fim, Jimmy teve de desviar os olhos, como se fosse a parte culpada. Como se fosse responsabilidade dele.

Uma buzina soou atrás dele.

— Tudo bem, tudo bem — murmurou.

Ele passou a marcha, passou o sinal, abandonando a mulher debruçada no parapeito da janela, sem pensar em nada, só respirando, sonhando.

Este livro foi composto na tipologia Classical
Garamond em corpo 11/15 e impresso
em papel Off-set 75g/m² no Sistema Cameron
da Divisão Gráfica da Distribuidora Record.

Seja um Leitor Preferencial Record
e receba informações sobre nossos lançamentos.
Escreva para
RP Record
Caixa Postal 23.052
Rio de Janeiro, RJ – CEP 20922-970
dando seu nome e endereço
e tenha acesso a nossas ofertas especiais.

Válido somente no Brasil.

Ou visite a nossa *home page*:
http://www.record.com.br